Paul Verlaine

Fêtes galantes

Romances sans paroles

précédé de

Poèmes saturniens

par Arnaud Bernadet

Arnaud Bernadet

commente

Fêtes galantes

Romances sans paroles

précédé de

Poèmes saturniens

de Paul Verlaine

Gallimard

Maître de conférences à l'Université de Besançon (EA 3187), Arnaud Bernadet est membre du groupe Polart. Ses travaux portent sur la théorie du langage et la poétique, spécialement sur la littérature française des XIXe et XXe siècles. Il est l'auteur de deux essais à paraître : *L'Exil et l'utopie – Politiques de Verlaine* et *« En sourdine, à ma manière » – Poétique de Verlaine*.

© *Éditions Gallimard, 2007.*

RÉFÉRENCES ET ABRÉVIATIONS

Paul Verlaine, *Fêtes galantes*, *Romances sans paroles* précédé de *Poèmes saturniens*, Paris, Poésie/Gallimard (n° 93), 1973. Édition établie, annotée et préfacée par Jacques Borel.

Toutes nos références vont à cette édition sans précision supplémentaire. Nous indiquerons, quand il y a lieu, le recueil suivi du numéro de page par les abréviations suivantes : *Ps.* (*Poèmes saturniens*), *Fg.* (*Fêtes galantes*), *Rsp.* (*Romances sans paroles*).

Po. — P. Verlaine, *Œuvres poétiques complètes*, Paris, Gallimard, coll. Bibliothèque de la Pléiade, 1962. Texte établi et annoté par Y.-G. Le Dantec, édition révisée, complétée et présentée par J. Borel.

Pr. — P. Verlaine, *Œuvres en prose complètes*, Paris, Gallimard, coll. Bibliothèque de la Pléiade, 1972. Texte établi, présenté et annoté par J. Borel.

Cg. — P. Verlaine, *Correspondance générale (1857-1885)*, t. I, établie et annotée par M. Pakenham, Paris, Fayard, 2005.

Co., t. I — P. Verlaine, *Correspondance*, publiée sur les manuscrits originaux, réimpression de l'édition de Paris 1922-1929, préface et notes d'A.V. Bever, Genève-Paris, Slatkine Reprints, 1983.

Co., t. II — P. Verlaine, *Correspondance*, préface et notes d'A.V. Bever, Genève-Paris, Slatkine Reprints, 1983.

Co., t. III — P. Verlaine, *Correspondance*, préface et notes d'A.V. Bever, Genève-Paris, Slatkine Reprints, 1983.

Rv. — *Revue Verlaine*, Charleville-Mézières, Musée-Bibliothèque Arthur Rimbaud. De nombreux articles de spécialistes mais aussi des documents inédits de l'auteur ayant été publiés depuis 1993 dans cette revue (lettres, comptes rendus, articles, manuscrits ou poèmes), nous les signalerons en indiquant le numéro de la revue concerné et la date.

NB : L'édition Poésie/Gallimard comporte une erreur d'impression. Le vers 15 de « Child Wife » (*Romances sans paroles*) donne la forme « Et vous bêlâtres vers votre mère », qu'il faut rectifier de la manière suivante : « Et vous bêlâtes vers votre mère ».

D'autre part, sur un plan philologique, de nombreux écarts subsistent entre l'édition originale du premier recueil et la nôtre, notamment en ce qui concerne l'orthographe. Signalons d'abord que le titre, *Poëmes saturniens*, a été modernisé : *Poèmes saturniens*. Nous maintiendrons cependant la graphie actuelle pour des raisons de commodité.

Au vers 44 du « Prologue », on lit : « En beaux couplets et sur un rythme âpre et vainqueur ». Or l'édition originale donne « rhythme », orthographe étymologique à laquelle tenait particulièrement Verlaine ainsi que l'atteste sa correspondance, et que prônait la sixième édition du *Dictionnaire de l'Académie française* de 1835, très conservatrice, il est vrai, en matière graphique. Au vers 4 de « Nevermore, I », on lit le verbe « détone » (exploser) alors que certaines éditions prescrivent « détonne » (changer de ton), occurrence qui s'explique par le statut hésitant des consonnes doubles au XIXe siècle. Néanmoins, la leçon proposée par Verlaine lui-même est bien « détone ».

Il convient d'ajouter un cas particulier, lié à la transcription de l'allemand en français : dans « Nuit du Walpurgis classique », le tréma présent au vers 16 pour « *Tannhäuser* », titre de l'opéra de Richard Wagner, n'apparaît pas dans la version de 1866 ni dans le manuscrit, qui donnent tous les deux simplement « *Tannhauser* ».

INTRODUCTION : « L'ORAGEUSE CARRIÈRE DE LA POÉSIE »

LE DERNIER DES POÈTES MAUDITS

La trajectoire littéraire de Paul Verlaine présente cette particularité de s'étendre sur une quarantaine d'années, et d'être pour cette raison mal appréciée dans sa diversité. Promise à la durée (1858-1896), elle obéit aussi à de fécondes variations. Quoiqu'elle ne possède pas la brièveté ou la fulgurance spectaculaires des œuvres d'Arthur Rimbaud, de Jules Laforgue ou de Lautréamont, elle présente aussi certains moments d'intense et rapide création comme entre 1866 et 1874. En fait, les textes s'élaborent peut-être moins « lentement » (*Ps.*, p. 93), ainsi que le suggérait déjà la clôture des *Poèmes saturniens*, qu'ils n'obéissent à des rythmes d'écriture sans cesse changeants. Surtout, ce cheminement poétique semble très en retrait, aujourd'hui encore, face aux grands hérauts de la modernité, Baudelaire et Mallarmé en tête.

Pourtant, en embrassant dès l'âge de quatorze ans « l'orageuse carrière de la poésie[1] », l'auteur en devenir fait déjà preuve d'un sens aigu de la prophétie.

---

1. Lettre à Victor Hugo, 12 décembre 1858, *Cg.*, p. 54.

Adressée au maître romantique, et au républicain exilé, cette expression d'allure oratoire, qu'accompagnent quelques vers aux résonances antibonapartistes sous le titre allégorique « La Mort », inaugure le modèle de la malédiction qui parcourt l'œuvre en son entier. À l'orée du premier recueil, l'instance lyrique se place « sous le signe SATURNE », son plan de vie « *étant dessiné ligne à ligne / Par la logique d'une Influence maligne* » (*Ps.*, p. 33). Ce qui n'enlève rien aux contours plaisants et aux effets de distanciation pratiqués dans le texte. Mais l'instance perçoit bien le stigmate qui la désigne et l'excepte comme un emblème glorieux. Une forme d'élection. Car cet état renvoie d'abord aux migrations et aux errances d'une existence chaotique où l'on compte, à côté peut-être de l'amour incestueux pour Élisa Moncomble, l'aventure homosexuelle avec Rimbaud, la mise au ban qui suit l'expérience de la Commune de Paris, le divorce avec Mathilde Mauté. Mais la conversion catholique de *Sagesse* suppose aussi les revers de l'alcoolisme, de la pauvreté et des chutes morales de l'individu : la matière qui nourrira en partie les *Confessions* et le geste autobiographique depuis *Mes hôpitaux* et *Mes prisons*. Les désastres de l'homme saturnien se transfigurent alors dans la *Via dolorosa* du chrétien. Verlaine n'a pas peu contribué à cette vision, exhaussant les péripéties d'une vie au rang d'une mythologie personnelle.

Mais ce modèle de la malédiction résume avant tout l'orientation et le sens d'une création. Car si elle se reconnaît aux régularités d'un souffle, presque inaudible tant il se fait léger et discret, l'œuvre n'exclut pas non plus une dynamique heurtée : les tons brisés, de brusques changements de registre, une discordance tenue. Cette ponctuation multiple, et s'il le faut contradictoire, livre la caractéristique essentielle de l'écriture. Elle manifeste l'évidence et la présence d'une voix : le continu d'un récitatif. Répété à l'envi par les contemporains, depuis Huysmans jusqu'à Claudel et Valéry, le motif de la voix avéré par l'obsession et la hantise de la musique et du chant dans les textes se révèle digne finalement d'un stéréotype. S'il mérite néanmoins d'être réévalué, c'est qu'il concentre la qualité *sui generis* d'une œuvre au point d'en faire le fondement même du dire. Cet étrange privilège semble en tout cas distinguer immédiatement Verlaine des poètes de son temps, leur déniant presque rétrospectivement cette part centrale de l'écriture que l'auteur de *Romances sans paroles* aurait seul portée à l'état d'excellence. Il reste que pour détenir cette voix singulière, la spécificité de l'œuvre n'en a pas pour autant été véritablement cernée. À cet égard, le promoteur des *Poètes maudits*, appliqué à défendre la renommée de Villiers de l'Isle-Adam ou de Desbordes-Valmore, reste le dernier des poètes maudits.

Baudelaire affirmait dans *Fusées*, XIII : « Créer un poncif, c'est le génie[1]. » Au

1. Charles Baudelaire, *Œuvres complètes*, t. I, Paris, Gallimard, coll. Bibliothèque de la Pléiade, 1975, p. 662.

sens où l'art n'invente jamais du nouveau qu'en l'instituant aussitôt en lieu commun et partageable avec les lecteurs. Il en va ainsi de la voix, ce poncif auquel s'est identifiée la manière de Verlaine. Ce statut particulier en fait le fil directeur de l'œuvre apte à rendre compte spécialement de l'unité qui relie en profondeur les trois recueils marquant la première période littéraire de l'auteur : *Poèmes saturniens*, *Fêtes galantes* et *Romances sans paroles*.

LA LECTURE ANTHOLOGIQUE

La sourdine, le mode mineur, l'ariette ou la chanson ont amplement favorisé une perception anthologique des textes. Il est de la sorte couramment admis que les ressources « musicales » appartiennent d'abord aux œuvres de la première manière. Dans les faits, les modulations qui distinguent l'art verlainien se poursuivent dans le demi-bruit mystique de *Sagesse*. Elles s'allient encore aux oraisons d'*Amour*, au didactisme de *Bonheur* comme aux violences charnelles de *Parallèlement*. Mais, en dépit des nuances et des rigueurs qu'apporte l'observation, le portrait s'est fixé d'un poète originellement en pleine possession d'un talent qui, soumis ensuite aux aléas de la pauvreté et aux tyrannies de la production alimentaire, au cours des années 1880 et 1890 s'est survécu avec peine. En deçà de toute littérature, substituant la rhétorique à la romance, le poème se serait contrefait par inflexions successives. Cette vision mutilée des derniers vers l'est plus encore des premiers vers. D'un côté, elle saisit la disparate et l'inégalité des recueils tardifs comme les signes d'une stérilité définitive et répétitive au point de manquer l'originalité de *Dédicaces*, *Chansons pour elle* ou *Épigrammes*, par exemple. De l'autre, elle impose un regard fétichiste et sacralisant sur les créations de jeunesse sans voir qu'à certains égards le tournant amorcé notamment par *Romances sans paroles* annonce aussi bien le phrasé de *Sagesse* et de *Liturgies intimes* qu'il prolonge celui de *Fêtes galantes*.

Cette écoute sélective des textes n'est pas un phénomène récent, elle date au moins du vivant de l'auteur. Au temps de la décadence puis du symbolisme, alors qu'il vient de faire paraître *Les Mémoires d'un veuf* et *Jadis et naguère*, le poète bénéficie néanmoins d'une aura véritable. En 1888, Charles Morice lui consacre une monographie, la première en date. Mais le dandy mélancolique et le délicat catholique faisaient déjà l'objet des lectures favorites de Des Esseintes, le héros d'*À rebours*. Les courants littéraires qui se succèdent jusqu'à l'École romane et devant lesquels Verlaine réitère souvent son désir d'indépendance tout en avouant son attirance à leur égard, sans se détourner de la manière en cours (*Amour*, *Dédicaces* ou *Parallèlement*), valorisent avant tout « Art poétique », *Romances sans paroles* ou *Fêtes galantes*. Car ces textes conjuguent spécialement l'expérimentation et l'innovation, et semblent dans l'immédiat plus en phase avec les recherches et les préoccupations des « avant-gardes ».

Pourtant, ce qu'à l'évidence exhibent les mutations et les transitions de l'œuvre, c'est la capacité du poète à varier et à perpétuer sa manière. Toujours ouverte, son aventure artistique possède une dimension inaccomplie. Une même éthique en soutient le devenir dans la perspective d'une création continuée. Ce sens du devoir, devoir d'invention de soi et d'invention du langage, s'énonce clairement dans l'article de présentation de *Sagesse* destiné au journal *Le Triboulet*. Conscient du « rang considérable » qu'il a acquis « parmi les Parnassiens », l'écrivain n'éprouve d'attachement que pour sa « nouvelle tentative » (*Pr.*, p. 630). Le poème obéit aux exigences internes d'une transformation, et non aux impératifs sociologiques liés aux positions et aux prises de position qui configurent le champ littéraire. Autrement dit, Verlaine refuse d'être ce poète stationnaire et figé qui viendrait grossir le nombre des « Assis », tous les conformistes du rythme et de la rime qui habitent l'ancien cénacle parnassien. La nécessité d'une dynamique qui assimile la création à un geste critique nourrit subséquemment la conscience de la modernité chez Verlaine comme le révèle une lettre du 11 janvier 1891 à M. Raulin : « J'ai entrepris et achevé, à travers quelles difficultés de la vie et que de découragements parfois ! une œuvre toute personnelle et, je crois, unique dans notre poésie française » (*Co.*, t. III, p. 301). L'écriture possède cette propriété d'être aussi irréductible qu'inimitable là où le dire mobilise une forme d'achèvement et d'inachèvement, de déprise et de reprise.

Cette énergie de l'instance lyrique que décrit encore en 1893 « *Ex Imo* », « mourir et renaître à ma voix » (*Po.*, p. 991), autorise même une évaluation qui va à contre-courant des interprétations contemporaines : « Je ne puis que considérer comme des essais mes trois premiers volumes, essais dans des genres bien différents, et, pour moi, – avec, en partie, les *Romances sans paroles*, – *Sagesse*, *Amour*, *Parallèlement* (et *Bonheur*, un dernier livre mystique presque achevé) sont la seule chose importante de ma vie littéraire[1]. »

1. Lettre à Félicien Rops, 11 février 1888, *Co.*, t. III, p. 314.

AUTOUR DES TROIS RECUEILS :
POÈMES SATURNIENS, *FÊTES GALANTES*, *ROMANCES SANS PAROLES*

La série que forment ces trois ouvrages obéit à une périodisation précise. Parus à la fin de l'année 1866 chez Alphonse Lemerre, en même temps que *Le Reliquaire* de François Coppée, les *Poèmes saturniens* prennent place dans une collection récente inaugurée par *Ciel, rue et foyer* de

Louis-Xavier de Ricard. Ils participent directement de l'esthétique parnassienne et y conjuguent la référence déterminante à Baudelaire. C'est à l'intérieur de ces deux pôles que s'établit pour s'affranchir la singularité du livre. Trois ans plus tard, le même éditeur accepte *Fêtes galantes*. Selon le mot des *Poètes maudits*, « un progrès très sérieux » (*Pr.*, p. 637) en distingue la manière, si on la compare au premier volume, encore soumis à l'influence déclarée des modèles romantiques. Cette nouvelle série manifeste donc une phase critique. Dans cet ensemble, les *Romances sans paroles* marquent le plus nettement une rupture. Cette plaquette a été imprimée en province, à Sens, dans l'atelier typographique de Maurice Lhermite. Tirée à 500 exemplaires hors commerce en mars 1874, elle a rencontré très peu d'échos. Il faut attendre 1887 et sa deuxième édition chez Léon Vanier en pleine effusion symboliste pour qu'elle gagne une audience réelle.

Plus important, la composition des *Romances sans paroles*, qui se déroule entre mai 1872 et avril 1873, se révèle inséparable de circonstances historiques et biographiques. Après le conflit franco-prussien, le groupe du Parnasse éclate et des différends idéologiques transparaissent entre ses membres. En août 1871, Alphonse Lemerre en marge d'une de ses lettres avertissait Verlaine sur ce point : « Supprime[z] deux choses dans v. existence, la Politique & la Jalousie & vous serez un homme parfait » (*Cg.*, p. 212). Les sympathies communardes du poète lui valent toutefois l'exil en Belgique et en Angleterre. L'élément majeur intervient alors avec la présence d'Arthur Rimbaud, qui devait être initialement le dédicataire des *Romances*. Lequel des deux artistes influença l'autre semble une question dénuée d'intérêt. Au-delà de la légende, le fait est que leurs œuvres établissent un dialogue aussi serré que fertile, au point qu'on trouve dans *Une saison en enfer* et *Illuminations* de nombreuses récritures ou mentions, en partie ironiques et parodiques, des textes de Verlaine. Que ce soient les vers nouveaux et les proses poétiques de Rimbaud ou les ariettes et les romances de Verlaine, par leurs audaces et leurs hérésies, un changement radical s'opère dans le domaine de l'expression lyrique qui laisse loin derrière lui la parole académique de certains parnassiens : Sully-Prudhomme, Anatole France, Catulle Mendès, Léon Dierx, etc.

Incarcéré dans la prison de Mons après avoir tiré sur Rimbaud, le poète n'a observé qu'à distance les épreuves et la diffusion de *Romances sans paroles*. Dans la section « Pauvre Lélian », anagramme humoristique de Paul Verlaine dans *Les Poètes maudits*, il reconnaîtra cependant de façon explicite « plusieurs parties assez nouvelles » (*Pr.*, p. 688). Sans les nommer, l'écrivain suggère aussi que ces parties coexistent avec des ensembles moins novateurs. Autrement dit, loin d'y percevoir un ouvrage uniment révolutionnaire, Verlaine situe les *Romances sans paroles* à mi-chemin entre deux manières assurément personnelles mais sensiblement différentes.

PARALLÈLEMENT

Dans cette vision d'ensemble, il ne faudrait pas céder toutefois à l'illusion d'une stricte transitivité et d'un enchaînement immédiat entre chaque volume. Quoique de nombreux liens se nouent assurément entre *Fêtes galantes* et *Romances sans paroles*, ceux-ci ne se comprennent pas sans la parution en 1870 de *La Bonne Chanson* où, comme l'affirme Verlaine dans sa « Conférence sur les poètes contemporains », une tout « autre musique chante » (*Pr.*, p. 900). Un autre registre de la voix fondé sur l'harmonie, « sans fausse note » (*Po.*, p. 143), s'y révélerait et se développerait. À « l'art violent ou délicat » qui régit les premiers vers s'opposerait maintenant l'expression du « naturel » (*Pr.*, p. 900). De même, les *Fêtes galantes* ne représentent pas le deuxième essai littéraire de l'auteur mais très exactement le troisième. C'est la plaquette des *Amies* qui succède aux *Poèmes saturniens*, publiée sous le manteau grâce à Auguste Poulet-Malassis, l'éditeur condamné des *Fleurs du mal* exilé à Bruxelles. Réinsérés ultérieurement dans *Parallèlement*, ces six « sonnets » écrits « par le licencié Pablo de

Herlagnez » portent alors la date de 1868 et mentionnent Ségovie comme lieu de parution. Tant par la signature du pseudonyme que par l'inspiration saphique, les textes explorent les frontières de l'interdit et tentent le joug de la censure. Surtout, l'option formelle traduit le travail d'une double continuation : de l'expérience saturnienne elle-même mais aussi, en empruntant cette fois la veine des *Épaves* et autres *Pièces condamnées*, du modèle baudelairien qui habite les deux premiers ouvrages.

Entre *La Bonne Chanson* et *Romances sans paroles*, il faut encore tenir compte de la collaboration de Verlaine à l'*Album des Vilains Bonshommes* dès le mois de mars ou avril 1869 puis de l'*Album zutique* qu'on situe d'octobre à décembre 1871. Le groupe des zutistes, qui réunit une vingtaine de contributeurs dont Léon Valade, Germain Nouveau ou Charles Cros, s'applique à une parodie régulière et féroce de la poésie parnassienne et romantique. Bien qu'il ne soit pas partagé par tous les zutistes, l'esprit est à la dissidence et à la révolte dans un climat social où la répression du mouvement communaliste a coïncidé avec un retour à l'ordre moral sous la férule du président Mac-Mahon et d'Adolphe Thiers. De Verlaine on compte dans l'album le « Sonnet du trou du cul » écrit avec Rimbaud, inversion de « L'Idole » de Mérat, « La Mort des cochons » écrit avec Léon Valade qui décale « La Mort des amants » de Baudelaire, et en particulier de nombreux travestissements des dizains de Coppée. Ainsi s'affirme une nette tendance à la satire et au pastiche (*à la manière de…*) qui engage directement la poétique de l'auteur sous l'angle de l'imitation et de l'assimilation critiques.

Entre 1867 et 1873, un autre axe littéraire se dessine encore chez Verlaine. Il s'agit du projet des « Vaincus ». Contemporains des *Fêtes galantes* et *Romances sans paroles*, « Les Vaincus » constituent d'abord le nom d'un texte qui paraît tardivement dans les « Vers jeunes » de *Jadis et naguère*. Aux accents tragiques, cette pièce qui, à la fin des années soixante, porte le titre de « Les Poètes », est vraisemblablement remaniée autour de 1872 puis s'allonge de quarante à quatre-vingts vers. Le propos possède une portée politique telle que l'auteur songe à un recueil : *Les Vaincus* comporteraient deux parties, « Sous l'Empire » et « Sous la Commune », cherchant de la sorte un ancrage direct de la poésie dans l'histoire et les événements. Ainsi, le triptyque *Poèmes saturniens*, *Fêtes galantes* et *Romances sans paroles* ne saurait valoir pour un prototype de la parole verlainienne : son essence. Chaque volume s'inscrit dans le mouvement plus général (mais aussi plus indéterminé) de l'œuvre où les différentes lignes d'expression littéraire cohabitent, interfèrent et se confondent parfois. L'atmosphère ludique et parodique de certaines pièces galantes prépare la veine zutiste même si elle n'en partage pas les tonalités agressives et subversives. Inversement, l'idéologie républicaine et socialiste qui marque « La Mort de Philippe II » ou plus discrètement les « bouges » et les « sites brutaux » (*Rsp.*, p. 137-138) de « Charleroi », pleins de l'horreur de l'esclavage industriel, se relie en profondeur au projet des *Vaincus*.

Voici donc l'autre portrait de Verlaine. Loin de coïncider seulement avec la figure de « Mal'aria » (*Les Mémoires d'un veuf*) vouée au malaise existentiel et aux tourments de l'intériorité jusqu'à parvenir dans « Paysages tristes » et « Ariettes oubliées » aux zones de l'incommunicable, l'homme qui embrasse l'orageuse carrière de poète maudit ne revêt pas toujours les costumes « de la comédie italienne et de féeries à la Watteau » (*Pr.*, p. 904) dans une ambiance tour à tour lunaire et sensuelle. S'il est bien l'auteur de ces chants mélancoliques, Verlaine apparaît aussi comme un poète du mélange : il ouvre l'écriture à d'innombrables et créatives directions, la chargeant de tonalités, de hauteurs et d'intensités inédites qui en soutiennent le ressourcement continuel. Sa manière participe d'un recommencement infini.

I   LA VOIX ET LA MANIÈRE

Dès les *Poèmes saturniens,* la notion proliférante de « manière » s'impose avec la même évidence que la voix. L'une et l'autre sont étroitement solidaires. La voix et la manière appartiennent à l'épistémologie de l'œuvre, c'est-à-dire qu'étant régulièrement invoquées par l'auteur et sans cesse déplacées et travaillées par les textes eux-mêmes elles constituent les catégories et les moyens d'une connaissance de l'œuvre en question.

Ce n'est nullement un hasard si Charles Morice en rassemble les principaux enjeux dans un article destiné à *L'Événement* du 4 juillet 1889 :

« Verlaine est, entre tous les poètes, inimitable. [...] Sa manière, écho de ses passions et de sa vie, est à lui, n'est logique que par lui, et des pastiches plus ou moins adroits où l'on s'efforcerait de saisir plutôt des personnalités d'arrangements de mots ou de rythme que des façons nouvelles de voir ou de sentir, sont très loin d'indiquer un mouvement littéraire. »

En effet, loin d'apparaître comme un instrument spontanément disponible dans l'appareil conceptuel de la critique littéraire de l'époque, l'utilité et la pertinence du terme tiennent aux yeux du lecteur à sa capacité à rendre compte dans sa globalité d'une poétique aussi particulière. S'il renvoie aux textes à travers l'identité irréductible d'une signature (*à lui*), c'est qu'il indexe aussitôt le mouvement d'invention d'une subjectivité (*par lui*) au point même d'y inclure, en les transfigurant, divers aspects intimes et biographiques, « ses passions » et « sa vie ».

La valeur qui s'attache à l'attribut discriminatoire, « inimitable », entre l'auteur et ceux qui lui ressemblent sans jamais parvenir à ce degré de singularité, renvoie à ce que Gérard Dessons appelle « l'inanalysable individuant [1] » de la manière. Sous cette proposition se concentrent à la fois la force et le paradoxe du poème. En tant qu'identité irréductible, la manière de Verlaine est assurément imitable, mais elle ne l'est selon Charles Morice qu'à travers des « pastiches plus ou moins adroits » qui en soustraient immédiatement la valeur d'événement et le statut exemplaire. Toute imitation de Verlaine en nie l'intrinsèque nouveauté par le fait même d'en être l'imitation. Ou si l'on préfère, dès qu'elle est imitée la manière de l'auteur cesse d'être aussitôt ce qu'elle est. Elle devient du style. Assimilable à une typologie de procédés, elle s'apparente à une synthèse des traits et des tours d'une écriture, ce que Verlaine a de lui-même pratiqué délibérément, et comiquement, dans la section « À la manière de plusieurs » de *Jadis et naguère*. Ainsi est-ce comme manière que le poème suscite sa répétition inconsciente ou ludique. Mais

---

1. Gérard Dessons, *L'Art et la manière – art, littérature, langage*, Paris, Honoré Champion, 2004, p. 18.

c'est aussi comme manière qu'il échappe à toute copie.

Il n'y a là aucune contradiction. Le propre de la manière est de se traduire par l'avènement d'une voix, garante d'une subjectivité. Indice du je-ne-sais-quoi que l'œuvre possède en propre, et que le style a pour effet de réduire sous l'angle positif et concret d'une série de formes (au plan du lexique, de la syntaxe, des figures, etc.), la voix n'est pas pour autant un synonyme d'irrationnel. Elle détermine et signale chez Verlaine l'existence d'une valeur dans l'œuvre que les imitations perçoivent et effacent sous l'effet de loupe en combinant et grossissant jusqu'à la caricature les marques observables de l'artiste. Les pastiches qu'évoque Charles Morice demeurent en même temps dépourvus de sa radicalité d'invention et de transformation. Car seules des « façons nouvelles de voir ou de sentir » ont le pouvoir de convertir le poème en lieu de communion et d'échange avec les lecteurs. La manière d'un seul y devient alors la manière de tous.

LA MANIÈRE ET LE STYLE

L'usage individuel de la catégorie de manière ne se comprend pas chez Verlaine en dehors du cadre historique qui y conduit. Le mot qui a servi aux moralistes de l'âge classique est surtout inséparable de l'art et de la théorie de l'art en Europe. À ce titre, il permet de rendre compte, de *Poèmes saturniens* à *Romances sans paroles*, de la solidarité quasi mythique qui s'y établit entre peinture, musique et poésie.

> La manière désigne d'abord en peinture la façon particulière que chaque artiste se fait de dessiner, de composer, d'exprimer et de colorier. Dans une acception plus restreinte, il s'agit de l'habitude que les peintres prennent ou ont prise dans leur pratique de toutes les parties de la peinture (la disposition, le dessin et le coloris). En chemin vers une conception de la valeur de l'œuvre, ces définitions ont aussi évolué pendant la période classique sous l'effet d'un double transfert. Au XVIIe siècle, la manière représente surtout un terme de peintre tandis que le style, par ses origines rhétoriques, se limite aux créations du langage. Mais au XVIIIe siècle, la situation s'inverse au point que le style s'étend peu à peu au domaine de l'art et la manière entre du même coup en usage dans la littérature. Dans sa lettre à Grimm, « De la manière » (1767), Denis Diderot confirme cette orientation : « Je ne cite ici que des peintres ; mais la manière a lieu dans tous les genres, en sculpture, en musique, en littérature[1]. »

1. Denis Diderot, *Ruines et paysages*, Paris, Hermann, 1995, p. 530-531.

D'une façon générale, au XIXe siècle, le vis-à-vis conceptuel du style et de la manière reste au centre des questions sur la spécificité littéraire. Très présents au moment romantique, encore sensibles sous la plume de Corbière, Lautréamont ou Laforgue, leurs rapports évoluent néanmoins avec l'émergence des nouvelles sciences du langage. La manière se voit alors définitivement discréditée. Son déclin au profit du style coïncide avec un processus de scientificisation de l'objet langage. Elle est alors perçue comme une régression vers l'empirisme, l'intuition, l'ineffable. Ainsi, le paradoxe veut que l'omniprésence de la manière chez Verlaine se signale en un temps où son usage comme concept s'infléchit pleinement. Mais le destin philologique et l'évidement théorique du mot ne sauraient dissimuler les valeurs particulières dont il se charge dans sa poétique où il conserve alors un statut pleinement opératoire. De *Poèmes saturniens* à *Romances sans paroles*, deux aspects sont en étroite corrélation : d'une part, le lien de la manière et du style, d'autre part, le lien de la manière et de la voix.

S'il tient manière et style pour des termes voisins, Verlaine n'en fait nullement des synonymes. L'emploi simultané de ces notions induit entre elles une différence fondamentale. Le style connaît d'abord une spécialisation au plus près de l'histoire de la manière : « Un style approprié, poétique et artiste au suprême » (*Pr.*, p. 715). Il se centre déjà sur les rapports entre la littérature, la musique, la peinture ou l'architecture. Un autre cas se présente avec Mallarmé qui cherche à réunir dans l'*Album de vers et de prose* « ces merveilles de style, d'art plastique et musical » (p. 794), entre Puvis de Chavannes et Wagner. Mais le style renvoie ensuite à un ensemble de traits caractéristiques récurrents, soit à la notion de genre. Dans *Confessions*, Verlaine parle des « usages adoptés en matière de style autobiographique » (p. 465). Il peut plus simplement définir une composante technique ou une propriété particulière du discours : « Un style si ferme, si précis et si simple » (p. 605), « Le plus clair et le plus sobrement, le plus nettement imagé des styles » (p. 1034). Quoique la manière puisse de façon ponctuelle se rapporter à un aspect isolé de l'écriture, « la clarté [...] qui caractérise sa manière si originale » (p. 813), c'est toujours en fonction d'un processus global de singularisation (*si originale*). Le style désigne, au contraire, l'ensemble des formes virtuellement reconnaissables d'un poète « à tel endroit de son œuvre pris indifféremment » (p. 688) – c'est-à-dire localement et sur un mode discontinu.

Autrement dit, chez Verlaine le style n'est qu'une dimension régionale de la manière. Il en est peut-être une condition nécessaire, cette condition n'est pas cependant suffisante. La manière englobe et transcende le style. Si Zola est « un poète intense » et « un styliste étonnant », « sa manière de romancier » (p. 1044) détermine ce qui lui est vraiment spécifique. Alors que le style renvoie aux unités individualisables d'une œuvre qui sont significatives de son auteur, la manière est un processus qui, pris dans sa globalité, n'est nullement segmentable. Elle renvoie non à des formes mais aux « habitudes » et aux « attitudes » (p. 688) de l'instance qui s'inscrit dans le texte.

ÉLOGE DE LA SOURDINE

Ces attitudes qui renvoient à un mode d'être du sujet impliquent, en effet, des habitudes qui se rapportent à un mode de dire : le régime de la parole dans l'œuvre. Le poète en a résumé les traits sous la forme d'une devise personnelle dans *Épigramme*s, II, 1, « En sourdine, à ma manière » (*Po.*, p. 854). La voix qui constitue simultanément une métaphore de l'originalité du discours et une requête de singularité s'attache ici au registre paradoxal et inattendu d'une expression lacunaire et intérieure. Elle n'est cet indicateur privilégié de la manière que sous l'angle de la défaillance. Sa présence se mesure à un effacement et un retrait presque absolus. Les marques tangibles de l'oralité auxquelles aspire Verlaine se placent aux abords de l'amuïssement.

À SA PETITE MANIÈRE

Cette détermination réciproque entre la voix et la manière est perceptible chez Verlaine dans l'échange symbolique et inaugural que l'écrivain noue avec Stéphane Mallarmé. En accompagnant sa lettre modeste et respectueuse du 22 novembre 1866 d'un exemplaire des *Poèmes saturniens*, il ne se contente pas d'en donner certaines indications de lecture, il définit aussi durablement sa position littéraire : « Permettez, Monsieur, à un ami de vos amis, qui est en même temps un admirateur sympathique de vos vers, de vous adresser ce premier volume, dont tout le mérite, s'il en a, consiste peut-être dans le respect des Maîtres et de la Tradition qu'il proclame à sa petite manière » (*Cg.*, p. 99). Cet extrait ne s'explique pas à travers une rhétorique de l'humilité. Une constante structurelle de l'œuvre s'en dégage au contraire dont le syntagme final « à sa petite manière » concentre les enjeux essentiels. Dans cet acte de foi, « l'Auteur » qui se dit « naïf » (*ibid.*) s'inscrit dans une série de continuités, « la Tradition », et en accepte explicitement les règles : « le respect des Maîtres ». Loin de manifester un attachement servile à de quelconques modèles, cette ligne de conduite amorce un dialogue infini avec les œuvres passées ou présentes. Ce que le recueil saturnien met ainsi en pratique, l'écrivain s'y engage toutefois à revers puisqu'il entend faire profession de la « petite manière ». En une expression féconde, dont la validité s'étend à l'ensemble de sa production littéraire, Verlaine cerne lucidement sa spécificité.

Mais alors qu'elle s'énonce en se retirant presque aussitôt derrière ses fidélités présumées, cette disposition dans le champ de la création apparaît hautement subversive. Car écrire « à sa petite manière » dans le respect de la tradition est un geste qui va à l'encontre de la tradition elle-même. Une conception entière chancelle sous cette caractérisation diminuante. Une propriété régulièrement adossée à la notion de manière s'en trouve à terme remaniée : il s'agit de la *grandeur*. Le poids de l'orientation critique affecte d'abord la vision classique qui rapportait en particulier la grandeur à l'architecture, notamment la masse et le corps de l'édifice.

L'Encyclopédie de Diderot et d'Alembert précisait à ce sujet : « Il n'y a rien dans l'Architecture, la Peinture, la Sculpture, & tous les beaux-arts, qui plaise davantage que la *grandeur de maniere* : tout ce qui est majestueux frappe, imprime du respect, & sympathise avec la grandeur naturelle de l'âme. » L'énoncé du principe appelle deux remarques. La première, c'est que l'antinomie du petit et du grand déplace la dualité primitive du bon et du mauvais au centre des conceptions esthétiques sur la valeur. Cette antinomie engage un genre d'expression artistique qui, à la différence de la peinture et de la musique, s'éloigne davantage des recherches littéraires du poète. La deuxième, c'est que l'idée même de grandeur se trouve transférée vers l'artiste.

« À sa petite manière » : la formule réactive au plan littéraire la problématique de l'art. Que l'architecture et la plupart des beaux-arts agissent par force sur l'imagination ou impriment du respect, la manière ne se sépare plus alors des sentiments qu'elle inspire. Sa grandeur associe activement l'artiste et le spectateur. Dans son étude « De la manière », avant d'en appliquer logiquement la compréhension à la littérature et à la musique, Diderot inscrit cette idée au cœur d'un système d'oppositions : « On dit avoir de la manière, être maniéré, et c'est un vice. Mais on dit aussi, sa manière est grande ; c'est la manière du Poussin[1]. » Dans ce cadre, la manière ne relève plus de la dimension ni des effets qu'elle peut produire mais d'une question éthique. Le *petit* et le *maniéré* constituent chez Verlaine deux catégories critiques : en marge des maîtres consacrés, le poète se réclame d'un défaut artistique et l'institue en lieu de la valeur.

[1]. Denis Diderot, *Ruines et paysages*, éd. cit., p. 530.

LA PROBLÉMATIQUE DE L'ART

À l'image de « Simples fresques » dans *Romances sans paroles*, qu'il s'agisse de l'ordre plastique comme de l'espace littéraire, il n'existe pas ici de grande et large manière, cette forme mythique et inaccessible. La petite manière s'évalue plutôt à l'échelle musicale du « mode mineur » (*Fg.*, p. 97) qu'évoque « Clair de lune », le poème liminaire des *Fêtes galantes*.

Dans l'harmonie « étrange et fantastique » que décrit « Nocturne parisien », la « musique » et la « plastique » (*Ps.*, p. 80) sont déjà indissolublement liées. Une asymétrie transparaît néanmoins. Alors que la musique représente un art à part entière, le terme de « plastique » ne vise aucune pratique distinctive. D'acception générique, elle caractérise le rapport entre la beauté et la forme. En elle se concentre sans doute l'allusion à une tendance littéraire dont ont largement hérité les parnassiens mais qui émerge dès les années 1850 avec Théodore de Banville, Louis Ménard, Victor de Laprade ou Leconte de Lisle en remettant au goût du jour le panhellénisme et les mythologismes antiques. Dans son article « L'École païenne », publié à deux reprises en janvier 1852 puis en décembre 1866, Baudelaire avait déjà évoqué à ce sujet « le goût immodéré de la forme » et mis en scène ironiquement le nouveau type de poète : « Plastique ! plastique ! La plastique, cet affreux mot me donne la chair de poule, la plastique l'a empoisonné, et cependant il ne peut vivre que par ce poison[1]. » Or précisément, dans « Nocturne parisien » l'écho final qui unit *plastique :: fantastique* et trame une relation entre forme et imagination se voit aussitôt nuancé par la rime consécutive *chant :: couchant*. La plastique verlainienne engage une exploration de la « lumière » et, avec la lumière, de la couleur telle qu'elle débouche sur l'inclusion des « s*on*s » et des « ray*on*s » (*Ps.*, p. 80). Est-ce à dire, comme le pensait Huysmans, qu'à la différence de Gautier, Banville et Hugo, parvenus aux frontières de la peinture, Verlaine rendrait de son côté la musique « plus apte que la poésie à exprimer les sensations confuses de l'âme[2] » ? Le lien vocalique qui traverse et associe « s*on*s » et « ray*on*s » ne permet pas de maintenir cette antinomie stéréotypée. Les références à la peinture, au dessin, à la gravure ne sont pas moins abondantes dans l'œuvre. Le poème se découvre moins un primat de la musique qu'il n'établit d'abord littéralement un dialogue avec la peinture ou la

1. Charles Baudelaire, *Œuvres complètes*, t. II, Paris, Gallimard, coll. Bibliothèque de la Pléiade, 1976, p. 48.

2. J.-K. Huysmans, *En marge*, Paris, Boulogne, 1991, Éditions du Griot, p. 218.

gravure au sens où toute relation à l'expression plastique se fonde au plan littéraire sur la voix et l'oralité plus que sur la perception et la contemplation. Si l'on veut, l'esthétique d'un tableau relève moins pour Verlaine du champ visuel que du champ d'écoute.

Dans tous les cas, en s'inscrivant ainsi dans les lignes de force d'une histoire théorique de la manière, le statut de la parole qui en exhibe sans cesse la mémoire dépend chez Verlaine d'un lien constant aux arts et à l'art. Aux *arts*, c'est-à-dire à la pluralité des matériaux sensibles dès lors que le poème puise ses modèles dans la chanson et l'opéra comme dans l'huile sur toile ou l'estampe. L'auteur pense davantage son métier et le sens de son aventure grâce à la peinture et à la musique qu'au moyen des catégories issues de la langue. À *l'art* ensuite comme question sur la spécificité. La manière induit un changement de perspective : le poème chez Verlaine n'est peut-être rien d'autre que le langage perçu du point de vue de l'art. Du moins est-il possible de mieux comprendre ainsi la dénomination de « poète-artiste » (*Pr.*, p. 957) dont s'autorise l'écrivain. Le trait d'union ne vise pas une éclectique osmose des genres : celle d'une « musicalisation » ou d'une « picturalisation » du texte, par exemple. Autant de métaphores (et par conséquent d'obstacles intellectuels) qui laissent intact le problème des liens qui unissent véritablement peinture, musique et poésie chez Verlaine. S'il est vrai que c'est en s'attachant à sa « poétique » que dès 1865 l'auteur se sent légitimé à parler de « Charles Baudelaire artiste » (p. 604), il le doit d'abord à une théorie personnelle de la manière.

II — LOGIQUES DU RECUEIL

La manière du poète-artiste est déjà sensible à travers le mode de composition et l'unité des trois recueils. Deux aspects fondamentaux s'en dégagent : la cohérence et le volume. Le premier aspect a été souvent débattu chez Verlaine, spécialement dans le cas des *Poèmes saturniens*, plus encore avec le démembrement de *Cellulairement*. Cet ouvrage, conçu entre 1873 et 1875, organise après *Romances sans paroles* la transition avec la période catholique et réactionnaire de l'auteur. Les différentes pièces en sont alors redistribuées dans *Sagesse*, *Jadis et naguère* et *Parallèlement*. La dominante de l'œuvre se caractérise par l'éclectisme, encore aggravé par les dernières productions du poète. Dans ce contexte, seuls *Fêtes galantes*, *La Bonne Chanson* et *Romances sans paroles* en seraient exceptés. De telles lectures font néanmoins difficulté. Quoiqu'elles s'appuient sur d'indéniables faits de genèse, elles souffrent d'un vice logique, une pétition de principe qui pose la cohérence en garant, voire synonyme de l'unité du recueil. Or l'unité est un fait de *système*, et non de genèse. De ce point de vue, elle n'est pas incompatible avec la disparate pratiquée dans *Jadis et naguère* ou la logique du fourre-tout dont se réclame par exemple *Dans les limbes*, I : « Ici, je fais des vers, de la prose et de tout » (*Po.*, p. 827). Enfin, à regarder d'un peu plus près les premiers vers, si *Fêtes galantes* et *La Bonne Chanson* s'opposent distinctement par la composition, *Romances sans paroles* et *Poèmes saturniens* ont bien des points communs : à cette date, pourtant, la manière de l'auteur s'est largement libérée des modèles romantiques encore prégnants en 1866. En fait, aucun de ces quatre recueils ne se ressemble.

Le deuxième aspect ne ressortit pas simplement au critère de la longueur. Bien sûr, de *Poèmes saturniens* à *Romances sans paroles*, l'œuvre tend globalement vers une abréviation de la parole. Elle vise le dépouillement, la restriction, voire la rareté du propos. Du moins se distingue-t-elle par ce biais des amples séquences de *Sagesse* et plus encore des oraisons massives d'*Amour* et de *Bonheur*. Ce travail de condensation s'en ressent dans la forme matérielle de l'ouvrage. Il apparaît au premier plan dans la disposition des textes. Visible dans les sonnets mélancoliques, il l'est doublement dans *Fêtes galantes* et *Romances sans paroles*, qui n'ont pas recours à ces formes codifiées. Mais dans ce tableau d'ensemble, on ne saurait exclure les procédés d'étirement du texte comme pour « Lettre », « En patinant » (*Fg.*), « Birds in the Night » (*Rsp.*), encore moins dans le cas de *Poèmes saturniens* tels que « Prologue », « Épilogue », « Nocturne parisien » ou « La Mort de Philippe II ». De quoi témoignent les essais d'agencement des textes chez Verlaine ? D'une typographie qui rompt peu à peu avec certains emplois romantiques de la page et son occupation parfois exhaustive de l'espace soumis dans ce cas à l'ordre d'une totalité et d'une continuité même si à côté d'Hugo et de Lamartine, et en partie de Musset, il faut aussi compter sur *Petits châteaux de Bohême* et *Les Chimères* de Nerval, par exemple.

Cela étant, l'énergie que portent en eux le sonnet et l'ariette chez Verlaine n'est pas non plus étrangère aux pièces longues le plus souvent organisées en rimes plates. En fait, l'homologie qui se déploie du poème au volume rapporte toujours la matière à la manière. Dans une lettre à Albert Savine, éditeur pressenti pour *Bonheur*, Verlaine refuse ainsi de « grossir sans cesse » son recueil, estimant que « la quantité n'a jamais rien prouvé, surtout dans un volume de vers *sérieux* », et il ajoute : « *Sagesse* qui compte comme livre important dans mes œuvres ne contient pas plus de "matières" que *Bonheur*[1]. » La dimension importe moins que la densité du dire.

---

1. 23 janvier 1893, *Co.*, t. III, p. 283.

LA RHÉTORIQUE DU LIVRE

Hanté par la référence romantique, *Poèmes saturniens* se dégage difficilement d'une rhétorique du livre. Le volume porte sa date. La division ordonnée en sections obéit à des usages d'époque, elle se pense encore comme *dispositio*. La catégorie du livre y subit néanmoins une ironique inflexion.

Le « Prologue » qui soumet pêle-mêle le modèle parnassien façon Leconte de Lisle ou le souffle prophétique façon Hugo à d'agressifs pastiches s'achève sur une apostrophe elle-même comique : « – Maintenant, va, mon Livre, où le hasard te mène ! » (*Ps.*, p. 37). Dans un texte qui progresse en rimes suivies, le vers final est ici pleinement détaché. Le blanc qui l'en sépare exploite une disjonction entre spatialité et oralité puisqu'il met en attente le dernier écho de la longue séquence de cinquante vers qui précède. Cette ligne typographique est déjà une allusion à *La Légende des siècles* qui multipliait ce genre de tours.

Le tiret qui l'enchaîne au blanc n'a pas qu'une fonction de clausule, il en est aussi le travestissement. Au terme d'un texte très ironique, sa valeur est inaugurale. Il suggère que la voix propre aux *Poèmes saturniens* n'a pas encore été entendue. Décentrée, celle-ci n'a d'autre alternative que de s'inventer un espace propre, page et volume. Elle s'en prend à toute la tradition de l'adresse au livre, depuis les Latins jusqu'aux Romantiques. Il n'est que de songer aux *Feuilles d'automne* et à « ces pages » que l'auteur livre dans sa préface « au hasard, au premier vent qui en voudra[1] », parallèle de l'arbre et du recueil que reprendront *Les Petites Épopées* d'Hugo.

1. Victor Hugo, *Œuvres poétiques*, t. I, Paris, Gallimard, coll. Bibliothèque de la Pléiade, 1964, p. 714.

L'ARCHITECTURE LYRIQUE

En fait de « *hasard* », l'aventure littéraire que le poète invoque au dernier vers du « Prologue » est calculée. Quoiqu'elle émane ici d'une « Imagination, inquiète et débile » (« Les Sages d'autrefois... », *Ps.*, p. 33), la composition du volume doit néanmoins y apparaître comme l'expression de la volonté, capable d'en contrôler les productions et les effets. À cette puissance de l'esprit, déjà exaltée par Baudelaire, répond dans l'« Épilogue » « l'Œuvre » (p. 93). D'un genre syntaxiquement indécis dans le contexte (masculin ou féminin ?), ce terme désigne moins l'ouvrage présentement matérialisé ou même réalisable qu'un fantasmatique architexte. Il n'exclut pas l'acception alchimique, ce que confirme l'allusion au « vieux Faust » (*ibid.*), grandissement de perspective qui réintroduit peut-être *in fine* l'ironie qu'on trouvait déjà dans le « Prologue ». Du moins cette ambivalence explique-t-elle que les *Poèmes saturniens* se conforment au modèle romantique du livre et le distendent à la fois.

En fait, la symétrie du « Prologue » et de

l'« Épilogue » dérive très directement de la *Philoméla* de Catulle Mendès. À cette différence près que Verlaine utilise des alexandrins là où Mendès emploie des octosyllabes. Mieux, les sections « Melancholia », « Eaux-fortes », « Paysages tristes » et « Caprices » trouvent incontestablement leurs homologues dans « Spleen et Idéal », « Tableaux parisiens », « Le Vin », « Fleurs du mal », « Révolte » ou « La Mort » chez Baudelaire. La ponctuation de l'ouvrage offre du déjà-vu et du déjà-lu, elle est d'avance reconnaissable. Il est cependant une historicité du livre dont le mode de division s'explique par la situation concrète de la poésie à cette époque. Les rigueurs de la composition traduisent un procédé critique contre la tradition du recueil elle-même. Sous la tutelle de la mythique « architecture secrète » que Barbey d'Aurevilly percevait dans *Les Fleurs du mal*, les *Poèmes saturniens* s'opposent eux aussi aux « morceaux lyriques, dispersés par l'inspiration, et ramassés dans un recueil sans d'autre raison que de les réunir[1] ». La division du livre tend vers une concentration de soi et, contre ceux qui dans l'« Épilogue » abandonnent « leur être aux vents comme un bouleau » (*Ps.*, p. 93), épigones passionnés et inspirés d'anciens « lacs » (*ibid.*) à la mode lamartinienne, une question oratoire oblige à considérer le paradoxe que le texte concrétise : « Est-elle en marbre, ou non, la Vénus de Milo ? » (*ibid.*). La statuaire est là pour rappeler

1. Dans Baudelaire, *Œuvres complètes*, t. I, éd. cit., p. 1196.

aux naïfs artisans du livre poétique que toute dispersion de la subjectivité n'est qu'un effet littéraire, et appelle en retour une tentative d'unification de soi. Il n'est jamais de pur acte de collection et d'agencement dans un recueil qui ne soit le résultat d'une technique maîtrisée.

« CAPRICES »

En même temps, cette division formelle du livre est plus ambiguë. La suite des « Caprices » offre une alternative au modèle plastique de l'architecture et de la sculpture qui jusqu'à présent commandait la conception des *Poèmes saturniens*. Placés entre « Paysages tristes » et un ensemble éclectique de textes sans unité de section, les « Caprices » ont un rôle de transition. Du moins l'écrivain s'autorise-t-il, par ce moyen d'une catégorie explicitement liée à un mode de composition sans lois, à une inspiration qui obéit essentiellement à la spontanéité et à l'irrégularité. La polymétrie n'en est qu'un aspect qui croise les octosyllabes de « Femme et chatte », les heptasyllabes de « La Chanson des ingénues » à l'alexandrin dominant « Jésuitisme », « Une grande dame » et « Monsieur Prudhomme ». Le bloc graphique qui caractérise l'allégorie du Chagrin dans « Jésuitisme » contraste autant avec les quatrains des Ingénues dont la référence va à la culture populaire d'Ancien Régime que le sonnet érotique de « Femme et chatte » avec le sonnet satirique de « Monsieur

Prudhomme ». Les motifs de cette section sont à la fois croisés et divergents. Sans anticiper « l'aléatoire » ou cette « mise en œuvre anarchique » caractéristique par exemple des *Complaintes* de Laforgue, cette production est bien cependant une façon de lier « en gerbe des pièces disparates [1] » et de mettre en difficulté la rhétorique du livre mais sans pour autant régresser vers des formes romantiques révolues. À cet égard, on observe que toutes les pièces autonomes qui succèdent à « Caprices » ont cette particularité dans l'édition originale d'être séparées les unes des autres par une page de garde. Le titre du poème apparaît donc deux fois, sur cette page puis au-dessus du texte. Cet agencement typographique qui s'applique aux titres des sections dans le recueil saturnien est d'autant plus marqué que Verlaine l'a maintenu en 1891 pour son *Choix de poésies*, destiné à la librairie Charpentier [2]. L'espacement constitue simultanément une pause et une relance, il possède une valeur disjonctive et conjonctive.

1. Daniel Grojnowski, « La logique du recueil », « *Les Complaintes* » *de Jules Laforgue*, Paris, SEDES, 2000, p. 182.

2. L'édition Poésie/Gallimard ne restitue pas cette disposition.

SCÈNES ET SÉQUENCES

En comparaison, les *Fêtes galantes* semblent douées d'une certaine continuité, voire narrativité. La dynamique du recueil repose à la fois sur ses composantes dialogiques et ses références fictionnelles. Entre « Clair de lune » et « Colloque sentimental », la séquence dessine en outre une évolution, tirant profit des contiguïtés ou des changements de tonalités entre les textes. Tandis que la dérision traverse « Dans la grotte », les procédés de la suggestion affectent « Les Coquillages » et « L'Allée » jusqu'à la grivoiserie ou la gauloiserie dans « Cortège » et « En bateau ». Le déclin du comique s'amorce avec « Le Faune », « L'Amour par terre » et « En sourdine », en réservant toutefois de multiples ambivalences. Car les figures galantes qui peuplent cet univers onirique ne sont jamais que « *quasi / Tristes* » (*Fg.*, p. 97). Il subsiste toujours ce presque-rien qui les préserve de la folie et de la maladie d'être elles-mêmes, et les dispose constamment aux « masques et bergamasques » (*ibid.*), entre feinte et affectation.

Ainsi, aux divisions réglées du livre, la suite galante oppose l'alternance des types (« Les Ingénus », « Les Indolents »), la variation des scènes, entre déploration, sérénade ou jeu (« L'Amour par terre », « Mandoline », « Pantomime »). Et de même que s'échangent des décors diurnes et nocturnes, intérieurs et extérieurs – « Clair de lune », « À la promenade », « Cythère », « Dans la grotte », « L'Allée » ou « Sur l'herbe » –, de même, entre les personnages qui s'allient et se séparent circulent des conduites, des états et des attitudes, diverses manières d'être et de vivre ensemble : « En patinant », « En sourdine », etc. Il n'est que de surveiller la distribution des rôles comiques ou tragiques pour voir combien l'instance s'*incarne* en divers personnages de « fantoches » : Clitandre et Tircis se retrouvent des « Indolents » à « Mandoline » tandis qu'après « Pantomime » Pierrot, Arlequin, Colombine et Cassandre rejoignent Léandre dans « Colombine ».

LA « MAUVAISE CHANSON »

Romances sans paroles représente apparemment un retour vers la composition verticale et ramifiée du recueil. Non seulement les sections en sont nettement délimitées mais elles sont régies par une chronologie explicite et une trajectoire dans l'espace. L'ordre des textes s'y trouve soumis à un itinéraire et une errance euphoriques, plongeant dans les turbulences de l'univers industriel ou les vertiges du monde urbain, jusqu'à atteindre une géographie surréelle avec « Beams ». Mais cette ligne nomade est aussi ce qui rend mobile et instable la lecture de l'ouvrage.

C'est à *La Bonne Chanson* que s'oppose d'évidence un tel dispositif. L'épithalame initialement dédié à Mathilde Mauté de Fleurville s'organisait encore différemment des *Poèmes saturniens* et des *Fêtes galantes*. Sous la forme d'un cycle qui avait la durée d'une année entière, le poète retraçait la rencontre avec un être aimé : au portrait de la femme, littéralement transfigurée, succédaient l'épreuve de l'attente et de la séparation, l'expérience du doute et de la jalousie, les complicités et les obstacles jusqu'à l'union définitive des cœurs. Orientées vers cet heureux dénouement, les vingt et une pièces du recueil étaient donc simplement numérotées. À ces « fragments d'un discours amoureux » c'est « Birds in the Night » qui répond directement et joue pour cette raison un rôle pivot dans *Romances sans paroles*. Dans une lettre à Émile Blémont de décembre 1872, l'auteur évoque à l'intérieur du volume « une partie quelque peu élégiaque, mais, je crois, pas glaireuse : quelque chose comme la *Bonne Chanson* retournée » (*Cg.*, p. 287). Au même correspondant, le 5 octobre, il envoie trois parties numérotées du futur poème comme illustration de sa « *mauvaise* série » et glose : « Une dizaine de petits poëmes pourraient en effet se dénommer : *Mauvaise chanson* » (p. 256).

Dans la version manuscrite de 1873, le titre se présente sur une page de garde, suivi d'une épigraphe personnelle issue de la première strophe de *La Bonne Chanson*, III : « *En robe grise et verte avec des ruches, / Un jour de juin que j'étais soucieux, / Elle apparut souriante à mes yeux / Qui l'admiraient sans redouter d'embûches* » (*Po.*, p. 143). La citation est elle-même complétée par un extrait des *Liaisons dangereuses*, la lettre XLII adressée à Valmont par le chevalier Danceny évoquant Cécile de Volanges : « Elle est si jeune ! » Répété au-dessus du texte, le titre est démarqué par un trait : les séquences de trois quatrains s'enchaînent alors, séparées par des étoiles, en étroite correspondance avec les principales articulations du récit et de l'argumentation. La typographie est révélatrice du statut indécis de ce poème de poèmes qui déplace les différents niveaux du recueil : ensemble indépendant, c'est à *La Bonne Chanson* qu'il s'oppose en entier ; élément enchâssé, il n'est qu'une partie des *Romances sans paroles*[1]. Alors que l'épithalame établissait un équilibre entre l'homme et la femme, réconciliait le monde et le couple, « Birds in the Night » déconstruit la rhétorique amoureuse.

Bien qu'il prépare la série anglaise « Aquarelles », le poème développe aussi certains motifs récurrents dans la cinquième ou la septième pièce des « Ariettes oubliées ». En fait, chaque partie du recueil déploie sa cohérence propre en ouvrant sur les textes qui suivent. Parce qu'elle demeure fondamentalement liée aux vertiges du moi, prisonnier de son image et s'y diluant, la série « Ariettes oubliées » constitue une zone paradoxale de non-lieu. Le caractère ouvertement réflexif et statique de la séquence contraste d'autant avec le dynamisme géographique des « Paysages belges ». L'espace s'y trouve strictement linéarisé : « Walcourt », « Charleroi », « Bruxelles – simples fresques, I & II », « Bruxelles – chevaux de bois », « Malines ». Ce voyage qui s'effectue de juillet à août 1872 est cependant interrompu par la figure du manège po-

---

[1] Steve Murphy (éd.), Paul Verlaine, *Romances sans paroles*, Paris, Honoré Champion, 2003, p. 53-59.

pulaire qui réinvestit la figure du cercle déjà présente dans les ariettes. « Malines » achève d'altérer la finalité de l'aventure : l'ailleurs n'y est plus qu'un ici dissimulé et artificiellement fabriqué par la vue silencieuse du train. Dans ce cadre, « Birds in the Night » sert de transition et de conjonction de l'espace et du temps puisque le poème se clôt sur la mention « Bruxelles, Londres, septembre-octobre 72 ».

« Aquarelles », qui explore la capitale anglaise et dénombre ses quartiers, Soho ou Paddington, aboutit à une synthèse sur le mode d'un retour, la traversée entre Douvres et Ostende en date du 4 avril 1873. Car alors que « Child Wife » et « Streets, I » poursuivent le registre de la vitupération présent dans « Birds in the Night », « Streets, II » ou « Beams » se rapprochent davantage des visions instaurées dans « Walcourt », « Charleroi » ou « Simples fresques, I ». Quant à « Green », « Spleen » ou encore « A Poor Young Shepherd », la coexistence d'esprit naïf et de distance ironique y nourrit des similitudes avec certains passages des « Ariettes oubliées ».

OPUSCULE ET VOLUMINET

Cet agencement, l'auteur le qualifie globalement de « voluminet » (*Cg.*, p. 321) dans la mesure où les *Romances sans paroles* s'apparentent davantage à une plaquette qu'à un recueil. La valeur à la fois humoristique et hypocoristique de l'expression ne doit pas masquer ses enjeux véritables liés à une vision éthique qu'on retrouve plus tard dans *Épigrammes*, ouvrage défini sous le terme d'« opuscule » (*Po.*, p. 849). Le suffixe diminutif (*opus* → *opusculum*) inaugure, en effet, une terminologie résurgente dans l'œuvre, à commencer par la « dizaine de petits poëmes » qui auraient pu se dénommer « Mauvaise chanson »[1], soit la matrice du texte le plus long des *Romances sans paroles* ! Le volume de poésie doit être pour Verlaine une traduction du mineur. C'est là une constante de l'œuvre encore sensible lorsque l'écrivain projette de convertir de « petits poèmes en prose » en une « nouvelle série de *Mémoires d'un veuf* »[2]. Le petit est un lieu d'invention. À ce titre, le cycle tardif, plein d'un érotisme trivial et familier des « quatre petits livres "galants" : *Chansons pour Elle, Odes en son honneur, Élégies, Dans les limbes*[3] », s'il est d'abord un clin d'œil au recueil de 1869, n'est pas intelligible cependant sans les quatre ou cinq ouvrages catholiques auxquels il s'oppose depuis *Sagesse* jusqu'à *Liturgies intimes*.

En fait, qu'il s'agisse de *Fêtes galantes* ou de *Parallèlement*, la dimension ou la quantité du volume deviennent secondaires face à la densité du dire. C'est à ce niveau que Verlaine se sépare de Mallarmé. En résumant la lettre dite « autobiographique » que ce dernier lui adresse pour *Les Hommes d'aujourd'hui*, Verlaine apprend à distinguer le recueil du livre

---

1. Lettre à É. Blémont, 5 octobre 1872, *Cg.*, p. 256.

2. Lettre à F.-A. Cazals, 28 août 1889, *Co.*, t. III, p. 60.

3. « Paul Verlaine », *Les Hommes d'aujourd'hui, Pr.*, p. 769.

proprement dit. L'auteur se montre bien plus sensible à l'*Album de vers et de prose* « simple et dandy », qui poursuit « plusieurs séries » lyriques déjà existantes, qu'au projet « architectural et prémédité » de « l'Ode » (*Pr.*, p. 794) future. C'est que *Fêtes galantes* ou *Poèmes saturniens* en sont déjà littérairement plus proches. À l'anonymat transcendantal du texte « sans voix d'auteur » (*ibid.*), l'écrivain préfère chez Mallarmé cette voix plus modeste, même singulière ou précieuse.

Dans ce cadre, où se situe donc la poétique du volume pour Verlaine ? Un fragment de réponse se trouve dans une lettre à Lepelletier où l'écrivain, après *Romances sans paroles*, commence à songer à un nouvel ouvrage (jamais réalisé), *L'Île* : « Un livre de poëmes (dans le sens *suivi* du mot), poëmes didactiques si tu veux, d'où l'*homme* sera complètement banni. Des paysages, des choses[1]... » Une autre conception de l'impersonnel s'en dégage qui s'ancre dans l'indéfinition (*choses*) et l'extériorité (*paysages*). Ce livre de poèmes « dans le sens *suivi* du mot », où *mot* reprend aussi bien *poëmes* que *livre*, voire l'ensemble *livre de poëmes*, ne désigne peut-être rien d'autre que le continu de la voix qui chez Verlaine définit le phrasé même.

[1] 16 mai 1873, *Cg.*, p. 314.

III   ROMANTISME ET PARNASSE

Derrière ce phrasé, c'est l'identité d'une parole qui est en jeu, et sa modernité. Or cette modernité s'inscrit avant tout dans le sillage du Romantisme et du Parnasse. Elle ne se sépare pas d'un certain nombre de références avouées et admirées, parfois instituées en véritables modèles. Elle nourrit par conséquent ce sentiment que la manière est toujours une manière *seconde*. Le sens même d'une poétique du mineur réside dans cette conjonction entre modernité et secondarité. Quoiqu'il fasse preuve de créativité, le poète écrit toujours *(d')après* Hugo ou Baudelaire au sens à la fois logique et chronologique. L'enjeu est alors d'être capable d'écrire après les romantiques, voire les parnassiens, sans écrire comme eux. Dans la mesure où il engage conjointement le sujet et le langage, le mouvement de singularisation du poème dépend donc constamment des tensions internes à une parole alternativement soumise aux voix qui l'ont précédée et en exigence elle-même de personnalité et de singularité.

Ainsi s'explique que la manière présente chez Verlaine deux versants conflictuels, qui, pour être divergents, se révèlent en même temps en constante interférence. D'un côté, le lien d'intersubjectivité entre poètes conserve un aspect modal : écrire, c'est écrire *à la manière des* romantiques et autres parnassiens, une activité qui ne se réduit pas à la question du pastiche. De l'autre côté, le dialogue entre poètes est d'ordre éthique. Dans ce cas, il s'agit d'une authentique réappropriation qui organise le passage d'une manière (celle de Banville ou d'Hugo, par exemple) à une autre manière (celle de Verlaine), incommensurables l'une pour l'autre. Le statut littéraire de l'imitation, dont les toutes premières pièces de l'auteur illustrent certains traits dociles, s'en trouve intégralement révisé.

Il y a chez Verlaine une critique de l'imitation qui condamne ce qu'il appelle dans *Invectives*, V, « l'artisterie » (*Po.*, p. 902), ce simulacre de l'art qui doit son existence aux conceptions déjà acquises ou établies de l'art. Cette imitation est généralement sensible au défaut de densité et d'unité de la parole. Son auteur passe alors pour un « fragmentier » et un « épisodique », empruntant « tournures » et « tics » (*Pr.*, p. 1041) aux écrivains réellement inventifs de l'époque. L'imitation se traduit donc par l'émergence d'une subjectivité dispersée et aléatoire dans le texte. Dans le dialogue des manières, la critique de l'imitation ouvre cependant sur une imitation critique, de nature bien différente puisqu'elle est fondée cette fois sur la pratique de l'assimilation.

S'il est vrai que « la manière de Lemoyne procède de Dante très lu, sans imitation aucune » (p. 846), lorsqu'il évoque chez Léon Valade « une imitation des *Nocturnes* de Henri Heine » (p. 840), Verlaine retrouve le sens classique de la notion qui, de Du Bellay à André Chénier, s'attache au *topos* de l'innutrition et de l'incorporation. C'est pourquoi il n'exalte autant la tradition que pour montrer combien elle communique de génération en génération, d'auteur en auteur, le sens même de la mission artistique. De Chateaubriand au Parnasse contemporain, en passant par Baudelaire et Hugo, ses mots d'ordre sont « transmirent » ou « continuateurs »[1].

1. « Notes sur la poésie contemporaine », *Pr.*, p. 896.

FAÇONS ET CONTREFAÇONS

À côté de la manière, il faut néanmoins considérer la *façon* et la *contrefaçon*. La première illustre une forme d'assimilation ambiguë et contiguë selon qu'il s'agit ou non d'une manière en devenir où l'œuvre ne s'accomplirait plus alors à la manière de son modèle mais « dans la manière de celui-ci[2] », c'est-à-dire créerait du neuf en le prolongeant. La façon définirait ainsi pour Verlaine cet état intermédiaire d'une écriture, encore « allusionesque » (*Pr.*, p. 266) et largement tributaire de ses références, qui « s'originalise » (p. 954) cependant peu à peu sans accéder à une pleine liberté du dire. La deuxième concerne le régime de la répétition et de la déformation ludiques ou satiriques entre les textes. Elle ne constitue nullement une négation de l'aventure du poète,

2. Gérard Dessons, *L'Art et la manière, éd. cit.*, p. 267.

elle l'y inscrit au contraire. Le retour constant à un contre-discours qui traduit moins un rapport d'adhésion qu'un acte de révolte du sujet explique que la pratique du pastiche et du travestissement, loin d'être localisée chez Verlaine dans les premiers essais, ait été aussi proliférante, essaimant à l'intérieur de recueils parfois très sérieux et parmi les productions les plus tardives au point qu'on a pu voir là sans contradiction « une des marques de son originalité [1] ». Car l'enjeu est effectivement la quête de l'originalité, quelle qu'en soit par ailleurs la méthode, nullement réductible à l'imitation. Par sa fonction critique, le pastiche s'en fait le révélateur mais n'en représente qu'un aspect.

Il n'est pas toujours aisé de distinguer la manière de la façon, ou même la façon de la contrefaçon, un mélange d'attitudes qui pose de substantielles difficultés d'analyse dans le cas des *Poèmes saturniens*. Les différences s'éclairent néanmoins lorsque l'auteur dans ses *Confessions* qualifie ses premiers vers « du Leconte de Lisle à ma manière, agrémenté de Baudelaire de ma façon » (*Pr.*, p. 504). Même s'il reconnaît sa dette, Verlaine s'est largement soustrait à cette double influence. La raison ne tient pas seulement au regard rétrospectif porté sur les poèmes mais à une clarification du rapport aux prédécesseurs qui situe l'acte saturnien dans un temps problématique. En effet, appuyée sur la nuance infime des prépositions (*à* / *de*), l'expression « Baude-

---

1. Olivier Bivort, « Verlaine à la manière de Verlaine », *Verlaine (1896-1996)*, Paris, Klincksieck, 1998, p. 289.

laire de ma façon » évoque une forte dépendance à l'égard des *Fleurs du mal* tandis que « du Leconte de Lisle à ma manière » laisse entendre une relation déjà plus libre. C'est que le poète n'a eu de cesse d'inscrire Leconte de Lisle dans le registre des pastiches. Il s'emploie à récuser et à exclure une esthétique qui lui est tout à la fois familière et distante. En même temps, le syntagme *à ma manière* n'équivaut pas exactement à la formule apparentée *à la manière de*. L'auteur ne sort par conséquent du domaine strict de la contrefaçon que pour rejoindre celui de l'assimilation, cas de mixité où l'une se révèle la condition de l'autre. En effet, le pastiche est nécessaire au sens où l'œuvre de Verlaine ne saurait recommencer celle de Leconte de Lisle. Mais sa poétique se révèle également assimilatrice dans la mesure où elle entend écrire *son* Parnasse, dissociant par ce biais Leconte de Lisle de l'idée même de Parnasse.

« DU PARNASSE CONTEMPORAIN » OU LA NOUVELLE PLÉIADE

L'une des plus graves illusions perpétuées par l'histoire littéraire, encore aujourd'hui[1], tient effectivement au rôle de chef d'école qu'on accorde de façon exagérée à l'auteur des *Poëmes barbares*. Pourtant, dans son étude décisive, « Du Parnasse contemporain » (*Les Mémoires d'un veuf*), Verlaine ne privilégie dans l'immédiat au-

1. Entre autres, Yann Mortelette, *Histoire du Parnasse*, Paris, Fayard, 2005.

cune figure particulière. Bien qu'ils soient assurément admirés, Banville, Baudelaire et Leconte de Lisle lui apparaissent d'abord comme « des lutteurs superbes d'isolement et d'originalité, partant sans disciples possibles » (*Pr.*, p. 113). On pourrait objecter que la rédaction tardive de l'article, écrit quelque vingt ans après les événements et la rupture hargneuse avec Leconte de Lisle au moment de la Commune de Paris, détermine amplement le propos. Mais cette chronique revient avec insistance sur l'idée que les parnassiens « n'avaient pas de chef » et qu'à part « certaines formules *communes* inévitables » chacun d'entre eux ne ressemblait « à personne de ses glorieux aînés, non plus qu'aux premiers de ce siècle » (*ibid.*).

Surtout, si Verlaine prône à l'époque une poétique parnassienne, il convient d'observer qu'il en fait prioritairement la démonstration chez Baudelaire ! C'est qu'en honorant (en 1866 !) de « poésies posthumes » (p. 111) le premier volume du *Parnasse contemporain*, plus exactement de « Nouvelles fleurs du mal », parmi lesquelles « Épigraphe pour un livre condamné », « À une Malabraise », « Les Yeux de Berthe », « Bien loin d'ici » ou « Les Plaintes d'un Icare », Baudelaire s'impose au rang de *parnassien* au même titre qu'Ernest d'Hervilly, les deux Deschamps ou Gautier, par exemple [1]. Au fond, loin d'associer le Parnasse à une catégorie littéraire extensive qui en affaiblirait l'idée, Verlaine se montre au contraire

1. *Le Parnasse contemporain, recueil de vers nouveaux*, t. I, Paris-Genève, Slatkine Reprints, 1971, p. 65-80.

très sensible à la diversité et s'il le faut à l'éclectisme de ses références et de ses nuances qu'il perçoit comme une force et une richesse : un « renouveau lui-même du romantisme » ou un « romantisme en avant » (*Pr.*, p. 898).

L'ART POUR L'ART
OU L'AUTONOMIE EN DÉBAT

Dépourvu de maîtres, le Parnasse ne représente donc pas une école. Il n'exclut pas cependant certains principes fédérateurs au rang desquels se place l'idée de l'*art pour l'art*. En fait, si l'on songe que, là encore, Baudelaire en est le parangon aux yeux de Verlaine, il n'y a aucune contradiction à voir dans le discours du spleen et des malaises existentiels propre aux *Poèmes saturniens* une des formes de l'*art pur*. Car c'est bien cette expression lexicalisée que Verlaine emploie régulièrement dans ses proses critiques à côté du *beau pur*, ayant puisé entre autres sources fondamentales dans les *Notes nouvelles sur Edgar Poe*.

Dans « L'Art philosophique », article paru en 1868, Baudelaire professe à nouveau que « tout art doit se suffire à lui-même [1] » suivant cette « conception moderne » qui consiste à créer « une magie suggestive contenant à la fois l'objet et le sujet, le monde extérieur à l'artiste et l'artiste lui-même [2] ». Non seulement l'auteur met en cause le dualisme logique du sujet et de l'objet mais il écarte en même temps

1. Charles Baudelaire, *Œuvres complètes*, t. II, éd. cit., p. 604.

2. *Ibid.*, p. 598.

une définition *autotélique* de l'art selon laquelle il n'est pas d'œuvre qui ne soit à elle-même sa propre fin. Cette logique spéculaire où le poème ne parlerait plus que du poème et serait sans égard pour le réel ou l'histoire, par exemple, entrerait en contradiction avec la proposition de Baudelaire qui rend au contraire inséparable le « monde extérieur » de l'apparition d'un sujet artistique.

La notion d'*art pour l'art* se réfère indubitablement à l'autonomie de l'œuvre, mais il en existe différentes conceptions qui ne sont pas toutes sur le même plan. L'autonomie peut être envisagée comme simple *autarcie*, et à première vue, Verlaine n'y déroge pas lorsqu'il dissocie dans le « Prologue » sa recherche du beau du « honteux conflit des besognes vulgaires » ou des « vanités plates » (*Ps.*, p. 37) de l'usage social. Mais il élargit assez vite cet axe théorique en concevant l'autonomie comme *spécificité* : « Oui, l'Art est indépendant de la Morale, comme de la Politique, comme de la Philosophie, comme de la Science, et le Poète ne doit pas plus de compte au Moraliste, au Tribun, au Philosophe ou au Savant, que ceux-ci ne lui en doivent. Oui, le but de la Poésie, c'est le Beau, le Beau seul, le Beau pur, sans alliage d'Utile, de Vrai ou de Juste » (*Pr.*, p. 605). Loin d'être novatrice, la lecture dont Verlaine s'autorise n'est qu'une paraphrase éloquente et concise des polémiques et des attaques de Baudelaire contre la doctrine de Victor Cousin prônant l'indissolubilité du Beau, du Vrai et du Bien.

Toutefois, si elle récuse une sujétion de l'œuvre d'art aux normes idéologiques ou sociales, nécessairement extérieures à ses lois propres et à l'invention d'une valeur esthétique, elle n'exclut pas pour autant une politique ou une éthique particulières au poème et à lui seul. Dans ses « Notes pour mon avocat », Baudelaire avait noté à propos des *Fleurs du mal* qu'il existe plusieurs morales, celle « positive ou pratique à laquelle tout le monde doit obéir », et celle des arts qui « est tout autre, et depuis le commencement du monde[1] ». L'auteur dégageait ainsi un universel dont le statut est lié paradoxalement chaque fois à une œuvre singulière. Chez Verlaine, l'art pour l'art est donc bien une éthique : la recherche de la *valeur* (au sens esthétique) est ce qui fonde dans l'œuvre les *valeurs* (au sens collectif), et non l'inverse.

1. Charles Baudelaire, *Œuvres complètes*, t. I, éd. cit., p. 194.

« ÇAVITRÎ » OU LE DOGME DE L'IMPASSIBILITÉ

À l'art pour l'art se rattache la théorie de l'impassibilité, omniprésente chez Leconte de Lisle, un retrait et un dégagement nécessaires « en face du Débraillé à combattre » (*Pr.*, p. 110). Mais dans cette lutte contre le primat de l'émotion et du sentiment en poésie, Verlaine voit plutôt un « mot d'ordre » (*ibid.*) qu'un principe textuel au demeurant inapplicable, comme le révèle dans « Çavitrî » le sens de l'impératif catégorique : « *Ainsi que Çavitrî faisons-nous impassibles, / Mais, comme elle, dans l'âme ayons un haut dessein* » (*Ps.*, p. 68). S'il s'agit de « *se tenir trois jours entiers, trois nuits entières, / Debout, sans remuer jambes, buste ou paupières* » (*ibid.*), c'est une ankylose de l'esprit qui guette le poète. D'un tel impératif, le texte donne une traduction physique pour en montrer l'absurde. Il oscille entre une interprétation littérale et une lecture symbolique. Cette formulation coïncide en tout cas avec un ordre de grandeur inhabituel, *sublimes :: cimes*, une rime que viennent aussitôt contrebalancer deux autres finales sur un ton héroï-comique : *vœu :: pieu*. L'image que renvoie le personnage, « rigide », introduit une dissonance dans le registre fabuleux annoncé par le nom de l'épopée indienne en épigraphe « (*Maha Baratta*) », tout en accusant le contraste avec le doublet *langueur :: cœur*. Le vœu que fait Çavitrî au début « pour sauver son époux » appelle « le haut dessein » de la fin mais le texte en remanie schématiquement le noble idéal.

Le discours affecté qui englobe le lexique, « rais » ou « épandre », s'étend aux mythologismes : « Çurya », que Leconte de Lisle transcrivait dans « Çunacepa » sous la forme « Surya », est la divinité du soleil tandis que « l'astre Tchandra », ainsi que le révèle « Kamadéva », l'un des poèmes de Catulle Mendès, désigne simplement la lune[1]. Ce maniérisme d'époque contamine l'attitude aristocra-

1. Jacques Robichez (éd.), Paul Verlaine, *Œuvres poétiques*, Paris, Classiques Garnier, 1986, n. 3 et 4 p. 530.

tique du personnage et du narrateur (*nous*) d'une pointe légèrement parodique qui prépare le clivage terminal. La portée du texte repose sur le jonctif « mais » du dernier vers. L'impassibilité revendiquée, devenue entre-temps synonyme de rigidité, ne saurait être mise sur le même plan que le « haut dessein » : celui-ci renvoie à l'éthique de l'artiste et vient au contraire corriger la vertu d'impassibilité de sorte qu'on ne saurait plus les confondre comme c'est le cas chez Leconte de Lisle. L'une transcende l'autre pour en dénoncer l'aspect dogmatique.

Dans ce cadre, un mot placé à la césure du dernier vers prend une résonance particulière, il s'agit de « l'âme ». Que désigne cette apparition aussi ferme que discrète de la subjectivité ? Le retour d'un refoulé esthétique, sévèrement sanctionné par le Parnasse à la manière de Leconte de Lisle. Pour autant, l'écrivain ne pratique pas ce qu'il appelle avec une enflure ironique « le passionisme et l'inspirantisme transcendantaux » (*Pr.*, p. 620). Dans l'« Épilogue » du premier volume, il s'en remet au pouvoir de la volonté « sainte, absolue, éternelle » (*Ps.*, p. 93). Legs baudelairien, cette valorisation inspirée de *La Genèse d'un poème* va à l'encontre du spontanéisme romantique ; elle est liée également à « l'Obstination » et au « travail » (*ibid.*). Autant de qualités qui s'étendent logiquement à la matière et aux formes du discours : « *À nous qui ciselons les mots comme des coupes / Et qui faisons des vers émus très froidement* » (*ibid.*). Sans doute la comparaison avec la sculpture puise-t-elle directement dans « L'Art », le texte qui fermait le recueil *Émaux et camées*. Mais par-delà les similitudes, l'hypallage ironique « vers émus » en réoriente le sens. Le transfert qu'elle opère du *je* vers la forme n'est pas séparable du vis-à-vis qu'entretiennent les deux termes répartis autour de la césure. Il sera toujours loisible à l'artiste de composer dans un esprit de neutralité et de distance, la valeur du texte ne pourra qu'en bénéficier s'il est vrai qu'ici le vers se dépouille désormais de sa *formalité* tandis que le sujet se défait de sa *personnalité*.

« LE SYSTÈME DE LISLE »

Des contrefaçons auxquelles Verlaine soumet les œuvres de Leconte de Lisle, une autre rationalité du poème se dégage, en rupture profonde avec l'oralité épique. Organisé en différents blocs de rimes suivies, le « Prologue » obéit sur ce point à une orientation chronologique. L'état présent de la parole, « Aujourd'hui » (*Ps.*, p. 36), « Maintenant » (p. 37), se mesure à « ces temps fabuleux » de l'Inde et de l'« Hellas antique » (p. 35), et finalement aux « ères / *Barbares* » (p. 36) du Moyen Âge. À lui seul, le rejet de l'adjectif au vers suivant constitue une allusion aux *Poèmes barbares*. Verlaine convoque une forme mythique du verbe pour la congédier aussitôt dans un ordre archaïque. Tandis que le démonstratif, « en ces temps fabuleux », creuse encore l'emphase de la distance, le passé magnifié est lui-même destiné à l'indétermination : « les limbes de l'histoire » (p. 35).

Certes, l'utilisation des noms propres donne un ancrage référentiel concret à cette légende dorée du passé, depuis les toponymes, « la Ganga », « Hellas », « Sparte » ou encore « Roncevaux » jusqu'aux anthroponymes, « Bhagavat », « Valmiki » puis « Orpheus », « Alkaïos » et enfin « Théroldus », « Charlemagne », « Roland ». Ce faisant, Verlaine pastiche aussi des manies graphiques, hellénisantes voire latinisantes, ce qu'il appelle « le système de Lisle [1] ». Autant de traits qui s'expliquent à la fois par l'intérêt que le barde des *Poèmes antiques* porte entre autres aux recherches philologiques et comparatistes sur le sanskrit et les langues indo-européennes, mais aussi par ses propres travaux de traduction : en 1866 paraît celle de l'*Iliade*, puis Leconte de Lisle adapte en français l'année suivante l'*Odyssée*. En 1869, avec les *Hymnes orphiques*, il se tourne même vers Hésiode.

Le procédé de nomination vise chez Verlaine une divinisation et un grandissement des lieux et des hommes. Ainsi glorifiés, les personnages sont naturellement héroïques. L'énumération de dynasties royales, de demi-dieux ou de chantres mythiques donne un sens comique à l'érudition dont fait preuve tout à coup l'écri-

[1]. Lettre à Armand Gouzien, octobre 1867 ou mars 1868, *Cg.*, p. 120.

vain. Cette suite de vers offre une représentation synthétique et saturée d'un ailleurs : « *Une connexité grandiosement alme / Liait le Kchatrya serein au Chanteur calme, / Valmiki l'excellent à l'excellent Rama : / Telles sur un étang deux touffes de padma* » (*Ps.*, p. 35). L'épithète, avec « serein », « calme », « excellent », donne au poème fatalement laudatif une allure ampoulée.

Verlaine dénonce une rhétorique de la célébration, aisément lisible dans le chiasme qui porte sur la double occurrence de « l'excellent » ou la comparaison en attaque de vers avec « Telles ». Cette manière est celle de « La Mort de Valmiki » : « *Ramayana ! L'esprit puissant qui t'a chanté / Suit ton vol au ciel bleu de la félicité, / Et dans l'enivrement des saintes harmonies, / Se mêle au tourbillon des âmes infinies* [1]. » Dans « Çunacépa », les « mille Kchatrya », c'est-à-dire les guerriers du Maharadjah, « grands, belliqueux, armés [2] », affectent une pompe également théâtrale. L'adverbe « grandiosement » montre que cette esthétique d'une tranquille cruauté liée aux cosmogonies antiques et aux rêves d'Orient ouvre un registre de voix précisément étranger au recueil saturnien. Le « Prologue » décline alors une profusion verbeuse, grâce au latinisme « alme », issu de *alma* (*i.e.*, nourricière, bienfaisante, maternelle), et au substantif abstrait « connexité » attesté dès le XVe siècle. Qu'exhibe ici le pastiche ? Le travers périphrastique d'une manière pé-

1. Leconte de Lisle, *Poèmes antiques*, Paris, Poésie/Gallimard, 1994, p. 59.

2. *Ibid.*, p. 79.

dante qui aurait pu s'énoncer plus simplement.

Dans ce Parnasse mis à nu par ses fidèles mêmes, c'est bien cette connexité entre « les Poëtes sacrés » et les « Guerriers saints » (*Ps.*, p. 35) que s'efforce de défaire le « Prologue ». Verlaine songe à une nouvelle espèce de « Chanteurs » (p. 37) qui n'exalteraient plus « la Force » (p. 36) : « orgueilleux et doux », ils mettraient fin à l'union symbolique des « vacarmes » et des « armes » (p. 37). Une complète déshéroïsation de l'artiste est en jeu qui répondrait aux « échos jamais las » de l'épopée par une « note pure » (p. 37) fondée sur le divorce de « l'Action » et du « Rêve » (p. 36). Aussi, lorsqu'il juge pleinement dépassée la figure du « Trouvère héroïque », en faisant allusion à *La Chanson de Roland*, Verlaine souligne rétroactivement les continuités d'un modèle d'oralité qui unit des œuvres pourtant très différentes depuis Leconte de Lisle jusqu'à Victor Hugo.

HUGO EN MINEUR

Dans la vision que l'auteur se fait du romantisme, rien ne le démontre mieux que les différentes études qu'il consacre successivement au chantre de *La Légende des siècles*. On y compte d'abord « Hernani » (*L'International*, 23-24 juin 1867) et « Paris » (*Revue des lettres et des arts*, 24 novembre 1867). Dans ces deux articles, encore admiratif, Verlaine partage nombre de convictions à la fois idéologiques et littéraires exposées dans les pamphlétaires *Châtiments*. Néanmoins, au détour de sa polémique avec Barbey d'Aurevilly, *Le Juge jugé* (*Les Œuvres et les hommes*), il émet déjà de fortes réticences devant les « déplorables passages *attendrissants* » (*Pr.*, p. 614) de « Ratbert », l'une des *Petites épopées*. Le ton devient plus encore intempestif dans « Lui toujours – assez » que l'auteur publie dans *Lutèce* en novembre 1885 après la disparition du mage romantique et son sacre républicain au Panthéon. Cette position se confirme encore dans « À propos d'un récent livre posthume de Victor Hugo » inséré dans *La Revue d'aujourd'hui* en juillet 1890. En vérité, si le jugement de Verlaine change, mais s'exerce aussi avec davantage d'acuité, ce fait est en partie imputable aux variations de la manière de Victor Hugo lui-même.

Le poète donne une lecture qui va largement à revers de la perception contemporaine s'il est vrai qu'entre les *Odes et ballades* ou *Les Orientales* et les œuvres de l'exil, Verlaine valorise sans équivoque la deuxième période du romantique allant des *Feuilles d'automne* aux *Rayons et les ombres*. Aux « interminables déclamations ronronnantes » (p. 729) des *Châtiments*, il ajoute dans son réquisitoire « les pièces affreusement longues et terriblement tautologiques » (p. 730) des *Contemplations*. Tant de « chefs-d'œuvre incomplets » témoignent d'un « avachissement » (*ibid.*). Hugo s'est peut-être « survécu » (p. 107)

à travers une « langue désagrégée » (p. 106), il n'en laisse pas moins « quatre recueils de vers intimes » qui font sa « vraie gloire de bon poète de demi-teintes » (p. 105) : *Les Feuilles d'automne*, *Les Voix intérieures*, *Les Chants du crépuscule* et *Les Rayons et les ombres* retiennent Verlaine « pour un certain accent sincère, et dans le dernier recueil particulièrement, par un tour artistique […] *modéré*, discret, sourdine et nuance » (p. 726). Un condensé de sa poétique personnelle qui légitime une représentation paradoxale du maître en petit romantique, presque marginal : « Laissez-moi retourner au Victor Hugo de Pétrus Borel et de Monpou ! » (p. 106).

Ainsi la manière est-elle inséparable de l'expression de l'intime. Mais l'intime ne s'adresse pas à la même dimension de l'être dans l'un et l'autre cas. Une proposition comme celle qu'énonce la préface des *Odes et ballades*, « la poésie, c'est tout ce qu'il y a d'intime dans tout[1] », devient assurément un adage personnel pour l'auteur des *Fêtes galantes*. Mais ce dernier en transforme complètement le sens : toute chose se réduit plutôt chez lui dans l'intime conçu comme seule instance possible du texte. *Les Voix intérieures* considèrent, quant à elles, « ce chant qui répond en nous au chant que nous entendons hors de nous[2] », au point que la fonction du poète consiste à orchestrer la diversité des voix issues du monde et de l'homme mais aussi de l'histoire et de la société. Dans ce cadre, « l'écho bien confus et bien

---

1. Victor Hugo, *Œuvres poétiques*, t. I, éd. cit., p. 264.

2. *Ibid.*, p. 919.

1. *Ibid.*

2. *Ibid.*, p. 1103.

3. *Ibid.*, p. 805.
4. *Ibid.*, p. 784.

5. *Ibid.*, p. 805.

affaibli[1] » qui inscrit l'âme dans le poème par bien des aspects annonce le chuchotement verlainien. Mais la lyre dont joue Hugo dans *Les Rayons et les ombres* pleure « tout bas » en « chantant bien haut » (« Que la musique date du seizième siècle[2] »). Autrement dit, les basses et les hautes intensités demeurent chez lui étroitement solidaires. Surtout, la voix s'y révèle à travers l'ordre cosmique : dans *Les Feuilles d'automne*, « cet immense clavier » (« Pan[3] ») qu'est la nature s'accorde à « la langue de votre âme » (« Bièvre[4] »). Dans chacun de ces textes, cependant, une rime réapparaît qui unit *intime* et *sublime*, et résume de ce fait assez bien les différences entre Hugo et Verlaine : « *Car, ô poètes saints ! l'art est un son sublime, / Simple, divers, profond, mystérieux, intime*[5] ». Pour l'écrivain des *Romances sans paroles*, l'intime ne possède aucun trait sublime mais s'impose, en revanche, à la dimension de l'*infime*.

« APRÈS TROIS ANS »

L'art de Verlaine innove, en effet, dans « le charme frêle du morceau » (*Pr.*, p. 650). Poème du souvenir, « Après trois ans » (*Ps.*, p. 40) explore une tierce voie dans la section « Melancholia » : entre « Résignation » et « Nevermore, I ». Surtout, le texte évoque « Trois ans après » des *Contemplations*. D'un titre à l'autre, l'ordre des mots est déjà une manière d'inverser la manière de Victor Hugo. Cette scène de retour chez Verlaine réalise concrètement la nostalgie, elle tente une réappropriation du réel : « J'ai tout revu » (*ibid.*), ce que démontre encore l'essai de fusion avec l'espace, un même écho consonantique reliant « *je* » à « *jardin* » (*ibid.*). Un autre texte d'inspiration chez Hugo, issu des *Rayons et les ombres*, « Tristesse d'Olympio », insistait déjà sur la motivation intérieure du personnage :

« Il voulut tout revoir, l'étang près de la source,
La masure où l'aumône avait vidé leur bourse,
    Le vieux frêne plié
Les retraites d'amour au fond des bois perdues [1] »

1. *Ibid.*, p. 1094.

Du « il » au « je », la place qu'occupe dans « Après trois ans » l'indéfini « tout » à la césure de l'alexandrin chez Verlaine travaille également le sens et le contenu du regard : son avidité. La proposition participiale, « Ayant poussé la porte » (*Ps.*, p. 40), ouvre sur un monde perdu et soudain regagné. Entre passé et présent, les verbes de forme composée, « je me suis promené » ou « rien n'a changé », créent cette zone intermédiaire où communiquent permanence et écoulement du temps.

Cette réconciliation avec une époque révolue transforme l'instant de l'émotion, elle le cadre et l'unifie afin de résorber la fuite du temps : « Les roses comme avant palpitent ; comme avant ». Le contre-enjambement, placé après le point-virgule, donne une assise au sentiment voué contre l'irréversible au régime heureux d'une répétition des faits : « Chaque alouette qui va et vient m'est connue ». Mais de nombreuses ambiguïtés s'insinuent, et lézardent peu à peu cette magique restitution du passé. Délocalisé, le centre du poème se dévoile discrètement au niveau de la ponctuation : « *Rien n'a changé. J'ai tout revu : l'humble tonnelle / De vigne folle avec les chaises de rotin…* » Les points de suspension y suggèrent l'absence. Ces chaises font signe vers l'image fuyante d'un couple et d'une femme, une vitalité amoureuse perdue qui se voit alors transférée en chaque être énuméré : le jet d'eau, le tremble, les lys, etc. Au moment où l'émotion atteint son comble, le texte atténue donc toute forme d'expressivité trop directe et place la force du sentiment dans le silence. Dans ce jardin à la fois habité et désert, l'acte de redécouverte ne s'oriente pas vers le pathétique. Ainsi s'éclaire l'emploi stratégique du connecteur « même » qui amorce le tercet final. L'exhaustivité qu'il dénote en termes descriptifs est évidemment proportionnée au manque que le texte présuppose dans son ensemble : « *Même j'ai retrouvé debout la Velléda / Dont le plâtre s'écaille au bout de l'avenue, / – Grêle, parmi l'odeur fade du réséda.* » Indice de fétichisation, la statue a une fonction substitutive manifeste, elle cristallise les vestiges de l'émoi. La dévotion amoureuse se détourne tout à coup vers un objet-souvenir qui est aussi un simulacre. Car les valeurs de permanence qu'il devrait logiquement renvoyer se sont évanouies : le « plâtre s'écaille » en donnant libre cours à l'irrévocable.

En outre, dans un espace dont l'auteur a pris soin de noter au préalable l'exiguïté, « le petit jardin » doublé de « la porte étroite », le mot placé à la rime, « l'avenue », introduit brusquement une idée d'élargissement, effet aussitôt contenu par l'adjectif « grêle » auquel le tiret donne une charge à la fois rythmique et symbolique. L'effritement prend une tournure ironique et met à distance la souffrance et l'affect. Mais il circonscrit simultanément le lieu où devra désormais s'exercer la parole mélancolique : « humble » et « petit » sous-tendent une véritable axiologie du poème. Car « la porte *étroi*te » est aussi celle par où fuit hypothétiquement le temps en résonnant dès le titre « Après *trois* ans ». L'exiguïté ne concerne pas uniquement l'espace où se dénoue le drame de la vision, elle caractérise d'abord l'intervalle, c'est-à-dire la source de motivation immédiate de la profération. Le laps de temps écoulé se révèle suffisamment important pour qu'une réminiscence puisse s'engager, trop court en revanche pour en tirer des effets tragiques. Aussi, malgré d'indéniables similitudes avec « Tristesse d'Olympio », depuis « le jardin » et « la maison isolée » jusqu'au vent « remuant le chêne ou balançant la rose[1] », Verlaine tient à distance les « blessures[2] » du personnage éponyme. Sa poétique de l'intime se dérobe à l'extension rhétorique du monologue hugolien : « Ô douleur[3] ! » Elle s'accorde plutôt, selon l'expression d'*Élégies*, IX, avec « cet infime moi » (*Po.*, p. 804) qui chez Verlaine se reconfigure de recueil en recueil.

1. *Ibid.*
2. *Ibid.*, p. 1093.
3. *Ibid.*, p. 1095.

IV POÉTIQUE DE L'INTIME

S'il donne son nom à une poétique de l'intime, comme expression directe de l'infime, le mineur se traduit aussitôt par une critique du sujet. En effet, dans sa plénitude, le moi constitue un véritable « poison[4] ». Le grief atteint moins, en l'occurrence, l'expérience de la mélancolie, à l'origine d'une série de dédoublements intérieurs, qu'il ne porte plus largement sur les excès de l'introversion. Le poète entend écrire « en haine de ce mot, psychologie » et lui oppose « l'élégie sérieuse » (*Pr.*, p. 722). Il rejette avant tout une instance fondée sur la conscience et l'émotion. De fait, il met en cause toute célébration du privé et perçoit dans l'effusion d'une « littérature personnelle » (p. 577) les dangers d'une esthétisation dont le revers serait le solipsisme et le narcissisme.

4. *Mes hôpitaux (notes nouvelles)*, *Pr.*, p. 275.

Il dénonce enfin « la lyre poitrinaire[1] » dont le genre académique avait été avant lui l'objet des foudres et des sarcasmes de Baudelaire et de Flaubert.

Ce faisant, Verlaine travaille aussi ses propres contradictions littéraires. Reprenant à son compte la célèbre formule pascalienne, « le moi est haïssable », il tend à écarter l'esprit de confidence qui alimente la majeure partie de sa production aussi bien « en vers qu'en prose[2] ». S'étant bien juré « de ne plus jamais parler de [s]oi[3] », il ne cesse pourtant d'y revenir. À quoi tient ce paradoxe ? Est-il simplement de nature autobiographique, une tendance qui s'affirme avec les récits de vie, *Mes prisons* ou *Mes hôpitaux*, et déjà à partir de *Sagesse* et d'*Amour*, explicitement réglés sur le modèle chrétien de la confession ? En fait, ce paradoxe s'enracine dans une opposition logique. Car « parler de [s]oi » ne désigne jamais que le rapport de soi à soi alors conçu simultanément comme source et visée du discours. Une telle attitude ne se confond pas en tout cas avec une pensée éthique du sujet dont *Bonheur*, XVIII, donne la formulation exemplaire : « L'art, [...] c'est d'être absolument soi-même » (*Po.*, p. 683). Dans le premier cas, le sujet se prend pour objet ; dans le deuxième cas, il n'est sujet, aspirant à une singularité optimale, que d'être immédiatement destiné aux autres : « Et qui m'aime me suive » (*ibid.*). Avec tous les risques que comporte une pratique de l'intersubjectivité qui assigne ainsi au

1. Lettre à Edmond Lepelletier, 17 février 1889, *Co.*, t. I, p. 229.

2. *L'Hôpital chez soi*, *Pr.*, p. 573.
3. *Ibid.*

poème sa dimension publique : « Et si personne ne m'aime ou ne suit, allons seul » (*ibid.*).

Sans doute, le projet de parler de soi (et il en existe de multiples modalités) n'exclut pas « d'être absolument soi-même » dans le langage (vers ou prose) mais la perspective est sensiblement différente. Il est du moins impossible de rendre compte d'une poétique de l'intime sans la théorie du sujet qui la fonde dans les termes d'une critique. Au départ, l'intime s'oppose aux formes biographiques de l'écriture, une distinction valable pour les trois recueils mais qui se diluera graduellement au cours des années 1880 et 1890. De fait, en prenant la diégèse des *Confessions* et des autres récits de vie pour l'explication – rétrospective – des premiers poèmes (les faits privés autorisant une genèse et une interprétation des textes entièrement informées de la personnalité de l'auteur), on n'a pas pris garde qu'en retour ces commentaires sur l'œuvre passée constituaient alors la nouvelle manière de l'auteur.

Cette démarche ne déroge pas à l'idée selon laquelle Verlaine dans sa « Critique des *Poèmes saturniens* » entend traiter de « soi-même bien considéré sous toutes formes » (*Pr.*, p. 722). Au contraire, l'autobiographie n'est qu'une des formes possibles de l'individuation littéraire. Aussi, devant *Poèmes saturniens* ou *Romances sans paroles*, la seule distinction opératoire qui vaut pour une poétique passe entre

« l'homme » et « le poète ». Explicite dans *La Bonne Chanson*, I, elle parcourt l'œuvre jusqu'au *Livre posthume*. En ce sens, l'écriture comme la lecture des textes par l'intime participent à une quête similaire : celle d'un sujet « *sui generis* » (p. 856), distinct de l'individualité biographique ou psychologique, qui construit donc sa référence, toujours variable et particulière, à l'intérieur et en fonction de chaque texte.

L'intime représente une notion critique qui échappe au double écueil du *subjectivisme*, l'abus lyrique et expressif du moi, et de l'*objectivisme*, une version inversement transcendantale et intellectuelle où l'illusion du moi doit être surmontée et dépassée. Il se définit plutôt comme une intériorité-extériorité, moins dans le sens d'une dualité que d'une tension féconde. L'examen de soi doit pouvoir coïncider avec une sortie hors de soi.

DU « MÉLANCOLISME »

Ce double mouvement transparaît déjà sous la forme d'une signature dans *Poèmes saturniens*. Ce sont les initiales des nom et prénom de l'auteur, « P.V. », en bas du poème liminaire « Les Sages d'autrefois… ». Sans doute signalent-elles une continuité, peut-être même une (con)fusion avec la sphère privée au sens où le sujet s'éprouve encore dans un lien de proximité, ce dont *Fêtes galantes* et *Ro-*

mances sans paroles s'écarteront par la suite. Mais les initiales font plus profondément jouer le rapport entre une façon et une manière, s'il est vrai que le titre même du recueil emprunte sa caractérisation principale à « Épigraphe pour un livre condamné » de Baudelaire : « *Lecteur paisible et bucolique, / Sobre et naïf homme de bien, / Jette ce livre saturnien, / Orgiaque et mélancolique*[1] ». Dans cette adresse aussi provocatrice qu'agressive, c'est « apprendre à [l]'aimer[2] » qu'exige l'auteur. L'empathie implique une adhésion inconditionnelle au mal et ne saurait elle-même aboutir qu'à une haine sadique et à un anathème absolu : « Plains-moi !... Sinon, je te maudis ! »

Sans avoir recours à un registre théologique comparable, Verlaine pratique, en revanche, une même forme de sélection et d'exclusion. Car « les Saturniens » (*Ps.*, p. 33) renvoient à une communauté imaginaire dont l'état marginal figure aussi un principe de ralliement. À cet égard, la valeur énonciative du « nous », qui apparaît vers la fin du texte et comme décentrée par le double tiret à fonction de parenthèse, se révèle problématique. Car elle ne se résume pas en une simple amplification rhétorique du « je ». Elle suppose un double processus de reconnaissance. Au « mystère nocturne » (*ibid.*) et au régime de « FATALITÉ » (p. 74) dont parlera « Nevermore, II », elle associe évidemment Baudelaire lui-même. Mais elle inclut quiconque subit l'attraction et les ma-

---

[1] Charles Baudelaire, *Œuvres complètes*, t. I, éd. cit., p. 137.

[2] *Ibid.*

léfices de la « fauve planète » avec sa part tragique de « malheurs » (p. 33).

À terme, l'enjeu est bien la communicabilité de « chaque âme » (*ibid.*) en son intériorité meurtrie. L'épigraphe de Baudelaire mettait en débat le difficile élargissement du poème vers le public, une situation directement liée au procès des *Fleurs du mal* et à l'expurgation du recueil. Les *Poèmes saturniens* présupposent cette situation d'ordre social et historique. Ils en dramatisent le conflit pour le projeter au rang de condition universelle du sujet. Dans ce contexte, toute communication de l'intime sera nécessairement maladive, à l'image de ce poison « rare », la bile noire de la mélancolie qui brûle « comme une lave » (*ibid.*). Elle obéira donc à la circulation et au déséquilibre des humeurs, se conjuguant à une violente implosion du moi. Ce schéma physiologique, qui remonte à la médecine d'Hippocrate et aux connaissances antiques, sert de guide de lecture. Sans doute l'image des sages s'efforçant de « lire au ciel les bonheurs ainsi que les désastres » converge-t-elle avec l'allusion aux « grimoires anciens » dans une perspective d'abord sémiologique, au sens à la fois clinique et linguistique. Mais entre « le *s*igne SATURNE » et « *c*eux-là » qui sont nés sous l'astre fatal, l'écho en /s/ montre qu'il en va d'un plus vaste déchiffrement du sujet. Bien que soumis à la division et à l'opacité, dans *Poèmes saturniens* ce sujet demeure en même temps

« trop *soi* pour pouvoir se souffrir » (*Pr.*, p. 640).

Il reste que l'intime traduit d'abord chez Verlaine « un certain mélancolisme, plus encore que la mélancolie » (p. 746), c'est-à-dire « une tristesse heureusement imaginaire dans sa charmante et peu alarmante sincérité » (p. 747). Sans doute avec le recul du temps l'autocritique accuse-t-elle davantage le fait d'écrire alors trop « baudelairement » (p. 424). En dérivant d'un nom propre un adverbe de manière, l'auteur met en crise l'idée même de manière assimilée à une manière d'être dans l'écriture : un *habitus*, voire une posture. Dans cette « pensée triste et voulue telle ou crue voulue telle » (p. 720), c'est aussi la volonté, dont l'« Épilogue » faisait l'éloge, qui se trouve directement mise en cause comme modalité artistique. Surtout, l'expression même de « pensée triste » évacue le terme de « spleen », un anglicisme qui fait son apparition au XVIIIe siècle mais qui demeure à ce point marqué par le fondateur de la modernité postromantique que son emploi se fait finalement assez rare sous la plume de Verlaine.

Le mot donne son titre à l'une des « Aquarelles » dans *Romances sans paroles*, et non à quelque « paysage triste » issu des *Poèmes saturniens*. L'atmosphère du poème échappe d'ailleurs aux brumes et pluies des *Fleurs du mal*[1] ; elle réorganise le *topos* de la reverdie printanière de *La Bonne Chanson* : « la campagne infinie », « les lierres » et « les roses » (*Rsp.*, p. 149).

1. Cf. Dossier, p. 249.

Mais c'est au nom d'un excès qui n'exclut peut-être pas une forme d'ironie dans la relation entre les deux amants : « *Le ciel était trop bleu, trop tendre, / La mer trop verte et l'air trop doux* » (*ibid.*). Ainsi, la pensée triste et la critique du mélancolisme éclairent après coup dans le premier volume une stratégie de réinvention du « spleen » et de l'« idéal ».

EXÉGÈSES, RÉCRITURES, CONTINUATIONS

S'il s'avère que « la poétique de Charles Baudelaire » n'a pas besoin d'être « péremptoirement » formulée et « ressortirait de ses vers eux-mêmes », l'exégèse que Verlaine livre des *Fleurs du mal* en quelques phrases « bien nettes » (*Pr.*, p. 604) est en retour la meilleure des propédeutiques à ses propres poèmes. La composante majeure en est le point de vue par l'historicité. Passant en revue les thèmes emblématiques des *Fleurs du mal*, Verlaine considère les « situations poétiques » où ils sont appliqués. C'est-à-dire que les thèmes n'étant jamais qu'anachroniques, c'est chacune de ces situations qui les transforme et les rend propres à tel auteur et à lui seul. L'amour chez Baudelaire se dit autrement que chez Pétrarque, Goethe ou Musset, ce n'est donc pas le même : « C'est bien l'amour d'un Parisien du dix-neuvième siècle, quelque chose de fiévreux et d'analysé à la fois » (*ibid.*), une réalité coextensive aux coordonnées empiriques de l'espace, du temps et de la subjectivité. Autrement dit, les lectures que Verlaine donne du recueil inaugurent déjà un genre de continuation par le commentaire (elles le réénoncent) qui double ou annonce les récritures effectives et concrètes de *Poèmes saturniens*. Ainsi, le « côté spiritualiste » de Baudelaire illustré par cet amour qui « à force d'idéal cherché, s'exile de lui-même par-delà la mort » (p. 602) trouve une version radicalement différente dans « Mon rêve familier ». À l'inverse, les « vers magnifiques d'orgueil et de désillusion » (*ibid.*) résonnent en vis-à-vis dans « Lassitude ». À terme, Verlaine défait la solidarité qui existait entre le côté sensuel et le côté spirituel des *Fleurs du mal*.

Le « rêve étrange et pénétrant » de cette « femme inconnue » (*Ps.*, p. 43) qui hante de façon répétée les nuits et les souvenirs du moi implique une tragique condamnation du couple : les « aimés que la Vie exila » (*ibid.*). Aussi est-ce dans l'activité la plus fantasmée que se réfugie ce « cœur, transparent » destiné à celle qui « seule » le « comprend », une réciprocité absolument impossible dans le réel. Cependant, l'*Éros* verlainien n'échappe pas à l'incertitude ; la femme inconnue, et adorée pour cette raison même, n'est « *chaque fois, ni tout à fait la même / Ni tout à fait une autre* ». Enfin, ce modèle absolu que le sujet n'atteint qu'à travers un scénario instable et changeant oppose l'obstacle de la distance : « lointaine ». Le parallèle final du regard et de la voix s'achève sur la rime *statues :: tues*. Il donne une ambivalence profonde à la figure bien-aimée, placée entre l'idolâtrie et la pétrification.

À l'inverse, la « fauve passion » de « Lassitude » dément l'échange désiré dans « Mon rêve familier » : « *Mets ton front sur mon front et ta main dans ma main, / Et fais-moi des serments que tu rompras demain* » (p. 42). Le plaisir de la chair a remplacé le culte de la femme sublime ; toute trace de romantisme est congédiée en laissant place au désenchantement. L'épigraphe du poète espagnol Góngora, auteur de sonnets baroques et précieux, donne le ton héroï-comique du texte : les batailles d'amour se font désormais sur un champ de plume. Ce que rappelle assez la mention ironique de « l'olifant », ce cor d'ivoire taillé dans la défense d'un éléphant dont les chevaliers se servaient notamment à la guerre. Aussi la rhétorique amoureuse qui emprunte aux hyperboles galantes, « transports », comme aux archaïsmes, « déduit », est-elle particulièrement discordante dans ce contexte. La joute sexuelle avec la « petite fougueuse » se termine naturellement sur un « spasme », l'allusion changeant alors l'idée même de lassitude. Tandis que l'épreuve physique épuise définitivement toute passion entre l'homme et la femme, l'orgasme recompose la valeur de la « melancholia » au nom de l'adage latin : *animal triste post coïtum* !

« Sérénade » achève d'orchestrer une

contre-célébration. Certes, la déclaration d'amour n'atteint pas «les délicatesses ineffables» (*Pr.*, p. 602) d'«Une charogne» mais la rhétorique de l'«éloge» en réinscrit la manière macabre dans un genre personnel : «*Pour toi j'ai fait, pour toi, cette chanson / Cruelle et câline*» (*Ps.*, p. 71). Ce n'est plus «l'amour câlin et réchauffant» (p. 41) de «Vœu». Le poème devient à lui seul une antiphrase. Le mouvement du texte mêle l'allure linéaire à l'intensité décroissante de la voix grâce à d'emphatiques articulations : «Je chanterai», «Puis je louerai», «Et pour finir, je dirai» (p. 71). La structure strophique, alternant alexandrins et pentasyllabes, concorde avec l'emploi ironique d'un refrain : «*Comme la voix d'un mort qui chanterait / Du fond de sa fosse, / Maîtresse, entends monter vers ton retrait / Ma voix aigre et fausse.*» La rime *fosse :: fausse* symbolise désormais l'éraillement et l'acidité que le locuteur assume avec provocation. C'est au nom de la dissonance que Verlaine retravaille l'horreur baudelairienne des sépultures et des caveaux.

DISSONANCE ET ATONIE

Cette dissonance est double par nature : elle décale la manière de Baudelaire et se revendique elle-même comme manière décalée. Elle apparaît en contrepoint dans le quatrain monorime de «Nevermore, I» :

« Souvenir, souvenir, que me veux-tu ?
L'automne
Faisait voler la grive à travers l'air atone,
Et le soleil dardait un rayon monotone
Sur le bois jaunissant où la bise détone. »
(p. 39)

La strophe fait varier autour de la même base d'origine grecque (*tonos*) deux préfixes à portée neutre (*monotone*) ou privative (*atone*), des qualificatifs dont l'emploi appartient aussi bien au champ visuel qu'au domaine sonore.

D'un côté, « le bois jaunissant » rappelle dans l'étude sur « Charles Baudelaire » les « Rayons jaunes » de Sainte-Beuve, « le plus beau poème à coup sûr, de cet admirable recueil, *Joseph Delorme* » (*Pr.*, p. 599). Mais la morphologie particulière de l'adjectif (*jaunissant*), par son origine verbale, marque l'étiolement chromatique. Le terme s'insère, en outre, dans un réseau prosodique commun à « souve*nir* ». Il manifeste un état intérieur troublé dont l'instance devient à la fois l'instrument et la victime. Si la couleur transpose une forme visible de dégradation, elle est inséparable d'un cycle temporel, isolé par le contre-rejet externe : « l'automne » représente bien cette *saison mentale* dont parlera plus tard Apollinaire.

De l'autre, « l'air atone », qui n'est pourtant pas séparable des valeurs d'inertie et d'uniformité, devient lui-même source d'éclat et de violence : « détone ». C'est

83

par la place qu'occupe justement le terme en finale de vers que cette caractérisation acquiert une telle force. « Atone » apparaît au lieu le plus directement marqué de l'alexandrin avec la césure, en position *tonique* et nécessairement accentuée : il matérialise une rythmique du mineur. La saturation des rimes, qui lui est corrélée et qui y instaure un principe d'épuisement par le même, rattache de ce fait la manière à une pratique de la monodie.

« PEINDRE L'OBSESSION »

Nouée à l'intime, la monodie désigne sans doute la parole qui s'accorde le mieux avec le désenchantement et l'ennui, l'acédie ou le dégoût de la vie chez le saturnien. Pourtant, « L'Angoisse » qui clôt la section « Melancholia » s'énonce encore dans les limites d'une rhétorique. La logique nihiliste, qui emporte l'instance jusqu'au suicide, surcharge la syntaxe du texte : « Rien de toi ne… », « Je ne crois pas » (*Ps.*, p. 45). La corrélation démultipliée, « ni… ni… ni… ni… », se recentre ensuite prosodiquement à la rime, *renie :: ironie*. La modalité dominante du texte dénonce l'idéalisme d'un sujet qui se pose comme absolu devant le monde, en faisant table rase des moindres valeurs : « Nature », « l'Art », « l'Homme », « Dieu » ou « l'Amour ».

Le diptyque qu'organisent « Dans les bois » et « Nocturne parisien » valide toujours cette posture, mais prépare aussi une attitude plus originale du sujet. D'un côté, l'aversion déclarée pour la nature dans l'« horreur triviale et profonde » (p. 76) ; de l'autre, une scène de crépuscule en ville où « il fait bon aux rêveurs descendre de leurs bouges » (p. 79) et s'accouder devant la Cité. « Dans les bois » dissocie au contraire l'instance des « rêveurs » avant de l'opposer ensuite aux « lymphatiques » (p. 76). L'analogie physiologique, liée à la théorie antique des quatre humeurs, se poursuit et soutient une théâtralisation du mal-être dans un « morne et sinistre décor » (*ibid.*). L'allusion à Baudelaire s'y fait toutefois plus discrète, rejetée à la rime, *épaisseur :: obsesseur*. C'est sous une forme désormais adjectivale, « obsesseur », primitivement empruntée au latin, que la manière du poète continue « Obsession », un texte qui s'enchaîne immédiatement au cycle des « Spleens » dans l'édition de 1861 des *Fleurs du mal* : « Grands bois, vous m'effrayez comme des cathédrales [1]... »

Chez Verlaine, la rime accentue l'étouffante atmosphère. Elle ne désigne pas uniquement ce qui, depuis l'extérieur, assiège et étreint le sujet, mais reliée aux comparatifs de supériorité, « toujours plus fort », « toujours plus sombre » (*Ps.*, p. 76), manifeste un *crescendo* où le dire est lui-même écrasé par la sensation d'épouvante. Enfin, le procédé de redoublement, « *un frisson passe // Et repasse* » (*ibid.*), qui enjambe le vers, inséparable

1. Charles Baudelaire, *Œuvres complètes*, t. I, éd. cit., p. 75-76.

lui-même de la rime avec « l'espace », achève de décrire la paranoïa d'un envahissement. D'emploi déjà archaïque au XIXe siècle, en concurrence avec « obsédant », *obsesseur* porte pourtant la signature de son auteur. Il donnera son titre sous forme substantivale à un récit bref publié dans *Le Figaro* en septembre 1893 : « L'Obsesseur ». Il est surtout le nom d'une nouvelle manière que les « Paysages tristes » figurent exemplairement. Car si « L'Angoisse », « Dans les bois » ou « Nocturne parisien » en émettent l'idée par signes lexicaux ou rhétoriques, ils se contentent de *dire* l'obsession. Une telle dimension de la mélancolie ne s'adresse pourtant qu'au *faire* de l'artiste.

En examinant l'« esthétique à l'œuvre » (*Pr.*, p. 608) dans *Les Fleurs du mal*, Verlaine fait apparaître l'innovation essentielle du recueil : « Là où [Baudelaire] est sans égal, c'est dans ce procédé si simple en apparence, mais en vérité si difficile, qui consiste à faire revenir un vers toujours le même autour d'une idée toujours nouvelle et réciproquement ; en un mot peindre l'*obsession* » (p. 611). Les exemples les plus éloquents en seraient « Le Balcon » dans le genre « délicat et amoureux », et « L'Irrémédiable » plutôt « sombre » (*ibid.*) au contraire. Verlaine se trompe sans doute de titre, et songe en vérité à « L'Irréparable » dont les quintils répètent à l'identique le premier et dernier vers : « Pouvons-nous étouffer le vieux, le long Remords[1]... » De fait, il paraphrase

---

1. *Ibid.*, p. 54-55.

à nouveau un extrait des *Notes nouvelles sur Edgar Poe*, mais quand il y revient quelques années plus tard dans sa chronique *Les Hommes d'aujourd'hui* à propos de Léon Dierx qui pratiquait déjà le refrain variante dans *Les Lèvres closes* (1867), il y ajoute l'idée d'improvisation musicale et « un effet de vague » (*Pr.*, p. 788). Autrement dit, l'auteur y projette rétrospectivement des catégories plutôt issues des *Romances sans paroles* et de son « Art poétique » de 1874. Par ce biais, non seulement il montre qu'un certain nombre de *Poèmes saturniens* anticipent l'œuvre à venir mais qu'ils ne correspondent déjà plus à la poétique Baudelaire-Poe qu'ils prétendent imiter.

DILUTION ET SPECTRALITÉ

Chez Verlaine, la logique du ressassement participe d'une variation continue. Le contexte nocturne ou crépusculaire dominant y installe la mortalité répétée et infinie du sujet en paradoxe. Dès le premier texte, les rimes *champs :: couchants :: chants* (*Ps.*, p. 53) donnent leur véritable signification à ces « Paysages tristes ». Solubles ou immatériels, ceux-ci existent avant tout par cet air qui, des « cors » (p. 56) aux « violons » (p. 58), témoigne de l'identité mouvante d'un même être.

La syntaxe de « Crépuscule du soir mystique », texte qu'on a souvent rapproché de la technique du pantoum, signifie de manière immédiate l'enfermement. L'anéantissement du sujet tient à l'exacte duplication du premier et dernier vers, décrivant une sorte de rotation statique : « Le Souvenir avec le Crépuscule » (p. 54). Mais ce phénomène qui encadre le texte se voit à son tour relayé par la reprise d'un vers, démarqué par le tiret double : « – *Dahlia, lys, tulipe et renoncule* – » (*ibid.*). La ponctuation a un rôle de rupture puisqu'elle retarde l'apparition d'un verbe, « *où mainte floraison [...] / S'élance* », ou bien sépare une participiale de son support, « *dont le poison [...] / Noyant mes sens* ». À l'évidence, Verlaine énumère de nouvelles fleurs du mal, il invoque une rhétorique personnelle, aussi profonde que celle qu'appelait de ses vœux Baudelaire dans ses projets de préface au recueil satanique.

Cette disposition est autrement sensible dans « Soleils couchants » où sans cesse « défilent » des « fantômes » (p. 53) jusqu'à provoquer un état d'hallucination. La brièveté de la mesure favorise et même généralise l'enjambement. Dans cet ensemble, le titre devient un véritable leitmotiv. Symbole du déclin, il apparaît d'abord à la fin des deux premières phrases puis, dans le troisième mouvement du texte, nettement démarqué par le jonctif « et », il se trouve régulièrement scindé d'un vers à l'autre. Les marques de l'analogie, dont dépendent les tensions majeures entre intériorité (*rêves, fantômes*) et extériorité (*champs, grèves*), connaissent une évolution similaire : « comme des soleils » est aussitôt reformulé en « *pareils / À des grands soleils* ». Enfin, la répétition instaure la règle du mot-rime, « mélancolie », « couchants », « soleils » et « grèves », génératrice des principaux échos. L'obsession combine en fait réplétion et déplétion du moi.

Car l'idée d'une possible renaissance avec l'« aube » est aussitôt travaillée par son contraire, et annulée. Aussi la lumière blanche qui lui est attachée par ses origines latines (*alba*) doit-elle se mêler aux « vermeils » de l'impression onirique. Or d'un côté, « *ver*meils » s'établit en série avec « *ver*se », de l'autre, « au*be* » répond à « *be*rce », deux verbes dont le poème utilise la position d'ouverture symétrique dans le vers. La dilution du sujet s'accompagne d'une régression vers un état quasi infantile de l'être. L'idée d'oscillation qui s'en dégage donne aux répétitions de « la mélancolie » une vertu littéralement hypnotique.

Certes, le texte activait au départ une représentation convenue, « *La mélancolie / Des soleils couchants* », pariant sur la *poésie des choses*, le sentiment du lieu. Mais la rime qui traverse « affaiblie » et « s'oublie » consacre aussitôt la résurgence du « cœur » sous l'angle de la perte et de l'exténuation. Dans ce cadre, « Soleils couchants » inaugure un registre durable dans l'œuvre de Verlaine, celui de la spectralité comme figuration du sujet. Des « fantômes vermeils », on passe dans « Promenade sentimentale » au « *grand / Fantôme laiteux* » (p. 55). Quant aux « spectres agités » (p. 57) de « Nuit du Walpurgis classique », ils deviennent « incertains » (p. 59) dans « L'Heure du berger », jusqu'à se découvrir en un contexte nettement moins pathétique des homologues dans les « fantoches » de *Fêtes galantes* et ces amants du « Colloque sentimental ».

LE MIROIR ET LE DEUIL

« Promenade sentimentale » effectue un retour sur soi en explorant un autre genre de circularité. Les quatre premiers vers sont redistribués dans un ordre différent à la fin du poème : « ses rayons suprêmes » basculent à la frontière externe du vers sous la forme « *les suprêmes / Rayons* » tandis que « ses ondes blêmes » remplacent « les nénuphars blêmes » (p. 55), etc. La mélancolie traduit l'impossibilité absolue de dépasser la douleur et la maladie. Les deux verbes placés à la césure du décasyllabe (scandé 5-5), « dardait » et « berçait », s'ils puisent dans le glossaire lyrique de l'auteur, livrent une perception contradictoire de l'intimité. Ils font coexister violence et douceur, et motivent la dialectique principale du texte. Pénétrée d'une sensation morbide, la douceur se soutient de l'agression et par conséquent de sa propre négation. De même, les deux finales *suprêmes* :: *blêmes* rattachent l'évanouissement superlatif du jour à une altération et une décoloration progressives de l'être et de la nature qui l'environne. Quoique « blêmes » annonce l'aspect « laiteux » du fantôme, l'adjectif se relie aussi profondément à la complaisante exhibition de la « plaie ». En effet, d'origine francique, le verbe « blêmir » dont il est issu signifiait d'abord en français des XIe et XIIe siècles « rendre pâle en blessant », voire directement « blesser » dans une acception aussi bien physique que morale. Et c'est bien cette valeur que retrouve « Chanson d'automne » en appariant au niveau prosodique « *bl*essent » et « *bl*ême » (p. 58) : l'indéfinissable langueur qui emporte le moi jusqu'à le faire suffoquer suppose une atteinte brutale.

INCLINAISONS ET REFLETS

Bien entendu, ce paysage est hérité de la tradition la plus lointaine : « au long de l'étang », « parmi la saulaie » (p. 55). C'est souvent au bord de l'eau et dans les zones humides que le saturnien, menant une vie pénible faite des martyres de l'esprit et de la personnalité, va se réfugier [1]. Or comme l'indique en sa forme transitive le participe présent, « promenant ma plaie », c'est d'abord la forme pronominale du verbe qui est ici évacuée : « se promener ». Le vide de l'errance et de l'esseulement ne tient que d'essayer d'occuper sa douleur (et d'en être fatalement la proie). Et

[1] R. Kiblansky, E. Panofsky, F. Saxl, *Saturne et la mélancolie*, Paris, Gallimard, coll. Bibliothèque des histoires, 1989, p. 231.

puisqu'il s'agit d'une blessure encore vive et ouverte, la ressasser c'est vider le moi par le sang et une chair purulente. L'écho qui associe « promen*ant* » à « ét*ang* » rapporte enfin l'aspect inaccompli et sécant du verbe (une souffrance en continu dont il n'existe ni début ni fin) à l'idée d'une stagnation.

De ce point de vue, « Le Rossignol » offre une représentation plus dynamique et métaphorique : « *De mon cœur mirant son tronc plié d'aune / Au tain violet de l'eau des Regrets / Qui mélancoliquement coule auprès* » (*Ps.*, p. 60). Sans doute le texte remanie-t-il d'abord l'allégorie du « Regret souriant » surgissant « du fond des eaux[1] » dans « Recueillement » de Baudelaire. Mais précisément, l'état pensif qui se nourrit de remémorations se conforme à un écoulement et une fuite inlassables.

La présence de l'adverbe « mélancoliquement », qui répond sur ce point à « tristement » dans « Promenade sentimentale », embarrasse les différentes segmentations possibles de la mesure (5-5, 4-6, 6-4)[2]. C'est pourtant au lieu de cette anomalie formelle que s'organise une nouvelle configuration du sujet : « *c*oule », « *q*ui », « mélan*c*oliquement » et « *c*œur ». L'expérience du reflet qui en résulte, « mon cœur mirant », s'attache à reproduire une inclinaison, « son tronc plié ». Cette courbure du moi manifeste certainement un nouveau dédoublement. Mais elle autorise par là même une redé-

---

[1]. Charles Baudelaire, *Œuvres complètes*, t. I, éd. cit., p. 141.

[2]. Jean-Pierre Bobillot, « Entre mètre & non-mètre : le "décasyllabe" chez Verlaine », *Rv.* n° 1, 1993, p. 188-190.

couverte de l'identité qui va jusqu'à l'approfondissement. Le reflet et l'inclinaison mélancoliques deviennent bien ici, selon l'expression de Jean Starobinski, « un emblème de la vérité[1] ».

> 1. Jean Starobinski, *La Mélancolie au miroir. Trois lectures de Baudelaire*, Paris, Julliard, 1989, p. 21.

SARCELLES ET ROSSIGNOL

Dans « Promenade sentimentale », la plainte du fantôme est marquée par l'irruption de « *la voix des sarcelles / Qui se rappelaient en battant des ailes* » (*Ps.*, p. 55). Le sujet accorde donc son élégie au cri d'un canard assez communément répandu dans les étangs. C'est la modulation triste qu'en retient l'écrivain à côté des harmoniques du rossignol. Et alors que « l'oiseau qui pleure » (p. 60) est surchargé par tout le passé de la littérature au moins depuis le Moyen Âge, il n'en va pas de même pour les *sarcelles* dont la place à la rime avec *ailes* accorde ici une autre valeur à l'envol lyrique de la douleur. Moins gracieux, assez bas, le déplacement des palmipèdes ne se fait pas autour d'un « arbre qui frissonne » (*ibid.*). À cet égard, il se rapproche peut-être plus des chats-huants de « L'Heure du berger » qui « rament l'air noir » avec « leurs ailes lourdes » (p. 59). Le contexte réunit en tout cas « la *voix* des sarcelles » à la « brume *vague* » (p. 55). Le cri de l'animal advient dans ce qui fait précisément écran, là où la vision hésite jusqu'à être empêchée. Sans doute le texte annonce-t-il de nouveau ici le « brouillard » et les « lueurs sourdes »

(p. 59) de « L'Heure du berger » dont les effets se redéploient à la rime *lointains :: incertains*. Il libère surtout une poétique de l'imprécis que saura exploiter la manière des recueils à venir.

« Le Rossignol » se développe par auto-engendrement puisqu'il reprend le noyau de « Promenade sentimentale » : « *Comme un vol criard d'oiseaux en émoi, / Tous mes souvenirs s'abattent sur moi* » (p. 60). Cette mention complète sûrement le volucraire de l'auteur à côté des éperviers, corneilles, hirondelles, grives, aigles et alouettes, etc. Mais s'il en ressort avant tout l'image d'un assaut brusque, où l'instance devient la pâture de ses propres réminiscences, le poète a eu la précaution justement d'effacer par le terme général « oiseaux » toute dénomination précise. Surtout, le procédé tient à un transfert de caractérisant puisque « criard » qualifie avant tout le vol. Cette évocation par le multiple s'oppose non seulement au singulier « mon cœur » mais aussi à « l'oiseau » qui, maintenu par l'article défini, est ensuite spécifié par la relative « que fut mon Premier Amour », dépliant ainsi la signification réelle du texte. À l'évidence, le « vol criard » prépare la « rumeur mauvaise », de nouveau en tension avec le mouvement d'unicité : « plus rien que *la* voix ». Une alternative s'ébauche alors entre deux figures du sujet : l'une habitée et peuplée, l'autre réconciliée avec elle-même dans le « silence » et l'« obscurité ».

RUMEUR, SILENCE, SUGGESTION

Le terme de *rumeur* doit s'entendre dans son acception initiale en français de tapage mais aussi dans la perspective d'un bruit sourd et menaçant dont les origines sont proprement insondables. Contre cette cacophonie qui le *parle* malgré lui, le sujet s'en remet progressivement aux pouvoirs du chant. La rime *mauvaise :: apaise* résume sans doute l'antinomie majeure du poème. Mais elle s'éloigne aussi du « vent mauvais » (p. 58) de « Chanson d'automne » qui emportait le moi. Elle redresse enfin l'inclinaison mélancolique : « qu'une brise *m*oite en *m*ontant apaise » (p. 60). La séquence des consonnes qui inscrit et inverse la « ru*m*eur » dans ce mouvement vertical aboutit à « Pre*m*ier A*m*our ». La syntaxe des verbes pronominaux qui se succèdent, « s'abattent », répété trois fois, puis « s'éteint » et enfin « se levant », achève cette conversion de l'intimité. L'extinction de la rumeur au profit du chant coïncide avec l'ascension de l'astre nocturne : une transfiguration de soi dans l'ombre et l'invisible. C'est en ce sens que l'atmosphère nocturne du poème admet la mention d'un « azur » et d'une « splendeur », même triste. Au bleu idéal mais académique, Verlaine substitue le rayonnement d'un noir idéal.

S'il est vrai que la voix « ô si languissante ! » va « célébrant l'Absente », la négativité du manque se conjugue chez lui à un essai inverse et simultané de transcription et de réinvention de la voix en question. Dans « Promenade sentimentale », c'est par inférence seulement que le titre désigne peut-être une crise amoureuse. Mais le lecteur est bien en peine d'en clarifier les origines. Et la motivation profonde et exacte de l'errance demeure elle-même indécise : de quel sentiment le moi est-il véritablement pénétré ? Au contraire, la parole endeuillée du « Rossignol » s'oriente au nom de l'amante vers une sublimation. Cette position s'éloigne en tout cas des pathétiques intonations du « Rossignol » de Catulle Mendès, l'auteur de *Philoméla* et surtout le dédicataire qui figure en tête de la section des « Paysages tristes ».

Exaltant cet « élégiaque oiseau des nuits, *Philoméla* ! », le parnassien confond dès le « Prologue » le « chant » et le « cri »[1]. L'ambiance nocturne est associée au néant : « *La nuit ! La nuit ! rien au-delà ! / Seule, une voix monte, éplorée ; / Ô ténèbres ! Écoutez-la*[2] » À ce même cadre, la rime peu banale *lune :: une*, qui place donc en fin de ligne un déterminant, donne chez Verlaine une force d'exception. Avec Mendès, les mécanismes de l'allégorie sont démontrés : « *Ô désespoir ! j'étais le rossignol lui-même*[3] ». L'auteur termine alors par une narration anecdotique : « *Ce fut tout ; seulement, dès l'aurore prochaine / (Je n'ai rien oublié : c'était un vendredi) / Des enfants qui passaient virent au pied du chêne / Un cadavre d'oiseau sec et roidi*[4] ».

À l'inverse, le principe de restriction, répété par trois fois chez Verlaine, « *pl*us

---

1. Catulle Mendès, *Poésies*, Paris, Sandoz & Fischbacher Éditeurs, 1876, p. 249-250.

2. *Ibid.*

3. *Ibid.*, p. 251.

4. *Ibid.*

rien que la voix », manifeste une forme idéale d'expansion : « *pl*eine de silence » (*Ps.*, p. 60). Ainsi, le silence ne se place pas en dehors du langage, il se désigne au contraire comme « puissance d'expression » et crée cette « intensité de mélancolie » (*Pr.*, p. 599) que le poète trouvait chez Sainte-Beuve et Baudelaire. Là où Mendès *explique*, Verlaine *suggère*. Tel est proprement le chant comme utopie de la parole.

V   DES « VERS CHANTEURS »

Ce vis-à-vis constitutif du texte, placé entre la parole et le chant, le genre de la chanson en est le révélateur. C'est là une réalité protéiforme et complexe qui doit s'envisager au moins à deux niveaux : au plan d'une histoire et d'une typologie des formes artistiques, à la fois marginales et mineures si on les mesure à la tradition littéraire ; au plan d'une poétique, parce que, s'il hérite de cette histoire, Verlaine en brouille précisément les classifications pour convoquer un code personnel de la chanson qui ne cesse de surcroît d'évoluer et de se modifier au fil de l'œuvre.

Au XIXᵉ siècle, on distingue au moins deux grands domaines. D'une part, la chanson folklorique dont s'est occupé

1. Daniel Grojnowski, « Poésie et chanson : de Béranger à Verlaine », *Critique*, n° 243-244, Paris, Éditions de Minuit, 1967, p. 769.

2. *Ibid.*, p. 777.

3. *Ibid.*, p. 769.

Nerval dans *Chansons et légendes du Valois*, et d'autre part la chanson des chansonniers[1]. La première concerne une expression anonyme et collective qui appartient à un groupe qui en façonne les paroles et la mélodie dans le temps. Cette matière populaire naît véritablement en France au XVe siècle, et la majeure partie du corpus en est établie au XVIIIe siècle. L'ère qui suit la Révolution française n'arrête pas ce processus d'invention mais infléchit largement son statut. La chanson entre alors progressivement en concurrence avec les airs de rue, les spectacles des cafés-concerts jusqu'à l'émergence du music-hall à la charnière du XIXe et du XXe siècle. Le deuxième genre se rattache au contraire à l'actualité sociale et politique, elle est le fait d'un individu unique, le plus souvent inconnu mais qui a existé. À l'âge romantique, des figures s'imposent néanmoins, comme celle de Béranger.

Un troisième genre est celui, mal dénommé, de chanson littéraire ou chanson poétique, dont Verlaine aurait opéré « la synthèse » en portant « à sa perfection un genre dont toutes les ressources semblaient avoir été épuisées[2] ». Mais il s'agit d'une catégorie bâtarde, une création savante qui emprunte « des formes de chansons manifestes » pour faire « des poèmes à refrains[3] » comme « L'Invitation au voyage » ou « Le Jet d'eau » de Baudelaire. Or, non seulement les différences sont sensibles entre ces deux pièces et les ariettes de Verlaine, mais surtout le critère se réfère pour l'essentiel à des problèmes de versification ou de rhétorique. Sans doute, la chanson n'est pas une forme codifiée comme le sonnet et la ballade, présents dans *Poèmes saturniens* ou *Parallèlement*. Chez Verlaine, elle entre de surcroît en concurrence avec l'ode, l'élégie ou le sonnet. Enfin, le genre personnel dont se dote l'écrivain, désormais moins aisément définissable, accueille autant les « chansons si *musicales* » (*Pr.*, p. 697) de Pierre Dupont que les airs d'opéra, les ritournelles de bastringue ou encore l'esthétique du cabaret vers la fin du siècle. Il s'achemine plutôt vers une oralité inclassable.

CULTURE POPULAIRE ET CULTURE SAVANTE

De *La Bonne Chanson* à *Chansons pour elle*, le genre épuise la manière de Verlaine en ses variétés et son unité. Mais il n'a de sens au plan littéraire que s'il entre d'abord en résonance avec la matière folklorique. L'écrivain emboîte le pas sur ce point aux romantiques. Au cours du siècle, les mélodies populaires commencent à reculer. Bien qu'elles continuent de circuler dans les provinces, elles font désormais l'objet d'une science et de collectes. En 1810, dans *De l'Allemagne*, Mme de Staël avait porté à la connaissance du public les travaux de Herder, en particulier ses *Volkslieder* publiés en 1778-1779, un recueil de « romances » et de « poésies détachées où sont empreints le caractère national et l'imagination des peuples [1] ». Il lui apparaît alors nécessaire d'étudier cette « poésie naturelle, celle qui précède les lumières [2] » parce qu'elle est seule capable de féconder et ressourcer la littérature « civilisée » qui devient si « promptement factice [3] ». Ce commentaire contient en lui un véritable programme. De Chateaubriand à Laforgue, en passant par Hugo et Sand, la littérature s'efforce de réduire l'écart qui la sépare de cette poésie pour s'en réapproprier certains traits.

Dans *Romances sans paroles*, « Ariettes oubliées, VI » superpose des allusions et des refrains, emboîte des scènes comiques de mœurs ou de personnages populaires. Comme « Images d'un sou » dans *Jadis et naguère*, le texte ressemble fort à une histoire condensée de la chanson. Dans la version préoriginale, une indication technique de timbre accompagnait même l'ariette : « Au clair de la lune mon ami Pierrot ». Cette mélodie sur laquelle doit s'exécuter le texte se décline en différents tableaux. Le poète y associe deux sources comme s'il cherchait à enrichir par une nouvelle chanson le corpus folklorique. D'une part, « *Jean de Nivelle a trois beaux chiens / Il y en a deux vaut-riens* ». D'autre part, « *C'est la mère Michel / qui a perdu son chat, / Qui crie par la fenêtre / À qui le lui rendra* », etc. À se rêver de la sorte « écri-

---

1. Mme de Staël, *De l'Allemagne*, t. III, Paris, Hachette, 1959, p. 314.

2. *Ibid.*

3. *Ibid.*, p. 315.

vain public » (*Rsp.*, p. 130), dévoué en quelque sorte aux illettrés, le poète ne se métamorphose-t-il pas en promoteur anonyme, en voix impersonnelle du peuple ? En fait, tandis qu'il fait appel à des personnages historiques, La Ramée ou Monsieur Los [Law], Verlaine évoque également le héros d'un conte de Charles Nodier publié en 1833, *Jean-François Les Bas-bleus* (1833), ou *Angélique et Médor* qui, venus de l'*Orlando furioso* de l'Arioste, étaient réapparus dans le contexte d'un opéra-bouffe de Sauvage et Thomas en 1843[1]. Verlaine mêle culture populaire et culture savante, il en neutralise l'opposition.

1. Olivier Bivort (éd.), Paul Verlaine, *Romances sans paroles* suivi de *Cellulairement*, Paris, Classiques de Poche, 2002, n. 6 p. 80.

ROMANCE ET OPÉRA

Comme Rimbaud dans ses vers de 1872, Verlaine déclare ici son attirance pour « le naïf, le très et l'exprès trop simple », n'usant plus que de rimes vocaliques ou consonantiques telles que *public :: Angélique* ou *abbé :: attrapée*, « de mots vagues, de phrases enfantines ou populaires » (*Pr.*, p. 656). De fait, une convergence d'intérêts et de démarches unit à ce niveau les deux écrivains. Car *Romances sans paroles* manifeste le même goût pour les marges de la culture dominante et suit le même objectif de contestation de la littérature. Verlaine projette par exemple d'insérer entre « Paysages belges » et « Birds in the

Night » une partie baptisée « *Nuit falote* (18ᵉ siècle populaire)[1] ».

> 1. Lettre à Edmond Lepelletier, novembre-décembre 1872, *Cg.*, p. 289.

La précision chronologique est révélatrice d'une ambivalence : le XVIIIᵉ siècle a été l'âge d'or de la romance, une catégorie complexe à définir. Le mot renvoie d'abord à une pièce poétique simple sur un sujet sentimental et attendrissant. Mais il peut également faire référence à la musique sur laquelle est chantée cette pièce. Double destination. Le culte de la nature et des bons sentiments, énoncés sur un ton ingénu, domine le genre. Florian compose ainsi sa *Romance du Chevrier* dite aussi *Plaisir d'amour*, Fabre d'Églantine *L'Hospitalité* connue sous le thème « Il pleut, il pleut, bergère… ». Berquin, quant à lui, crée « Dors mon enfant, clos ta paupière… ». Etc. Autant dire que la romance se présente en réalité comme une chanson au caractère populaire hautement sophistiqué, elle dissimule un art savant. Le terme s'applique ensuite assez vite à tout poème chanté en strophes. Vers la fin du XIXᵉ siècle, il s'est sensiblement déplacé puisqu'il se rapporte à une pièce instrumentale romantique de caractère mélodique. C'est du moins de cette façon que l'on a traduit de l'allemand *Lieder ohne Worte* de Felix Mendelssohn en *Romances sans paroles*.

Le volume du poète n'obéit que très partiellement à cette typologie. Mais la tonalité élégiaque et naïve de la romance y sert assurément une représentation quelque peu fabriquée et artificielle du XVIIIᵉ siècle comme il en va déjà pour les « fêtes galantes ». Enfin, ce goût prononcé pour des formes chantées ou instrumentées désuètes se double, en l'occurrence, d'une allusion aux *libretti* d'opéra de Charles Favart dont un distique extrait de *Ninette à la cour ou le Caprice amoureux* forme l'épigraphe de la première ariette. Les romances manifestent donc l'aspiration de Verlaine à un genre marqué par le voisinage de la chanson et de l'opéra, dans une veine qui, au siècle des Lumières, avait scellé l'alliance de l'Opéra-Comique de la foire et de la Comédie-Italienne. En fait, ce vis-à-vis est déjà plus amplement perceptible entre « Nuit du Walpurgis classique », qui fait allusion à *Tannhaüser* de Wagner, et « Chanson d'automne ». Cette stratégie de contiguïté réapparaît dans *Amour* où, après « À Louis II de Bavière », « Parsifal » et « Saint Graal », textes pour partie publiés en 1886 dans la *Revue wagnérienne* d'Édouard Dujardin, Verlaine place « Gais et contents », une « chanson folle et légère » (*Po.*, p. 429).

À l'époque des *Poèmes saturniens*, deux sources décisives s'imposent à l'auteur en ce domaine. D'une part, les *Quatre poèmes d'opéra* (1860) contenant *Le Vaisseau fantôme*, *Tannhäuser*, *Lohengrin*, *Tristan et Iseult*, traduits par Challemel-Lacour et précédés par la *Lettre sur la musique* rédigée en français par le compositeur allemand lui-même. D'autre part, l'article de Baudelaire, *Richard Wagner et « Tannhäuser » à Paris* (1861). En fait, « Nuit du Walpurgis classique » expose une relecture en mineur du drame romantique. L'essentiel est que Verlaine y perçoit pour lui-même un « sourd, lent et doux air » qui s'exprime « *en des accords / Harmonieusement dissonants dans l'ivresse* » (*Ps.*, p. 56).

Une poétique des contraires qui repose sur une réversion de l'écoute et du sens dans le phrasé : « en des accords » peut et doit même s'entendre par la liaison en /z/ sous la forme « en désaccord ».

Dans « Nocturne parisien », les « chants voilés de cors lointains » (*ibid.*) de *Tannhäuser* ont été remplacés par « l'orgue de Barbarie » (p. 79). Entre « romances » ou « polkas », la mélodie désormais « éclate » tandis que l'instrument « brame » (*ibid.*) ses rengaines. La chanson fait contrepoint au modèle pour cette fois italien de l'opéra : « *C'est écorché, c'est faux, c'est horrible, c'est dur, / Et donnerait la fièvre à Rossini, pour sûr ; / Ces rires sont traînés, ces plaintes sont hachées ; / Sur une clef de sol impossible juchées, / Les notes ont un rhume et les* do *sont des* la » (p. 80). L'ironie vise deux cibles. L'écrivain retient la maladresse et, partant, l'aspect involontairement parodique des scies populaires. En même temps, cette manière ingénue et heurtée tourne en dérision sur un ton familier et parlé les grâces du *bel canto*.

« LE TRÈS ET L'EXPRÈS TROP SIMPLE »

Par la spontanéité du désaccord, la chanson représente bien une alternative à la musique savante et au théâtre lyrique. Le poème dépend directement chez Verlaine d'une forme artistique mineure dont il déploie par ailleurs diverses modalités :

le touchant et le naïf dissimulent trop souvent la gouaille et la roublardise.

LE TON CHASTE ET TOUCHANT

Dans une lettre à Émile Blémont du 25 juin 1873, Verlaine cite « Pleurs et pauvres fleurs » de Desbordes-Valmore ainsi qu'une « Berceuse » et commente : « Tous les vers de cette femme sont pareils, larges, subtils aussi, – mais si vraiment *touchants*, – et un art inouï » (*Cg.*, p. 329). Les « mille gentillesses un peu mièvres » mais « jamais fades » (*Pr.*, p. 671) de cette voix toute d'émotion et de sensation sont situées de manière mythique en dehors de la culture. Car ces romances sont d'abord l'œuvre d'une femme « avec ses tremblements maternels » (p. 667). Elles participent de la nature et de l'origine. La chanson s'explique donc pour Verlaine à travers une division anthropologique et sexuelle. Si elle s'oppose à l'univers des livres, apanage masculin, la lyrique naïve de Desbordes-Valmore représente une perte nécessaire et féconde du savoir au profit de l'art : elle est une forme de génie inconscient. Sans doute Verlaine cède-t-il au stéréotype de l'*éternel féminin*, mais il en fait simultanément une forme de l'inconnu du sujet et du poème.

En exaltant dans « Les Deux Amitiés » la « note grave » qui décrit chez Desbordes-Valmore le charme des liens entre « petites filles » (p. 372), l'auteur invite à relire « Ariettes oubliées, IV ». Ces trois strophes, qui empruntent l'hendécasyllabe à « Rêve intermittent d'une nuit triste », hésitent entre un pathos gracieux et affecté et une discrète sensibilité humoristique. D'un côté, l'indication liminaire « de la douceur, de la douceur, de la douceur », signée d'un « inconnu » (*Rsp.*, p. 128), est évidemment un collage personnel du premier vers de « Lassitude ». Les ébats trompeurs qui y mettaient en scène l'amante sous l'espèce de la « sœur » ou de l'« enfant » (*Ps.*, p. 42) cèdent maintenant à la « douceur puérile » de deux « pleureuses » (*Rsp.*, p. 128). De l'autre, le texte formule une requête d'empathie auprès du lecteur : « voyez-vous », « n'est-ce pas ? » (*ibid.*). En fait, cette adhésion sentimentale semble aussi vite acquise qu'elle est déclarée puisque le poème se boucle sur une métamorphose en forme de résolution : « Il faut [...] nous pardonner » aboutit à « Elles sont pardonnées ». Mais s'il s'agit de « choses », tues pudiquement, le désir d'aveu s'accuse d'autant. La faute qui est traitée sur le mode enfantin ne saurait être bien grave. En être déchargé rendrait sans doute « heureuses » les deux jeunes filles.

La rime *sommes :: hommes* énonce latéralement le fait, et met fin au jeu complaisant de la conscience entre avouable et inavouable. Elle pose sur un ton « chaste » l'identité homosexuelle en redonnant toute sa saveur au cliché des « âmes sœurs » mais dévoile aussi une perception culturelle convenue au XIXe siècle : « le roman de vivre à deux hommes » (*Po.*, p. 524), selon l'expression de « Læti et errabundi » (*Parallèlement*), ne peut se dire que sous une forme amorale et refoulée. De fait, le couple *sommes :: hommes* déplace le lien plus explicitement brutal entre *hommes :: Sodomes* qui opposait dans « Marco » les « feux d'Amour » à la « froide Amitié » (*Ps.*, p. 82). Pourquoi tant de détours cependant ? Car l'élégie l'emporte moins ici qu'une intonation finalement distante et réfléchie : « Ô que nous mêlions… » La romance se révèle faussement transparente. De la marginalité elle livre une représentation qu'elle sait édulcorée, non celle que le sujet revendiquerait pour lui-même mais la seule que la société pourrait légitimer. Le lecteur comprend mieux le sens de l'emphatique adresse qui lui est faite à deux reprises. Le phénomène prétendument « contre-nature » que constitue l'homosexualité pour se rendre acceptable doit être énoncé dans les catégories spontanées, pures et innocentes – prétendument « naturelles » –, de l'enfance et du féminin.

NAÏVETÉS ET ROUBLARDISES

Le naïf de la romance n'exclut pas cependant « le sceptique » ou le « gouailleur spontané » (*Pr.*, p. 243) comme le rappelle Verlaine dans *Mes hôpitaux*. C'est déjà le cas dans « La Chanson des ingénues », pleine d'une « candeur » qui « se raille » (*Ps.*, p. 64). « A Poor Young Shepherd » transpose plutôt à la mode anglaise et sur un ton maniéré une déclaration d'amour. Ce chromo poétique qui prend pour cadre la fête de la « Saint-Valentin » (*Rsp.*, p. 153) donne la parole à un berger. D'une part, il récrit « Jane », l'une des « Chansons écossaises » de Leconte de Lisle, notamment le distique qui y sert de refrain : « *Je pâlis et tombe en langueur : / Deux beaux yeux m'ont blessé le cœur*[1]. » D'autre part, l'ouverture du poème, « *J'ai peur d'un baiser / Comme d'une abeille* », ne se comprend pas sans *La Bonne Chanson*, XV : « *J'ai presque peur en vérité / Tant je sens ma vie enlacée* » (*Po.*, p. 151), séquence qui aboutit à l'expression d'un difficile aveu : « *Que je vous aime, que je t'aime !* » (p. 152).

1. Leconte de Lisle, *Poèmes antiques*, éd. cit., p. 280-281.

C'est la sincérité et la transparence de l'épithalame qu'aplanit la romance en introduisant de discrets contrepoints. En apparence, la répétition de la première strophe en fin de texte, adossée à la reformulation du premier et dernier vers de chaque quintil, assume le sentiment d'inquiétude : « Pourtant j'aime Kate », « Oh ! que j'aime Kate ! », « C'est Saint-Valentin ! », « Que Saint-Valentin ! », « Elle m'est promise », « Près d'une promise ! ». Mais la suavité du baiser transforme la crainte de l'amant en puérilité : « comme d'une abeille ». Une délicatesse excessive du discours que les scansions exclamatives achèvent de discréditer. De ce point de vue, « A Poor Young Shepherd » illustre le rose poisseux de la romance ; à côté de l'apparente sérénité ronsardienne de

« Green », « Streets, I », « Birds in the Night » et « Child Wife » y répondent par le noir élégiaque.

Le titre « Child Wife » de lui-même fait écho à la « femme-enfant » (*Po.*, p. 147) de *La Bonne Chanson*, VIII, même si *wife* y intègre en plus le sème d'épouse, brisant définitivement « le mariage des âmes » et « l'union des cœurs » qu'avait tenté de « sceller » (p. 153) le volume antérieur. Le poème s'emploie alors à une rhétorique de la vitupération et de l'invective. Il en légitime même la violence en accusant l'interlocutrice d'avoir mis fin au rêve et à l'idylle. La rime *méchant :: chant* rassemble deux qualifications majeures, le « ton de fiel » et les « aigres cris poitrinaires » (*Rsp.*, p. 152). Le fiel contraste symboliquement avec le miel de l'abeille comme la poitrine avec le « cœur » vierge et fragile qui « ne bat que pour vous » (p. 148) dans « Green ». L'amertume partagée n'empêche pas le sujet de rejeter systématiquement la faute sur son double, coupable d'avoir trahi et liquidé toute espèce de réciprocité.

Les verbes y dépossèdent carrément la femme qu'ils mettent en scène avec haine et dérision : « Vous n'avez rien compris », « Car vous avez eu peur », « Et vous n'aurez pas su » (*ibid.*). Ils pratiquent finalement l'humiliation : « Et vous gesticulez », « Et vous bêlâtes ». La valeur fondamentale qui leur est opposée n'est autre que la « simplicité » (*ibid.*), ce qui signifie au moins deux choses : la poétique de la romance hypothèque définitivement les harmoniques du naturel qu'avait tellement recherchés *La Bonne Chanson* mais elle désamorce simultanément les mythes et l'idéologie à l'œuvre dans la notion littéraire de *naïveté* et l'ensemble des termes qui lui sont corrélés : l'art primitif, enfantin ou féminin, etc., tout ce qu'une part de la réception verlainienne a précisément voulu retenir [1]. La simplicité est au contraire le lieu même de la complexité.

1. Cf. Dossier, p. 236.

POUR UNE SÉMANTIQUE DE L'ÉCHO

Dans *Romances sans paroles*, la chanson et la musique ne font que révéler ce qui depuis *Poèmes saturniens* engage dans la manière de Verlaine la dimension de l'oralité. On ne saurait tenir ce terme pour synonyme d'*oral* ou de *parlé*. En l'occurrence, la tension dialectique qui s'applique ici réellement passe entre la parole et le chant, et elle excède amplement le dualisme linguistique de l'écrit et de l'oral ou rhétorique des vers et de la prose. L'oralité se définit plutôt comme le « primat du rythme et de la prosodie, avec sa sémantique propre, organisation subjective et culturelle d'un discours qui peut se réaliser dans l'écrit comme dans l'oral [2] », dans le vers comme dans la prose. Ainsi s'explique l'expression de « vers chanteurs » (*Pr.*, p. 721) qui qualifie dans « Critique des *Poèmes saturniens* » la section « Paysages tristes ». Ce qui compte aux

2. Henri Meschonnic, *La Rime et la vie*, Paris, Verdier, 1989, p. 236.

yeux de l'auteur, par-delà les structures métriques, c'est toujours l'oralité que le texte met en œuvre : « des formes de l'écho » (p. 722).

DE LA RITOURNELLE

Cette sémantique est immédiatement sensible aux techniques de ritournelle que Verlaine instaure dans le poème, ce retour inlassable de motifs identiques ou variés à l'échelle du vers et de la strophe. Dans une note de l'édition, l'auteur qualifie « Marco » par ce terme et avoue en avoir emprunté « le rhythme et le dessin » (p. 169) aux *Roses de Noël (Mignon)* de J.-T. de Saint-Germain. Lapsus révélateur, le texte dont s'inspire Verlaine n'est pas « Mignon » mais en fait « Rêverie ». Dès lors que la définition strictement instrumentale de la ritournelle se rapporte à l'air répété avant chaque couplet d'une chanson ou avant chaque mouvement de danse, elle se trouve directement motivée par les segments narratifs : « Quand Marco passait », « Quand Marco chantait », « Quand Marco dansait » (*Ps.*, p. 82-83), etc.

L'usage ici peu banal du neuvain, une strophe plus fréquente au Moyen Âge qu'en poésie classique proprement dite, concorde avec la forme singulière d'un rondeau. En effet, à l'exception de la séquence qui clôt le texte, chacune de ces strophes se construit sur un hémistiche d'ouverture repris au dernier vers, suivant en cela le rôle traditionnel du rentrement. Or si l'on se souvient que le rondeau doit son nom à la ronde qu'on dansait en le chantant, le caractère expérimental de cette ritournelle s'explique par le subtil dosage entre matière savante et héritage populaire dans un texte qui ne relève ni du folklore ni de la Grande Rhétorique.

Certaines pièces présentent des dispositifs peut-être moins complexes mais plus ostentatoires. « Nevermore, II » encadre chaque quintil de suite *abbaa* d'un vers identique. En l'occurrence, le procédé se place à mi-chemin entre le refrain de chanson et les répétitions compulsives du spleenétique penché aux « bords béants du précipice » (p. 74). « Streets, I » alterne plus ouvertement le tercet monorime d'octosyllabes (*aaa*) et le monostique de quatre syllabes à la façon de couplets et de refrains. À l'inverse, « Bruxelles – chevaux de bois » généralise les éléments de reprise : tandis qu'il occupe exhaustivement le premier quatrain du poème, l'impératif « Tournez, tournez » (*Rsp.*, p. 141) n'est plus répété ensuite que toutes les deux strophes et se présente uniquement dans les premier et dernier vers de chacune d'entre elles.

En fait, la logique de l'écho englobe aussi bien les petites unités que les grandes unités. Dans « Ariettes oubliées, VIII », deux strophes sont reproduites intégralement : « Dans l'interminable… » et « Le ciel est de cuivre ». Elles sont redistribuées par la suite dans un ordre différent. Le schéma de l'ariette qui en découle répond à une séquence S1, S2, S3 puis S4 (= S2), S5, S6 (= S1). Il se complique par la combinatoire des rimes puisque S1 s'organise en quatrain embrassé *abba* et S2 en quatrain croisé *abab* tandis que S3 revient à l'architecture initiale, celle de S1. Un troisième palier de complexité intervient au niveau des constituants internes aux finales. L'écho (a*bb*a) du quatrain S1 et S6, *plaine :: incertaine*, augmente ensuite sous la forme *chênes :: prochaines* (S3) puis se réduit et se modifie en *maigres :: aigres* (S5). Autrement dit, le changement s'opère autour du noyau rimique grâce à la consonne antécédente ou subséquente. Inversement, la série (*abab*) du quatrain S2 et S4, *cuivre :: vivre*, devient *poussive :: arrive* (S5).

UNE CRISE DE LA PAROLE

Dans cet ensemble, l'ariette V présente un statut bien particulier. Publiée en juin 1872 après « Romance sans paroles » [« Ariettes oubliées, I »] dans *La Renaissance littéraire et artistique* sous le simple titre « Ariette », cette pièce donne partiellement son nom à la section. Entre le « doux Chant badin » et le « fin refrain incertain » (p. 129), elle rassemble les termes cardinaux du texte autour du même motif vocal et instrumental. Entre usure et défaillance, l'air à la fois « vieux » et « faible », qui « rôde discret, épeuré quasiment », possède je-ne-sais-quoi qui l'affecte d'un mystère insondable pour l'instance : « mon pauvre être ».

La morphologie du mot, *arietta*, emprunté au XVIIIe siècle à l'italien et dérivé lui-même de *aria*, va dans le sens d'un *decrescendo* au point de rendre imperceptible la sensation de la mélodie : « un très léger bruit d'aile ». Or cet « air » qui obsède et environne le moi n'est à ce point « discret » qu'il ne se démarque aussitôt par la majuscule avec « Chant » dans le texte. Ainsi, à mesure qu'il deviendrait presque volatile comme les senteurs du « boudoir [...] parfumé d'Elle », et littéralement inaudible, il gagnerait un surcroît, voire un excès de présence.

Surtout, ce phénomène s'étend au domaine rythmique puisque entre l'accent syntaxique qui porte sur « rô*d*e » et l'accent métrique que comporte « dis*c*ret », placé à la césure du décasyllabe (4-6), une reprise consonantique en /d/ a lieu après une inaccentuée comptée dans le vers : « rô*d*(e), *d*iscret ». Cette marque prosodique en /d/, encadrée par deux accents, affecte le terme même du retrait et de l'effacement (*discret*). Au fond, ce qui s'entend le moins ne peut pas ne plus s'entendre. Ce qui est le moins perceptible, et presque intangible, « vaguement », crée paradoxalement l'envoûtement du texte, son aspect « charmant ».

L'air se réfère à un fonctionnement latent et parallèle dont la notion traditionnelle de « paroles » ne peut pas rendre compte. Il déploie une manière différente de signifier, irréductible à la signification des signes et des mots. À ce titre, le geste privatif qu'exhibe d'emblée le recueil (*romances* sans *paroles*) réprouve à l'avance profondément l'hypothèse linguistique de la *double articulation* qui distingue dans la langue les unités significatives ou *monèmes* des unités distinctives ou *phonèmes*[1]. Les unes sont des composantes bifaces, dotées d'un signifiant et d'un signifié : des formes lexicales « chat », grammaticales « pour », ou morpho-lexicales telles que les suffixes, « -eux » dans « heureux », « -ure » dans « encolure », etc. Les autres sont des composantes à face unique, autonomes vis-à-vis du signifié des monèmes. Les phonèmes s'opposent entre eux selon des traits complexes, acoustiques et articulatoires, et s'ils ne possèdent pas en soi de sens, en revanche, ils permettent d'identifier les différents monèmes existants. L'idée d'oralité, conçue sous l'angle métaphorique de la musique et de la chanson par Verlaine, met en cause cette dualité au profit de ce que Charles Morice en 1888 a appelé « l'indiscontinuité de la phrase rythmique[2] ».

1. André Martinet, *Éléments de linguistique générale*, Paris, Armand Colin, 1970.

2. Cité dans Olivier Bivort, *Verlaine – Mémoire de la critique*, Paris, Presses de l'Université Paris-Sorbonne, 1997, p. 261.

QUELQUES « HÉRÉSIES DE VERSIFICATION »

Verlaine envisage toujours cette oralité à l'échelle globale du poème et de l'œuvre, là où se développent « [s]on style et [s]a manière » (*Pr.*, p. 720), et non pas simplement au plan local de la strophe, du vers ou de la rime. Mais en retour, cette oralité favorise ce qu'il nomme contre le vers libre des symbolistes son « un peu déjà libre versification » faite de multiples « enjambements et rejets dépendant de deux césures avoisinantes, fréquentes allitérations, quelque chose comme de l'assonance souvent dans le corps du vers, rimes plutôt rares que riches » (*ibid.*). Autant dire que s'il n'y a de poème que par l'oralité et non par les conventions formelles avec lesquelles il semble se confondre, les marques syntaxiques, rhétoriques et métriques du texte en dépendent elles aussi et se transforment sous l'action de la prosodie et du rythme.

La liberté que revendique le poète à l'égard des canons lyriques a cependant été abusivement interprétée dans la perspective d'un geste subversif, voire révolutionnaire. Le poète aurait ainsi déconstruit pleinement le vers, et par exemple désarticulé l'alexandrin au point de le rendre anarchique, voire prosaïque, depuis *Poèmes saturniens* jusqu'à *Dédicaces* et *Élégies*. Une ligne comme « *Ces vers du fond de ma détresse violente* » (« À une femme », *Ps.*, p. 44) serait dépourvue de césure médiane et, par conséquent, rendrait indiscernable ou impraticable la mesure. Elle se scanderait par exemple en 2-6-4 avec coupe enjambante sur *détres-/se*. En fait, cette analyse amalgame deux plans distincts : la métrique du vers fondée sur le rôle de la césure et éventuellement des coupes, la rythmique du vers liée au dispositif des accents syntaxiques et prosodiques de la phrase.

Dans sa « Critique des *Poèmes saturniens* », Verlaine semble avoir cautionné cette perception des faits puisqu'il objecte à ceux qui l'accusent de n'avoir pas conduit jusqu'à sa dernière limite l'alexandrin, qu'il l'a « assez brisé » et même « assez affranchi, en déplaçant la césure le plus possible » (*Pr.*, p. 722). Or dans son essai sur « Charles Baudelaire », il fait bien allusion à des « césures étonnantes » (p. 607) et cite deux extraits des *Fleurs du mal* : « Pour entendre un de *ces* concerts riches de cuivres » et « Exaspéré comme *un* ivrogne qui voit double » (p. 611). Autrement dit, non seulement il ne semble pas récuser l'existence de la césure et, partant, la division classique 6-6, mais il l'institue plutôt en lieu de conflit et de valeur.

Ce genre de procédé illustre d'une manière plus générale le travail de l'imagination chez l'artiste, sa capacité à créer du nouveau en associant le beau et l'étonnant selon les principes développés par Baudelaire dans le *Salon de 1859*. Du moins cette technique contribue-t-elle à donner au vers son « allure » (p. 612), au double sens d'*aspect* et de *rythme*. Enfin, le maintien d'une césure sur des mots (déterminant ou article) qui ne sont pas normalement autonomes au plan syntaxique et surtout peu plausiblement accentuables, n'est pas forcément incompatible avec le transfert de la césure en un autre lieu marqué du vers. L'écrivain autorise une lecture simultanée de la mesure, *en tension*, l'une fondamentale, l'autre qui l'accompagne : « *Pour entendre un / de ces // concerts / riches de cuivres* », soit 6-6 et 4-4-4, le déterminant *un* pouvant être considéré ici comme numéral (*un / deux de ces concerts*)[1].

Entre autres « "hérésies" de versification » qu'il voyait surtout dans *Romances sans paroles*, et parmi d'autres « déconcertements »[2] passés ou à venir, Verlaine a généralisé les césures à l'intérieur d'un mot mais aussi les césures sur « e » muet ou préposition monosyllabique. Pour des raisons complexes qui tiennent aux propriétés linguistiques des mots, tous ces phénomènes ne s'évaluent pas à l'identique. Une occurrence telle que « *Péniblement, et comme // arrachant par lambeaux* » (« La Mort de Philippe II », *Ps.*, p. 89) se trouverait déjà chez Hugo. « *Par Marc-Antoine et par // César que vous par moi* » (« Lettre », *Fg.*, p. 116), néanmoins lisible en 4-4-4, est déjà un peu plus iconoclaste. Mallarmé à la même époque, puis surtout Rimbaud et Laforgue, plus tard encore Apollinaire, radicaliseront cette stratégie critique.

1. Benoît de Cornulier, *Théorie du vers*, Paris, Éditions du Seuil, 1982.

2. Lettre à E. Lepelletier, 23 mai 1873, *Cg.*, p. 321.

VI   LYRISME ET POLYPHONIE

Les vers chanteurs sont les garants d'une aspiration constante et renouvelée au « lyrisme » (*Pr.*, p. 776), une notion moins aisément déterminable dans le cas de Verlaine depuis qu'elle s'est vidée de ses an-

ciennes valeurs classiques et romantiques.
Si le poète en maintient toutefois l'usage,
l'indéfinition à laquelle il la destine s'explique par l'acception critique qu'elle
motive. Quoiqu'il ne se sépare pas du privilège littéraire de la voix, le lyrisme
n'entre plus dans l'ancienne opposition à
l'épopée. Il se rapporte à la nécessaire ouverture de l'oralité vers la polyphonie.
Déjà dans « Charles Baudelaire », l'auteur
en rejetait les mythologies de bazar et
leurs emblèmes fétiches, tous ces *luths* et
guitares qui réduisent le poète « à ce rôle
humiliant d'un instrument au service de
la *Muse* » (p. 606). En même temps, il ne
cesse de convoquer cette symbolique dans
les trois recueils. L'écart est d'ailleurs sensible entre l'« Épilogue » et « Ariettes oubliées, II » où la même rime, sans vraie
originalité, revient presque à l'identique.
Au « saint Délire » qui fait écho dans un
cas à « Apollon et sa lyre » (*Ps.*, p. 93) succèdent dans un deuxième temps « mon
âme et mon cœur en délires » et « l'ariette,
hélas ! de toutes lyres ! » (*Rsp.*, p. 126).
Dans *Poèmes saturniens*, l'association exploite de propos délibéré la forme figée de
l'écho ; elle ne se comprend pas sans les
débats parnassiens sur l'enthousiasme
poétique. Au contraire, *Romances sans paroles* semble opérer une inflexion inattendue en réinscrivant le sujet dans un
état maladif pour le soumettre à de brusques divisions. L'étymologie *delirium* peut
être alors légitimement convoquée : la
voix entraînerait le poème en dehors de

ses sillons coutumiers. Le lyrisme désignerait ce passage et l'écoute de ce passage qui met au jour « de nouvelles puissances[1] » du sujet, grammaticales et prosodiques. Au sens où le problème de dire ne se sépare plus dans cette perspective « d'un problème de *voir* et d'*entendre*[2] », ce que rappellent assez dans l'ariette II la métamorphose monstrueuse de l'« œil double » et la projection floue des « voix anciennes » (*Rsp.*, p. 126). Mais comme le dit encore Deleuze, « c'est à travers les mots, entre les mots, qu'on voit et qu'on entend[3] ». Jamais *dans* les mots eux-mêmes.

[1]. Gilles Deleuze, *Critique et clinique*, Paris, Les Éditions de Minuit, 1993, p. 9.

[2]. *Ibid.*

[3]. *Ibid.*

LE PRÉCIS ET L'IMPRÉCIS

« Ariettes oubliées » répond à cette nouvelle logique en cherchant à « mieux exprimer le vrai vague ou le manque de sens précis projetés » (*Pr.*, p. 901) que les autres romances et même les volumes antérieurs. Verlaine n'a point écrit d'ailleurs « le manque de sens » mais bien « le manque de sens précis » : il n'évacue pas le sens au profit d'une stricte matérialité du signifiant. Quant au « vrai vague », il cerne un tournant historique de la manière, un point idéal. L'enjeu du débat ne porte pas sur le très hypothétique stade de perfection qu'aurait enfin atteint le présent recueil. L'adverbe « mieux » montre le contraire et donne plutôt à cette poétique une dimension inchoative puisque non seulement « Paysages tristes » figurait déjà comme des vers « vagues ensemble et définis » (p. 721) mais cette notion mal délimitée rend compte plus largement du multiple de l'œuvre : elle se confond dans *Sagesse* avec une mystique du secret et, quoique *Bonheur* par exemple y semble plus étranger par « une certaine lourdeur, poids et mesure » (*ibid.*), il serait faux de penser que Verlaine s'en détourne à cette époque comme en témoigne a nouveau l'éloge en 1894 du « précis Incertain » (*Po.*, p. 867) dans *Épigrammes*. Dans les ariettes, le vague tend vers des « prodiges de ténuité » jusqu'à se rendre pleinement « inappréciable » (*Pr.*, p. 656) : il met en œuvre une infra-sémantique de la voix.

SCHIZE

Des traits syntaxiques s'imposent à la lecture qui excentrent d'autant la présence du locuteur. Le régime démonstratif domine l'ariette I : « c'est », « cela », « cette âme », « cette plainte » (*Rsp.*, p. 125). Elle affirme moins le *je* qu'elle ne pose avec inquiétude une forme confuse d'existence. De même, l'ariette III pratique le verbe à support impersonnel : « *Il pleure dans mon cœur / Comme il pleut sur la ville* » (p. 127). En l'occurrence, la comparaison s'adresse aussi bien à la nature grammaticale du parallèle qu'elle exhibe, mettant à profit le procédé, qu'à la vigueur de l'émotion en lien avec la mention climatique pour suggérer finalement une sorte de « tristesse anonyme[1] ».

Des similitudes s'esquissent à ce niveau. L'ariette IV s'ouvre également sur un type impersonnel : « Il faut » (*Rsp.*, p. 128). Mais cet effet est tôt remplacé par le subjonctif et l'impératif, « Ô que nous mêlions » et « Soyons deux enfants » (*ibid.*). De même, l'ariette VI multiplie les présentatifs comme l'ariette I, « C'est le chien », « Et voici venir » (p. 130), « Voici que la nuit » (p. 131). Leur valeur ostensive se rapporte aux tableaux qu'énumère la chanson dans une participation orale et gestuelle du narrateur et des auditeurs qu'explicitent encore les interjections : « Place ! », « Arrière [...] ! »

À l'inverse, certaines pièces se disposent par syntagmes nominaux et simples prédicats : « *Le piano que baise une main frêle / Luit dans le soir rose et gris vaguement* » (V, p. 129), « *Le ciel est de cuivre / Sans lueur aucune* » (VIII, p. 133), « *L'ombre des arbres dans la rivière embrumée / Meurt comme de la fumée* » (IX, p. 135). Nettement moins spectaculaires que les exemples précédents, ces segments ne sont que très partiellement descriptifs, ils expérimentent un pouvoir d'évocation toujours fragile, souvent éphémère. Ils tendent vers un désancrage de la subjectivité qui ne cesse pour cette raison même de hanter l'espace et l'instant, l'impression ou la réflexion que poursuit le poème.

Au statut du « nous » dans l'ariette IV correspond le pronom indéfini « on » qui

---

[1]. Jean-Pierre Richard, « Fadeur de Verlaine », *Poésie et profondeur*, Paris, Points / Seuil, 1955, p. 176.

vise dans l'ariette VIII une dilatation référentielle de l'instance : « *On croirait voir vivre / Et mourir la lune* » (p. 133). Entre les deux, les ariettes II et VII restituent, en apparence, le centre de gravité qui manquait jusqu'à présent au geste de locution : « Je devine » (p. 126), « Je ne me suis pas consolé » (p. 132). Mais l'instance est aussitôt envahie par sa propre illusion, et l'acte de langage versé au régime de la dualité : « Et mon âme et mon cœur en délires », « bien que mon cœur, bien que mon âme ». Une schize menace l'intégralité du sujet depuis sa conscience intérieure jusqu'aux moindres facultés qui normalement le meuvent.

CONTOURS, LUEURS, BUÉES

Au cadre énonciatif que disposent les poèmes s'articule une orientation analogique. Le modalisateur « comme » dans les ariettes III, VIII et IX s'organise parallèlement aux locutions ou aux verbes : « une espèce d'œil double » pour l'ariette II, « cela ressemble au cri doux » et « tu dirais » dans l'ariette I. Le lyrisme s'attache à une dimension indéfinissable et approximative, voire intuitive. L'appréhension du réel est soumise à une perspective « qui vient brouiller toute chose » (p. 139), ainsi que le résume « Simples fresques » dans la partie suivante du recueil.

Le sujet n'étreint jamais qu'une surface et tombe en dépendance de ses propres impressions. La tentation de la profondeur se trouve finalement révoquée, ce qui n'enlève rien au mystère de ces multiples visions mais l'inscrit plutôt dans une insondable et définitive opacité. Entre la première et la dernière pièce, un parcours imaginaire et parfois fantastique a été balisé qui laisse déchiffrer une géographie aussi minime qu'intime : « l'eau qui vire » (p. 125) a donné naissance à la « rivière embrumée » (p. 135) tandis que les « bois » (p. 125) l'ont cédé aux « hautes feuillées » (p. 135). Cet élargissement vers le « paysage » (*ibid.*) qui prépare à l'évidence « Walcourt », « Charleroi », « Bruxelles » et « Malines » n'opère pas uniquement un changement d'échelle.

Sans doute s'écarte-t-il davantage de « l'herbe » et des « cailloux » qui tendaient vers une réduction et une atténuation de l'être, inaugurant l'expérience du presque, de l'à peine, de l'intangible ou de l'informe : « frissons », « brises », « frêle et frais murmure », « petites voix » (p. 125), etc. Mais il confronte avant tout symboliquement les « ramures grises » (*ibid.*) aux « ramures réelles » (p. 135). Cette nuance dans l'indécision, placée entre deux tons opposés (noir et blanc), « Art poétique » et sa « chanson grise » s'en feront le rappel[1]. Elle s'accorde en tout cas avec un état intermédiaire du sujet, piégé dans une torpeur jouissive. À l'inverse, bien qu'elles ne parviennent pas à conjurer la spectralité qui entoure l'espace, les « ramures réelles » constituent comme le signal d'un ailleurs. Elles an-

1. Cf. Dossier, p. 220-222.

noncent la fin d'une évanescence perpétuée au long des ariettes, s'ouvrant à l'enthousiasme d'autres sensations, certes complexes et contradictoires mais que les « Paysages belges » mobiliseront dynamiquement.

Ce rappel soudain, qui prend la forme d'un écho *réelles :: tourterelles*, et contraste par conséquent avec le « cri doux » et le « roulis sourd » (*Rsp.*, p. 125) de l'ariette I, révèle rétrospectivement quelle amplitude habite l'expression du vague dans l'ensemble de la section. Les valeurs en sont distribuées à la rime. Dans l'ariette IX, un thème vocalique commun organise deux couples : *embrumée :: fumée* et *feuillées :: noyées*. Les deux finales *nuées :: buées* (p. 133) y répondent dans l'ariette VIII. Ces marques inscrivent le sujet dans une progression occulte. S'il lui est donné de voir, il lui est aussi interdit de voir au-delà de lui-même. En fait d'extériorité et de spectacle, les ariettes ne livrent que l'asphyxiante épaisseur d'un environnement où la matière et ses mutations cristallisent les divagations et les méditations de l'âme. Elles n'excluent donc pas ce « sens du concret jusque dans la rêverie éventuelle » (*Pr.*, p. 721) que de lui-même relevait l'auteur dans sa « Critique des *Poèmes saturniens* ».

La dissolution sur laquelle s'achève la section au nom du « paysage blême » (*Rsp.*, p. 135) constitue incontestablement une réminiscence de « Promenade sentimentale ». Mais elle ne fait qu'illustrer l'un de ces états transitoires où la matière dont se forme et se déforme le sujet hésite entre le liquide, le solide et le gazeux. La poétique de l'imprécis tient donc aux fumées et aux buées, une atomisation de qui détient la voix de son texte en désespoir d'un corps dans l'acception la plus élémentaire. En guise de sens, il n'est donc que les aléas de la physique sous l'espèce d'une matière infiniment variable. Car, ne l'oublions pas, le maître mot de l'ariette est bien l'adjectif *incertain*. Ainsi s'explique également que toute vision n'advienne elle-même qu'obliquement, à la fois biaisée et déformée.

Rapportée « à travers » le « murmure » et le « contour subtil des voix anciennes » qui l'engendrent et la libèrent, elle est envahie dans l'ariette II par un vacillement de la lumière : « Où tremblote à travers un jour trouble » (p. 126). Ce léger mouvement des « lueurs musiciennes » (*ibid.*), indiqué par le suffixe diminutif (*trembl-oter*), se charge dans l'ariette VIII d'un aspect presque fantasmagorique : « *Comme des nuées / Flottent gris les chênes* » (p. 133). En l'occurrence, la force du vague repose sur la trouvaille linguistique. L'adjectif « gris » prend une valeur adverbiale, ce qui signifie que le verbe antécédent semble répondre à une syntaxe exceptionnellement attributive, remplaçant « être » en cette fonction, pourtant fort représenté dans la section. La couleur d'atmosphère devient tache ici et, conjuguant indétermination et suspension, rend solubles choses et formes. En même temps, l'écho qui relie « *gris* » à « ai*gre* » donne à cette pigmentation une vivacité mordante qui n'exclut pas le registre olfactif ou gustatif où s'exerce habituellement le mot. Entre nuées et buées, ce halo d'irréalité concentre l'étrange en saveur.

JE-NE-SAIS-QUOI

L'expérience du vague qui dès l'ariette I trouve son amorce dans le sentiment de l'analogie, « tu dirais », ne se sépare pas en vérité du besoin et de l'urgence du dialogue : « dis » (p. 125). Le passage du conditionnel à l'impératif réactive le verbe dans sa pleine acception qui ne se limite plus comme avant à un emploi figé ou à une injonction simplement phatique. Avec le conditionnel, c'est la virtualité d'une parole que le poème interroge ; avec l'impératif, c'est, plus qu'une invite, sa valeur d'action qui est en cause. La manière des ariettes est tendue entre ces deux principes ; elle produit cet *à-dire* ou ce *devoir-dire* qui répond à je-ne-sais-quoi, objet à la fois de quête et d'énigme pour l'instance.

L'activité de dialogue est à ce point prégnante dans les textes qu'ils ne cessent de varier les appels à l'autre (anonyme, fantasmé ou nommé). À cet égard, les modulations intonatives qu'accompagnent de foisonnants signaux graphiques, liés à l'interrogation et à l'exclamation, complètent la technique de l'apostrophe, omniprésente. Le prototype en serait le deuxième sizain de l'ariette V. Le phénomène est saturé par la tournure orale emphatique, « qu'est-ce que c'est que » (p. 129), suivi de propositions interrogatives indirectes et de propositions relatives portant alternativement sur le sujet et l'objet, l'inanimé et l'animé. L'instance se trouve en quelque sorte cernée et se tend elle-même un piège.

Le terme est d'ailleurs prononcé et se loge à la rime : *sais-je :: piège* (p. 132) dans l'ariette VII. Il poursuit différemment le vertige de l'inexplicable présent dans l'ariette III : « *C'est bien la pire peine / De ne savoir pourquoi* » (p. 127). L'absence de raison se soldait alors par la paronomase « ce cœur qui s'écœure » (*ibid.*), une redondance de l'excès pour un sujet qui ne parvient plus à assumer ni à comprendre quelles sont ses véritables motivations intimes. À revers d'une telle attitude, l'ariette VII consomme d'emblée la raison qui torturait par son absence dans l'ariette III : « *Ô triste, triste était mon âme / À cause, à cause d'une femme* » (p. 132). La circularité qui guette alors le *je* déplie un nouveau paradoxe à travers les concessives enchâssées au sein de la question : « *Sais-je / Moi-même que nous veut ce piège / D'être présents bien qu'exilés, / Encore que loin en allés ?* » (*ibid.*). Faut-il y voir la rhétorique d'un être bouffi de complaisance pour son mal ?

Après tout, l'ariette II est bien parvenue à une conclusion similaire. L'étourdissement panique y gagne une résonance contournée et précieuse qui se résume dans le lamento de l'escarpolette. Mais il introduit une espèce de distance et d'ironie dans l'hyperbole qui charge la logique diminutive : « Ô mourir de cette mort seulette » (p. 126). Un tel suffixe se rencontrerait sous la plume d'un Ronsard, par exemple, et se marie d'ailleurs aisément avec l'archaïsme « qui t'épeures » (*ibid.*), attesté au XVIe siècle puis tombé en désuétude pendant la période classique. À force d'explorer l'à peine, le sujet obtient le contraire de ce qu'il escomptait : le mineur constitue maintenant le trop-plein du texte et paraît affecté. C'est pourquoi l'instance récuse finalement le piège dans lequel elle s'était laissé enfermer.

COMIQUE ET DÉSENCHANTEMENT

Le je-ne-sais-quoi présent dans *Romances sans paroles* hante déjà *Fêtes galantes*. Mais il y emprunte une veine à la fois désenchantée et comique qui va jusqu'à l'équivoque polissonne et déplace pour cette raison le stéréotype du lyrisme. En effet, il est impossible de lire cette suite poétique simplement sous l'angle d'une fantaisie pleine de charme, nourrie par une multitude de références culturelles à un XVIIIe siècle aussi idéalisé que postiche. Verlaine insiste pourtant dans ce recueil sur « une certaine pente à une mélancolie tour à tour sensuelle et rêveusement mystique » (*Pr.*, p. 904). Cet avis paraît consoner avec « Clair de lune ». Il reste que s'y joue simultanément un attrait vers la chair et le mystère qui jette une lumière trouble sur l'expression de la mélancolie.

En fait, le passage de l'un à l'autre ne se comprend pas sans l'alliance de la mélancolie elle-même avec la gaieté. *Fêtes galantes* est le mélange d'au moins deux *ethos* du sujet. L'œuvre instaure une manière *humoresque*, elle fait appel à une imagination libre et capricieuse dont l'adjectif « fantasque » (*Fg.*, p. 97) concentre les traits essentiels dans le recueil. Cela étant, Verlaine rompt aussi l'équilibre que les romantiques avaient pourtant inscrit au principe de la notion d'humoresque : la gaieté y décline à plusieurs reprises vers un comique ouvert et trivial, parfois abruptement grivois. En même temps, cette tonalité n'est jamais explicitement lisible et demeure sous-jacente à la rêverie et à la tristesse.

L'ouverture du recueil met à découvert ces enjeux à travers la tension des marques personnelles : « votre âme » et « ils n'ont pas l'air » (*ibid.*). D'un côté, la figure du double pose d'emblée l'altérité comme lieu de la communication. De l'autre, cette âme livrée aux « masques et bergamasques » (*ibid.*) est déjà peuplée. L'allusion va immédiatement à la *commedia dell'arte* dont le berceau est Bergame en Italie du Nord. Mais Verlaine y ajoute une danse et l'air de cette danse très à la mode au XVIIIe siècle. Du moins ce cadre inaugural permet-il de mieux comprendre la valeur durative de la périphrase verbale, « que vont charmant ». Car elle traduit une féerie généralisée et continuée à chaque poème où l'âme, séduite et détournée par les sortilèges qu'exercent sur elle masques et bergamasques, achève de s'identifier à eux dans un mouvement qui la conduit à se défigurer et se transfigurer sans cesse.

De fait, cette déréalisation répétée de l'instance dépend d'un tempérament lunaire qui corrige aussitôt le « triste Idéal » (*Ps.*, p. 33) des *Poèmes saturniens* : « *quasi / Tristes sous leurs déguisements fantasques* » (*Fg.*, p. 97). Au gré d'un enjambement, non seulement l'ancienne tentation du spleen est oblitérée mais les penchants naturels de l'intimité obéissent désormais à une humeur changeante : le mélancolisme laisse transparaître une joie profonde d'exister. Ce qui s'écrit ici exalte, en effet, la « vie opportune » (*ibid.*). C'est qu'à la faveur de l'obscurité le sujet sait trouver (si même il ne la suscite) l'occasion, particulièrement dans le registre des sentiments et des passions : « l'amour vainqueur ». La manière de *Fêtes galantes* se définit bien, selon l'expression de Vladimir Jankélévitch, comme cette « capture des occurrences [1] », une vigilance de l'instant et de la bonne heure.

Cet instant se révèle néanmoins toujours précaire et infinitésimal, il procède d'une conscience de la vanité des choses,

[1] Vladimir Jankélévitch, *Le Je-ne-sais-quoi et le presque-rien : la manière et l'occasion*, t. I, Paris, Éditions du Seuil, 1980, p. 122.

de leur aspect fugitif. De fait, parce que comédiens et danseurs « n'ont pas l'air de croire à leur bonheur », ainsi que l'indique la rime, ce bonheur ne peut se formuler que « sur le mode mineur » (*Fg.*, p. 97), dans une atténuation peut-être moins négative qu'instable et duplice de l'écoute.

TROMPE-L'ŒIL

Dans *Les Poètes maudits*, Verlaine donne aux *Fêtes galantes* le titre parodique *Pour Cythère* (comme l'était déjà d'ailleurs « Un voyage à Cythère » de Baudelaire). De façon assez convenue, il en attribue l'art à un symbole devenu sans doute aussi un cliché : *L'Embarquement pour Cythère* (1717), le tableau d'Antoine Watteau, maître et parangon des peintres des « fêtes galantes », dont les « mélancoliques pèlerins » du « Faune » (p. 112) constituent vraisemblablement une réminiscence. Mais en valorisant spécialement le genre pictural, l'auteur obéit peut-être davantage à la réception qu'a suscitée quelques années auparavant son volume. Il laisse dans l'ombre pour partie l'histoire complexe d'une notion.

Avant de désigner un genre artistique, la fête galante est d'abord une réjouissance d'honnêtes hommes. Le terme a même servi à l'âge classique pour qualifier des ballets. Au XVIIIe siècle, on y entend en peinture et en littérature une scène champêtre ou la représentation de jeunes personnages de théâtre, le plus souvent issus de la comédie italienne. L'expression doit beaucoup aux valeurs de l'adjectif « galant », issu du verbe « galer » qui signifie « s'amuser ». S'il prend le sens de « vif, entreprenant » et a pu très vite se référer à un homme entreprenant auprès des femmes, *galant* traduit plus largement une espèce d'élégance et de distinction dans la conversation et la conduite. L'homme galant sera désintéressé et généreux, ayant le sens de l'honneur. Par extension, il fait preuve également de raffinement dans ses manières amoureuses. Une conception s'en est peu à peu dégagée où l'amour repose davantage sur un sentiment superficiel et le plaisir que sur la sensibilité du cœur.

Ces caractéristiques se redéploient à différents niveaux dans l'ouvrage. Mais elles exposent du déjà-vu ou du déjà-lu. Les *Fêtes galantes* cultivent moins l'originalité que le trompe-l'œil. Elles participent peut-être d'une attirance pour les œuvres de Watteau ou même de Lancret, Boucher et Fragonard, elles prolongent plus sûrement les entreprises littéraires qui au cours des années 1850 et 1860 ont remis au goût du jour le style Louis XV. Sans doute subissent-elles l'influence conjuguée des *Peintres des fêtes galantes* de Charles Blanc ou de *L'Histoire de l'art au XVIIIe siècle* d'Arsène Houssaye, par exemple. Mais elles puisent davantage dans les vers de Musset et de Nerval, comme elles empruntent aux *Cariatides* et aux *Stalactites* de Théodore de Banville ou encore aux « Variations sur le carnaval de Venise » de Théophile Gautier dans *Émaux et camées*.

Aucune source ne peut donc être *a priori* privilégiée. Dans *Fêtes galantes*, la manière procède elle-même d'une multi-

133

plicité de manières qu'elle neutralise en superposant les poncifs du genre. Elle inscrit donc l'allusion, la citation, le collage dans de plaisantes hésitations même si certaines références, comme « La Fête chez Thérèse » dans *Les Contemplations* de Victor Hugo, sont peut-être plus immédiatement significatives que d'autres.

« MILLE FAÇONS ET MILLE AFFÉTERIES »

Les *Fêtes galantes* possèdent d'ailleurs une caractéristique bien à elles qui tient pour l'essentiel aux rapports de la manière à l'artifice. En effet, le personnel fictif n'y est jamais sollicité qu'aux fins de mettre en œuvre une utopie, celle de vivre ensemble de « mille façons et mille afféteries » (p. 100). Une double inflexion se produit : de la manière vers le maniéré, de la manière vers les manières au sens anthropologique et social, les usages et les mœurs, tout ce qui regarde les conduites de soi devant les autres. Autrement dit, le recueil soumet la manière, définie au rang de catégorie de l'art et de la valeur, à un maniérisme du sujet. Ce maniérisme est un artificialisme radical, il accepte la frivolité, le superficiel, le ludique, rejette le sérieux et le tragique de l'existence. L'économie des échanges, fondée sur les plaisirs, se nourrit de l'illusion et exhibe comme telle la jouissance de l'illusion.

À ce titre, il n'est pas de *fête* qui ne s'inscrive hors du temps et de l'ordinaire. Le volume ne comporte guère de datation, il obéit à une chronologie qui n'a plus d'origine ni de fin mais se dépense pleinement dans l'énergie du présent. Les indications de cette nature dépendent le plus souvent du décor ou de l'ambiance, voire sont rejetées dans l'indéfini, ainsi qu'il arrive dans « L'Amour par terre » avec « le vent de l'autre nuit » (p. 120). Placé en dehors du temps, ce maniérisme s'accompagne logiquement du primat du divertissement qui se conjugue à son tour avec le goût du travestissement. Les « déguisements fantasques » (p. 97) dans « Clair de lune » renvoient de la sorte aux « costumes fous » (p. 118) de « Colombine ». Ils introduisent le monde de la théâtralité, ils contribuent à la typicité des personnages. Mais ils ne se limitent pas à cette fonction de signes dénotant les variations de la fantaisie. Les « costumes clairs » dans « À la promenade » transposent à la rime des « airs » : l'habit est tout entier manière tandis que la manière se résorbe elle-même en une stratégie de la parure qui participe de la « nonchalance » et des « mouvements d'ailes » (p. 101), l'évanescence lente et interminable d'un sujet labile.

DÉTAIL ET ÉVENTAIL

Le costume mais aussi le maquillage sont l'une des dimensions du maniérisme, ce que rappelle assez l'écho qui joint par exemple « *fa*çons » à « *fa*rdée » (p. 100). Ce maniérisme se fonde, en outre, sur la séduction, au sens où il meut sans cesse les choses dans l'apparence pure : « L'artifice n'aliène pas le sujet dans son être, il l'altère mystérieusement[1]. » Le sens des « fêtes galantes » ne tient à ce niveau que de maintenir les règles du mystère et des leurres qui en procèdent. Mais l'œuvre pratique également une démystification jubilatoire comme dans le portrait de « L'Allée ». Entre les précieuses et les merveilleuses, cette femme-objet est son propre spectacle, « elle passe » (*Fg.*, p. 100), une exhibition de soi dont le dernier mot du texte, « l'œil » (*ibid.*), livre le registre amusé et fasciné. Il s'agit donc pour l'écrivain de donner corps à un stéréotype afin de l'animer.

L'allée qu'emprunte l'héroïne rapporte d'abord sur le mode oblique et malicieux le poème au genre de la promenade, elle autorise un parcours pédestre dans l'histoire de la littérature. Elle ne motive pas un pieux pèlerinage mais une visite ironique du passé. Car le « temps des bergeries » évoque les imitations classiques à la manière de la poésie pastorale gréco-latine, toute la veine des idylles et des églogues qui connaît une expansion certaine au XVIIIe siècle[2]. À cet égard, la proposition relative, « où verdit la mousse des vieux bancs », explicite la visée déjà contenue dans *bergeries :: assombries*. Elle donne l'image non pas d'une vitalité excroissante mais au contraire d'un abandon et d'une usure. Ce personnage

[1] Jean Baudrillard, *De la séduction*, Paris, Galilée, 1979, p. 129.

[2] Alain Chevrier, « *L'Allée* n'est pas un sonnet », *Rv.* n° 9, 2004, p. 128.

d'une autre époque relie donc le texte à un goût d'arrière-garde.

Le portrait de cette mondaine s'élabore selon des contrastes humoristiques grâce aux adjectifs : « frêle » *vs* « énormes », « fluets » *vs* « larges ». Sa progression repose plus amplement sur une syntaxe qui, du port de la robe aux parties du visage, tend vers « maint détail ». En finale avec « éventail », ce mot résume bien la logique du maniéré. L'attribut idéalement féminin montre que l'amour se raconte en dentelles par des arabesques délicates et des plis soignés. La rime *bouche :: mouche* vient remplacer la feuille de tissu par le point de taffetas. La valeur de l'infime s'applique ici très différemment. Dans l'art de paraître, elle manifeste je-ne-sais-quoi qui donne une grâce supplémentaire au corps et au visage. Mais elle représente aussi la cible privilégiée de la parole au sens où le poète *fait mouche* ici. Cette rhétorique de la pointe demeure cependant ambiguë. Car si la mouche « ravive l'éclat un peu niais de l'œil », à l'évidence, ce jugement péjoratif révèle le point de vue masculin. Inversement, puisque la bouche semble « plus fine », des subtilités propres au caractère féminin échappent donc à l'attention des hommes qui pourraient en faire finalement les frais.

« DES SUJETS ÉROTIQUES, SI VAGUES »

Le maniérisme des *Fêtes galantes* évolue suivant cette bipolarité masculin / féminin. Les « sujets érotiques, si vagues » dont s'égaie le personnage de « L'Allée » traitent selon l'acception classique du mot de l'amour en général. Mais il n'est pas sûr que Verlaine dans le recueil n'y entende pas sa valeur contemporaine, plus directement sexuelle. En effet, l'amour comme modernité de la passion est un culte ici dénué de spiritualité, un hédonisme. Dans « En patinant », il s'énonce « sans enthousiasme – et sans peine ! » (*Fg.*, p. 107) tant il est vrai qu'en langue classique « patiner » signifiait aussi « caresser indiscrètement[1] ». Il aspire peut-être à la quiétude et à la paix. En fait, la préposition soustractive « *sans* » noue un lien prosodique privilégié avec les « cinq *sens* » qui « se mettent alors de la fête » (*Fg.*, p. 107) et reconduisent le lecteur au titre du recueil. L'étrange privation, « exempts de folles passions », est le bonheur même, ainsi que le prouve le syntagme « nous jouissions » dont la lecture ambivalente tient au fait qu'il se place en fin de vers, comme en attente de ses compléments. Des « baisers superficiels » jusqu'aux « sentiments à fleur d'âme », c'est l'éthique galante qui se voit contournée au profit de la licence. Toute tentation libertine respecte assurément les codes de la séduction comme il en va dans « À la promenade » : « *Trompeurs exquis et coquettes charmantes, / Cœurs tendres, mais affranchis du serment* » (p. 101). Elle se nourrit des règles qui donnent à l'amour sa force de ritualité. La main des belles sait donner quelquefois

1. Jacques Robichez (éd.), *Paul Verlaine, Œuvres poétiques*, Paris, Classiques Garnier, 1986, n. 1 p. 561.

un soufflet « *qu'on échange / Contre un baiser sur l'extrême phalange / Du petit doigt* » (*ibid.*). Là encore, les hyperboles, disposées au gré d'un enjambement, donnent un excès de dimension aux éléments les plus minuscules : la phalange vaut bien la mouche. À vrai dire, l'« imperceptible » est cette « *chose [...] / Immensément excessive* » qui donne du sel à la passion et accroît l'acuité du désir.

DES MOTS SPÉCIEUX

Il est cependant des « mots [...] spécieux » (p. 103) dont il faut déjouer l'apparente signification. Ces mots, prononcés « tout bas » par « un soir équivoque d'automne » (*ibid.*) aux « Ingénus » qui font la cour, ont peu de traits communs avec « Ariettes oubliées, I ». Ils confèrent aux *Fêtes galantes* le statut de double énonciation. Sans doute existe-t-il différents degrés d'implicitation ou d'explicitation du discours. « En bateau » s'ouvre sur une périphrase, « l'étoile du berger » (p. 111), qui place la scène sous l'ascendant de Vénus. Les propos rapportés dans la deuxième strophe consacrent avec drôlerie l'occasion charnelle : « *C'est l'instant, Messieurs, ou jamais, / D'être audacieux, et je mets / Mes deux mains partout désormais !* » (*ibid.*). À ces paillardises avouées répondent des marques contextuellement plus suggestives. Dans « Les Coquillages », après avoir énuméré les parties immatérielles et physiques de l'amante, « âmes », « cœurs » puis « oreille » et « nuque », selon un parallèle avec « chaque coquillage incrusté » de « la grotte », le texte se clôt sur un vers détaché typographiquement : « Mais un, entre autres, me troubla » (p. 105). La ligne parie d'emblée sur le caractère informulé d'une conclusion qu'il revient au lecteur de compléter.

Dans la guerre plaisante qui oppose les sexes selon « le terrain et le vent », le moindre événement devient symbolique : « le dard d'un insecte jaloux » qui vient « parfois » inquiéter « le col des belles » (p. 103) dans « Les Ingénus » y prend la forme d'une arme aux résonances phalliques incontestables. « L'Amour par terre », quant à lui, inverse l'image de l'érection, celle de la statue mais aussi celle du sexe que rappelle par une autre équivoque le gérondif « en bandant » (p. 120). Sans jamais tomber dans un registre purement obscène, le poète des *Fêtes galantes* ressemble fort au négrillon de « Cortège » qui, trottant derrière sa dame, « *soulève / Plus haut qu'il ne faut, l'aigrefin, / Son fardeau somptueux, afin / De voir ce dont la nuit il rêve* » (p. 104). En l'occurrence, la rime *soulève :: rêve* s'emploie à dévoiler les préoccupations de l'intériorité mais la notion de « rêve », si omniprésente dans le recueil, y a plus à voir ironiquement avec les réalités libidinales qu'avec de nobles chimères et des idéaux éthérés.

De fait, s'il existe une « langue » galante chez Verlaine, on la trouve définie dans le *Dictionnaire érotique moderne* (1864) d'Alfred Delvau. Lorsque dans « Les Indolents » Tircis demande à Dorimène : « Mourons ensemble, voulez-vous ? » (p. 117), le verbe y possède le sens crypté d'« arriver, par l'excès de la jouissance vénérienne, à un état de béatitude[1] ». De même, loin d'être l'oiseau célébrant l'Absente des « Paysages tristes », le rossignol qui « clame la détresse à tue-tête » (*Fg.*, p. 109) dans « Fantoches » ou chante le « désespoir » (p. 121) dans « En sourdine » n'est autre que le « membre viril[2] ».

1. Alfred Delvau, *Dictionnaire érotique moderne*, Paris, Les Éditions 1900, 1990, p. 211.

2. *Ibid.*, p. 255.

DÉCAMÉRONS ET CONVERSATIONS

Fêtes galantes réalise un autre art du mineur. Mais cette modalité nouvelle de la sourdine s'insère dans une dynamique qui traverse plus largement le recueil sous l'angle du dialogue. Les textes balancent, en effet, entre colloques et conversations. Le volume, qui s'est ouvert par une adresse, se clôt par l'échange entre « deux spectres » qui évoquent « le passé » mais dont on « entend à peine [les] paroles » (*Fg.*, p. 122) : une tension vers un murmure si lointain qu'il en deviendrait inaudible. Cette mise en scène appartient manifestement à la logique du final. L'exténuation progressive des êtres et des voix, *paroles :: molles,* se règle sur le principe d'une dualité que déclinent implacablement les distiques, selon des répliques argumentées qui exhibent en même temps le cliché[3]. Du moins cette réduction intime du dialogue à « deux » (*Fg.*, p. 122)

3. Joseph Sanchez : « *Colloque sentimental* de Verlaine : stéréotypes et implicite dans le discours poétique », *Rv.*, n° 3-4, 1996, p. 120-134.

instances décale-t-elle une autre allusion dans le recueil : les « Décamérons » (p. 117) des « Indolents ». L'usage du pluriel déborde la référence à Boccace et y englobe la tradition d'un genre qui fit florès jusqu'aux XVIe et XVIIe siècles. Mais c'est bien la même société d'exception qui en ressort, composée de jeunes hommes et de jeunes filles qui n'ont d'autre choix et d'autre agrément que de passer ensemble le temps. Quoique ceux-ci ne soient pas réunis par suite de quelque catastrophe, peste ou déluge, tous sont néanmoins conviés au plaisir de conter et de s'en laisser conter : « Nous devisons délicieusement » (p. 101).

APARTÉ ET DÉCLAMATION

Cette polyphonie qui combine donc narration et conversation inclut évidemment les stratégies théâtrales. Sur l'un des manuscrits du recueil (dit « ms. Stephan Zweig » du nom de son propriétaire), « Pantomime » devait d'abord s'intituler « En a-parte ». Même si Verlaine y a finalement renoncé, ses hésitations traduisent deux lectures exactement contraires du texte. Avec « Pantomime », il valorise l'expression gestuelle sans paroles, voire l'action chorégraphique. Avec « En a-parte », il favorise une autre technique dramaturgique : l'adresse aux spectateurs censée rompre le dialogue, du moins s'énoncer à l'insu des autres acteurs présents sur scène. Enfin, dans ce texte qui se conclut sur la surprise qu'éprouve Colombine d'entendre « en son cœur des voix » (p. 98), ce qui se formule en aparté est aussi ce qui s'avoue tout bas à soi-même ou aux autres.

À l'inverse, « Dans la grotte » a pu s'appeler pendant un temps « À Clymène », appellatif maintenu et réservé à une autre pièce pour la « cruelle » (p. 102) emphatiquement apostrophée en trois quatrains. Au demeurant, le suicide ici déclamé est complètement feint. S'il est besoin de s'agenouiller dans un élan pompeux et dramatique, c'est que la « tigresse » (*ibid.*) s'est évidemment refusée : l'enjeu est bien de la faire fléchir. Ce pastiche cumule les référents antiques, « Hyrcanie », « Scipions », « Cyrus », « Champs-Élysées ». L'originalité de l'imitation est d'ailleurs délibérément truquée et ajoute de ce fait au rire. Certes, les figures historiques et mythologiques s'appuient sur un lexique archaïque, « céans », et une syntaxe classique, « Amour perça-t-il pas ». Elles visent entre autres choses la rhétorique des passions dans la tragédie. Mais la littérature burlesque ne lui avait-elle pas déjà fait un sort depuis le XVIIe siècle ?

POÈME ET CAUSERIE

Une autre tendance se dessine avec « Mandoline ». Le lien vocalique qui unit « *écouteuses* » à « *échangent* » (p. 113) oriente moins la conversation vers l'utopie du chant qu'il ne souligne à travers l'humour de l'instrument la vacuité des contenus. C'est que les « sérénades » y riment avec des « propos fades » (*ibid.*). En fait, n'ayant rien à dire que les platitudes coutumières du dialogue amoureux, les personnages aux « molles ombres bleues » laissent agir la musique. Les qualités du « vers tendre » se révèlent donc de moindre importance face à la volubilité infinie de la mandoline. L'oralité se concentre désormais entre ces deux finales *extase :: jase* ; la musique est venue relayer définitivement la voix pour convertir la banalité en valeur.

La rhétorique galante de « Lettre » réorganise cette logique sous l'espèce du badinage : « *Sur ce, très chère, adieu. Car voilà trop causer, / Et le temps que l'on perd à lire une missive / N'aura jamais valu la peine qu'on l'écrive* » (p. 116). Mais c'est en transposant la brusquerie et la muflerie avec lesquelles le locuteur prend soudain congé de son aimée, tour à tour vouvoyée et tutoyée. Sans doute à travers l'écho *causer :: baiser*, l'acte épistolaire dévoile-t-il sa véritable finalité. La leçon de Delvau est sans équivoque : « causer » se définit par « faire l'amour » ; et l'éminent lexicographe ajoute : « C'est par antiphrase, sans doute, puisqu'on ne parle guère lorsqu'on baise : on a trop à faire pour cela [1]. » Cette lecture introduit alors chez Verlaine une confusion morphosyntaxique autour de « baiser », entre le substantif et l'infinitif (dans son acception vulgaire). Mais elle éclaire aussi le com-

[1]. Alfred Delvau, *Dictionnaire érotique moderne*, éd. cit., p. 78.

portement de l'amant. La causerie est indissociable de l'implicite. La logique de justification orchestrée par le connecteur « *car* », en s'appariant aussi à « *ca*user », place la raison de l'adieu dans un argument dérisoire, l'excès même de la parole (« *tr*op ») en relation immédiate avec l'intensité ironique (et donc vulgaire) de l'affect (« *tr*ès chère »). Le proverbe qui en découle, « Et le temps que l'on perd à lire... », place l'échange sous le sceau de la vanité, et en retourne l'usage.

Volubilité et abréviation : la causerie chez Verlaine ne se limite pas à cette alternative. « Sur l'herbe » est sans doute le texte qui concentre le plus clairement les procédés polyphoniques. La ponctuation des tirets y charge les répliques d'une visibilité d'autant plus inattendue que les noms des locuteurs en sont effacés. Elle n'obéit pas à une disposition verticale sous forme d'alinéas successifs mais aboutit à une fragmentation du vers. Elle contraste avec la composition binaire des « Indolents » qui conjoint dialogue et commentaire grâce à une locution de conséquence volontairement artificielle, « si bien que » (*Fg.*, p. 117), comme si l'enjeu pragmatique de l'échange nécessitait à ce point une explication.

« Sur l'herbe » exige, inversement, que le lecteur reconnaisse le nombre d'intervenants et assigne à chaque propos son auteur. Jacques Robichez en a subtilement recomposé l'ordre d'apparition : – *Le marquis.* – *L'abbé.* – *Le marquis.* – *L'abbé.* – *Pre*-

mière bergère. – *Le marquis.* – *L'abbé.* – *Le marquis.* – *L'abbé.* – *Deuxième bergère* (Camargo, surnom d'une célèbre danseuse et courtisane du XVIIIe siècle). – *Première bergère.* – *Tous*[1]. En fait, cette technique met à l'épreuve la perspicacité du lecteur, dont l'interprétation reste tributaire des tours de parole. L'identité des locuteurs ne se sépare plus des présupposés et des sous-entendus qui la révèlent : « une sorte de dire amoindri[2] » qui montre combien l'implicite dans sa définition linguistique n'est lui-même qu'un des multiples aspects chez Verlaine de la sourdine et du mineur.

[1] Dans Paul Verlaine, *Œuvres poétiques*, éd. cit., p. 552-553.

[2] Catherine Kerbrat-Orecchioni, *L'Implicite*, Paris, Armand Colin, 1998, p. 23.

VII LE POÈTE ARTISTE

Une des variantes les plus connues de « Clair de lune » (*Fg.*, p. 97) est révélatrice des rapports entre art et littérature chez Verlaine, spécialement pour ce qui concerne la peinture. Dans le ms. Zweig, le passage où apparaît le titre se trouve en partie barré dans la dernière strophe : « Au calme clair de lune ~~de Watteau~~ triste et beau ». Au lieu du désignateur rigide, Verlaine fait le choix de deux épithètes assez peu descriptives qui privilégient le cadre, l'état ou l'émoi dans une tension contradictoire. En fait, à l'instant même où elle inhibe la référence du nom propre, la rature l'active et l'étend paradoxalement. L'écho prosodique qui y relie « *Watteau* » à « rêver » infléchit intégralement le mode de lecture du volume. La censure graphique dissimule et souligne donc en même temps le lien à la peinture. Elle le rend présent et absent. Car en effaçant Watteau, le poète a aussi occulté le titre primitif du texte « Fêtes galantes ». Mais il l'a généralisé à l'échelle du livre. La rature concentre ici une poétique de l'art. Le geste ne porte pas sur la substitution d'un signe par un autre signe. Il maintient en l'écartant la possibilité d'une autre écoute. Car entre « Watteau » et « rêver » on se prend à imaginer une multitude de relations pertinentes. Désormais, sans plus être assignables à une source artistique unique et rigoureuse, les *Fêtes galantes* peuvent s'écrire sans *vue* réelle sur la peinture. Si l'on préfère, loin d'aspirer à une prise physique, perceptive et contemplative des œuvres du maître, il s'agit de mettre en écoute autrement Watteau tout en le dérobant au regard à l'orée du recueil.

DIRE ET VOIR

Cette attitude a au moins une conséquence. La manière est toujours affaire de dire. Elle explore la peinture sous l'angle de la voix, poursuit la logique d'un dialogue. Et ce qui arrive à Watteau s'applique également à Rembrandt, auteur de dessins, de gravures et d'huiles parmi les plus durablement admirés de

Verlaine, depuis « Eaux-fortes » jusqu'à *Épigrammes*. Ainsi, dans *Quinze jours en Hollande,* en visite au musée de La Haye, l'auteur s'arrête en extase devant *La Ronde de nuit* : « Tout a été dit sur ce chef-d'œuvre mystérieux. Je voulais parler de Rembrandt à ce sujet, j'y renonce » (*Pr.*, p. 404). Le renoncement n'a d'autre source que l'épuisement de la parole elle-même. Il ne s'agit pourtant pas des limites du discours devant la création plastique qui se réglerait alors sur leurs moyens, ceux du langage par rapport à ceux de la peinture. Verlaine redéploie le *topos* du « tout est dit », déjà actif dans « Langueur » (*Jadis et naguère*), sous l'angle, il est vrai, comique, et de l'indicible. C'est que la problématique reliant le dire et le voir (écrire sur Rembrandt) se révèle en pratique indissociable de relations plus largement interdiscursives (écrire après tant d'autres) dont dépend le devenir de la manière.

Aussi, devant l'insondable magie picturale du maître hollandais, Verlaine opte en apparence pour une parole de substitution : « Je voulais parler de Rembrandt à ce sujet, j'y renonce et je préfère donner ici une opinion sans doute oubliée, celle de l'un peu suranné Edmondo de Amicis » (*ibid.*). Edmondo de Amicis (1846-1908) était un voyageur, poète, mémorialiste et amateur d'art prolixe. En fait, l'essentiel du propos tient ici aux curiosités littéraires qu'offre cette critique d'art à la « phraséologie un peu fripée » (*ibid.*).

Cette démarche n'est pas un subterfuge esquivant le vertige de l'indicible. Elle ne participe pas simplement d'une logique de la délégation mais plutôt d'une poétique de la *secondarité* à l'œuvre déjà dans les *Poèmes saturniens* aux prises avec les modèles romantiques et parnassiens. Dans *Fêtes galantes*, Verlaine n'agit pas autrement avec Watteau qu'il « voit » surtout à travers *L'Art du XVIIIe siècle* des Goncourt, effet de convergence depuis longtemps repéré[1].

1. Cf. Dossier, p. 227-230.

Dans la mesure où *écrire la peinture* est en même temps écrire après d'autres paroles, le renouvellement du dire ne saurait faire l'économie de cette singulière relation qui place l'art dans une dépendance structurelle aux discours déjà tenus sur l'art : « "Rembrandt exerce un prestige particulier ; Fra Angelico est un saint, Michel-Ange est un géant, Raphaël est un ange, Le Titien est un prince – Rembrandt est un *spectre*." Le voyageur italien gâte plus loin son mot en l'expliquant. Je le retiens comme très bon. – Il veut dire à moi aussi des choses peut-être plus nettes » (*Pr.*, p. 404-405). Quelques réticences surgissent néanmoins quant à ce qui prétend déplier et analyser (*en l'expliquant*). La peinture n'appelle aucune description ni traduction : toute équivalence qui se fonderait sur une illusoire correspondance entre signes plastiques et signes linguistiques. C'est pourquoi l'exégèse fait à son tour l'objet d'une lecture poétique : un seul et unique mot, *spectre*,

149

« veut dire à moi aussi des choses peut-être plus nettes ». Il se résume simultanément dans l'indéfinition, « des choses », et dans l'élucidation, « plus nettes ». Autrement dit, la peinture suscite une conversion dans l'ordre personnel du *précis* et de l'*imprécis*.

HISTOIRE DE L'ŒIL

Au cours de ses périples belges et anglais avec Rimbaud, Verlaine fait allusion dans ses lettres aux créations de Manet, de Monet, de Renoir ou même d'Harpignies. Déçu par les œuvres de Turner, pourtant absolument pionnières dans le domaine de la touche et de la lumière, il n'y perçoit aucune modernité et célèbre en revanche les primitifs italiens qu'il découvre à la National Gallery de Londres. De quels peintres Verlaine est-il véritablement le contemporain ? En qualifiant *Romances sans paroles*, et notamment « Paysages belges », de « série d'impressions vagues, tristes et gaies, avec un peu de pittoresque naïf[1] », le poète consacre-t-il l'avènement d'une nouvelle esthétique ?

1. Lettre à Émile Blémont, 5 octobre 1872, *Cg.*, p. 256.

EXPRESSION ET SENSATION

Il y a une fiction de l'impressionnisme chez Verlaine qui ne résiste pas aux faits. D'une part, avant le scandale provoqué par l'exposition de la toile de Monet, *Impression, soleil levant* (1874), et l'appellation polémique et injurieuse qui, sous la plume du critique Louis Leroy, en est sortie, les catégories employées à l'époque pour désigner la nouvelle génération d'artistes sont celles de *plein-airistes* voire de *tachistes*. D'autre part, si le mot *impression* est des plus courants chez Verlaine, son emploi est antérieur à la mouvance picturale proprement dite. Surtout, cette prédilection apparente a dissimulé de manière paradoxale la catégorie adverse de l'*expression*, bien plus décisive pour une poétique de l'art dans le cas de Verlaine ou tout ce qui, résumé chez lui sous le terme de *pittoresque*, voudrait s'écrire *à la manière des* peintres. Dès l'époque des *Poèmes saturniens*, l'auteur valorise « un effort vers l'Expression, vers la Sensation rendue [1] ». La manière ne se sépare pas ici d'une préposition « vers » qui la rapporte à un geste inaccompli et suspensif. En ce sens, les deux termes invoqués perdent les traits qu'on leur suppose traditionnellement : l'Expression ne se résigne plus à traduire formellement un contenu qui lui préexisterait ; la Sensation, quant à elle, s'inscrit plus dans la perspective d'un résultat que d'un état affectif et physiologique. Elle désigne un effet irréductible à une évaluation *esthétique* qui résoudrait le problème de l'art chez Verlaine par le sensible.

[1]. Lettre à Stéphane Mallarmé, 22 novembre 1866, *Cg.*, p. 99.

DEMI-JOUR

« Paysages belges » s'ouvre sur de « vieilles estampes » (*Rsp.*, p. 136). Le genre de la gravure répond sur ce point aux « Simples fresques » de « Bruxelles ». Dans la logique de minoration qui est la sienne, « humbles », « petits » ou « faible » (p. 139), le poème se dérobe à une vaste et grandiose composition d'ensemble. Il fait défaut au gigantisme de tout projet visionnaire. À la pérennité de l'art *a fresco*, absorbant les couleurs et fixant de façon inaltérable le dessin dans l'espace mural, l'écrivain oppose le principe éphémère et mobile des « apparences d'automne » (*ibid.*). La rime *abîmes :: cimes* associe dans un cadre privatif (*sans*) et oxymorique (*humbles*) cette configuration labile de l'espace à des sous-entendus narquois. Elle se détourne des vertiges de la hauteur en laissant de côté « le pâtre promontoire au chapeau de nuées [1] » de « Pasteurs et troupeaux » dans *Les Contemplations*. Le sujet convoque et déjoue un état songeur et « à peine » (*Rsp.*, p. 139) plaintif ici, il instaure et dénonce le trompe-l'œil pittoresque même s'il jubile d'une déliquescence et d'un engourdissement de soi.

Ce mécanisme de distanciation transparaît clairement dans la morphologie de deux termes que la prosodie noue par un schéma inversé : « *ver*dâtres » et « *rêv*assent ». Le suffixe, habituellement péjoratif *-âtre*, tire ici le contraste optique vers l'écoulement d'une teinte dérivée, moins immédiatement cernable. De même qu'elle s'oppose au ciel « pâle » (*ibid.*) et au « château, tout blanc » (p. 140) de « Simples fresques, II », la pigmentation se

---

1. Victor Hugo, *Œuvres poétiques*, t. II, Paris, Gallimard, coll. Bibliothèque de la Pléiade, 1967, p. 708.

mêle à un rayonnement léger et euphorique fondé sur l'alliance stéréotypée de *rose* et de *chose*. Elle motive une relation confuse au monde qui atteint le centre de l'âme. Car le verbe « rêvassent » entre en rapport à la rime avec « s'effacent » comme « *f*uite » fait réseau avec « *f*aible ». L'intériorité devient elle-même aléatoire. Une corrélation s'établit entre la distance de la perspective qui, se recomposant sans cesse sous nos yeux, échappe au spectateur, et l'expression du chant de l'oiseau, fluette et déficiente. Oscillant entre l'extérieur et l'intérieur, « des collines et des rampes » et le « demi-jour de lampes », le brouillage de la vision s'explique par une atténuation concomitante de la voix et de la lumière.

RYTHME ET PERCEPTION

Dans « Walcourt » et « Charleroi », l'estampe adhère véritablement au mouvement d'une aventure. Ces deux textes ont des points communs indéniables : l'emploi des quatrains et des vers de quatre syllabes y instaure une syntaxe minimale qui tend variablement à se soustraire à l'unité propositionnelle. Les poèmes mettent en cause, par conséquent, la conception logique traditionnelle de la phrase.

Des écarts sont néanmoins sensibles. « Walcourt » ne comporte aucune marque pronominale. La présence implicite du sujet de l'énonciation se découvre pour l'essentiel autour de l'apostrophe finale :

« Bons juifs-errants ! » (p. 136). En réactivant une légende populaire, le texte l'attache à l'expression d'une empathie. Mais il manifeste aussi par ce biais l'impossibilité du sujet à se fixer dans un lieu. « Charleroi » se décentre dans l'indéfini « on ». Le mot s'insère dans une chaîne prosodique, « v*on*t », « prof*on*d », « d*on*c », « buiss*on* », « mais*on*s », « horiz*on*s » (p. 137), qui assemble les principaux éléments de la réalité sans que l'instance ait prise dessus et puisse leur assigner un sens.

Celle-ci se réduit d'ailleurs à la passivité d'un organe, « l'œil », littéralement meurtri. C'est alors l'unité et la validité de la perception qui s'en trouvent ébranlées. Même si l'expérience qui les atteint peut être partagée et étendue de manière toujours impersonnelle, « les yeux » qui « s'étonnent » ne désignent pas seulement ce qui vient saisir malgré lui le passant. L'étymologie en latin populaire, *extonare* (foudroyer, frapper), généralise l'idée de violente commotion. À ce niveau, la double marque pronominale, « se sent », « s'étonnent », éclipse la conscience comme si les derniers reliquats de subjectivité (ou plutôt, sa conception traditionnelle, psychologique ou mentale) avaient définitivement basculé dans les objets et les lieux.

L'idée même de sujet n'a plus guère d'existence en dehors des liens qui se nouent entre signifiance et sensation : « Quoi bruissait », « Qu'est-ce que c'est ? », « Où Charleroi ? ». Les différentes modalités ont moins à charge de représenter la sensation que de la produire dans le texte, c'est-à-dire de l'inventer. Sans doute la syntaxe révèle-t-elle les difficultés à sonder et à déchiffrer les bribes éparses et fugitives du monde. Malgré quelques parentés avec « Walcourt », « briques et tuiles », « houblons et vignes » ou « gares prochaines » (p. 136), elle ne répond pas cependant rigoureusement au modèle de la phrase nominale. Elle s'organise plutôt par suppression du verbe, ce qui est différent : « *Plutôt des bouges / Que des maisons* » (p. 137). En fait, l'hypothèse d'une ellipse ne parvient pas à rendre compte du procédé. Elle laisserait croire, en outre, qu'il existerait une structure latente ou profonde de la phrase qu'il serait possible de reconstituer.

Ce n'est plus logiquement mais poétiquement qu'il convient de lire le texte, en admettant par exemple une accentuation d'attaque sur « *plu*tôt » et « *où* » telle qu'elle motive le lien consonantique avec « *pl*eure », vocalique avec « b*ou*ges » et « r*ou*ges ». Ainsi, cette grammaire de phrase, d'apparence lacunaire, est d'abord un rythme. Elle ne *traduit* pas selon la technique du mot à mot qui supposerait une équivalence naïve entre les signes et les choses. Ce rythme ne mime pas la sensation. C'est l'oralité et la voix, dont le rythme est l'une des réalisations, qui *font* voir, sentir ou entendre.

LE GRAVEUR DE LA VIE MODERNE

L'économie plastique de la gravure ne se réduit pas chez Verlaine aux vieilles estampes des « Paysages belges ». Mais son rôle a été amplement occulté par l'importance – démesurée – qu'y ont prise les références à Watteau et à la modernité impressionniste tandis que l'intérêt véritable du poète se porte plutôt du côté de Rembrandt, Dürer ou Callot. Surtout, sa poétique s'enracine délibérément dans un vis-à-vis complexe entre peinture et gravure au sens où l'opposition qui s'y joue entre les graveurs de métier, qui sont d'abord des exécutants, et les peintres-graveurs, qui affichent par contre d'authentiques qualités de conception ou de vision, met en jeu l'artisticité de l'estampe. S'il est vrai toutefois qu'au XIXe siècle des artistes s'appliquent à l'instar de Goya aussi bien à l'aquatinte qu'à l'huile sur toile, et pratiquent l'un et l'autre genre personnellement, les marges entre reproduction et originalité deviennent très incertaines.

Voilà de quoi attirer en tout cas un poète qui tient la manière dans sa dimension la plus imitative pour un lieu possible de l'invention. À cela s'ajoute le conflit artistique du dessin et de la couleur, dont la période romantique autour d'Ingres et de Delacroix a constitué un dernier avatar, en ravivant le souvenir des querelles classiques en la matière – même si les œuvres et les manières ont tranché, peut-être moins d'ailleurs en faveur simplement des coloristes qu'en neutralisant de l'intérieur ce dualisme. Dans le domaine de l'estampe, la question est cependant accrue pour des raisons évidemment techniques et se partage encore entre les gravures en couleurs et les gravures monochromes.

Parmi les différents procédés de la gravure, qu'il s'agisse de la taille d'épargne, des lithographies très prisées au XIXe siècle ou bien de la taille-douce (burin, pointe-sèche, etc.), c'est l'eau-forte qui occupe la place centrale chez Verlaine. Une synchronie exemplaire rapproche la parution des *Poèmes saturniens* de la création de la « Société des Aquafortistes » en 1862 autour de Félix Bracquemond, et des différents Salons qui s'ensuivent jusqu'en 1867. L'un de ses membres, Maxime Lalanne, publie quelques mois avant la sortie du volume mélancolique un *Traité de la gravure à l'eau-forte*. Ce mode d'expression correspond à un renouveau des expérimentations artistiques dans un domaine qui avait jusque-là été négligé par rapport à la taille au burin.

En 1866, le poète s'inspire très directement de deux articles de Baudelaire, « *Peintres et aquafortistes* » et « *L'eau-forte est à la mode* ». Le critique d'art y tient le genre pour l'élément plastique « qui se rapproche le plus de l'expression littéraire[1] » et possède à ce titre le pouvoir de provoquer la parole. L'estampe donne à voir ce que le poème met en écoute : « l'âme d'un peintre[2] ». À la différence du

1. Charles Baudelaire, « L'eau-forte est à la mode », *Œuvres complètes*, t. II, éd. cit., p. 736. Cf. Dossier, p. 225.

2. *Ibid.*, p. 735.

burin où décroît à proportion l'espace de la subjectivité, non seulement l'eau-forte « est faite pour glorifier l'individualité de l'artiste, mais il est même impossible à l'artiste de ne pas inscrire sur la planche son individualité la plus intime[1] ». Le genre gravé active les profondeurs du moi, sa part la plus visible mais aussi la plus obscure.

1. *Ibid.*

GROTESQUES, CAPRICES ET FANTAISIES

Dans son étude sur Baudelaire, Verlaine exalte les « Tableaux parisiens » en ces termes : « Aussi quelles fantaisies à la Rembrandt que les *Crépuscules*, les *Petites Vieilles*, les *Sept Vieillards*, et, en même temps, quel frisson délicieusement inquiétant vous communiquent ces merveilleuses *eaux-fortes*, qui ont encore cela en commun avec celles du maître d'Amsterdam » (*Pr.*, p. 603).

Au régime imitatif de la manière (*à la Rembrandt*) supplée un partage des spécificités (*en commun*). Bien que les matériaux et les moyens ne soient nullement comparables entre le poète et l'artiste, une poétique personnelle des eaux-fortes s'en dégage qui fonde l'intersubjectivité dans le registre d'une sensation nerveuse mariant le plaisir à l'angoisse. La syntaxe « quelles fantaisies à la Rembrandt » resserre encore le champ des affinités puisqu'elle se calque sur le sous-titre du *Gaspard de la nuit* d'Aloysius Bertrand, l'inspirateur du *Spleen de Paris* : « Fantaisies à la manière de Rembrandt et Callot ». La relation qui se noue entre littérature et art tient à une invention sans contraintes au sens où la gravure de peintre, pourtant inspiratrice de la parole littéraire, ne saurait imposer un modèle rigide au texte sous peine de grever aussitôt sa créativité propre. Au risque de la sujétion devant la référence plastique, la manière du poète répond qu'elle peut advenir dans la plus grande distance à l'art, là où les liens paraissent infimes jusqu'à se distendre.

Non que la fantaisie incite à une négation potentielle de la gravure, elle suggère plutôt que s'en détourner peut être paradoxalement la meilleure façon d'en parler. Sans doute cette devise libertaire puise-t-elle certaines affirmations dans la *Revue fantaisiste* de Catulle Mendès, créée en 1861. Verlaine en retient pour sa part l'imprécision de l'idéal artistique, un principe qui se marie chez lui avec le caprice. Expression directe de l'arbitraire de la subjectivité, cette notion convient au mélange des tons qu'il pratique dans *Poèmes saturniens*. Au pluriel, elle se réfère de manière lâche et instable aux *Capricci di varie figure* (1617) de Callot, *Grotteschi e capricci* (1750) de Piranèse ou *Los Caprichos* (1799) de Goya. Mais alors que les 82 aquatintes du maître espagnol, par exemple, mêlent scènes de mœurs et visions fantasmagoriques, chacune de ces orientations correspond à une écriture particulière chez Verlaine puisqu'il réserve l'inspiration hallucinatoire aux « Eaux-fortes » et le versant satirique et moral aux « Caprices ».

Enfin, le clair-obscur de « Cauchemar » appelle chez Verlaine le « mauvais rêve » (*Ps.*, p. 51) des « Grotesques ». À l'instar des « fantaisies » et des « caprices », la forme plurielle du titre vise moins l'expression d'une essence qu'une diversité incarnée, fidèle en cela aux *varie figure* de Callot lui-même. Le poème associe trois séries du maître lorrain : *Les Bohémiens* que suffisent à rappeler les « vagabonds sans trêves » errant « le long des gouffres et des grèves » (p. 52) ; *Les Gueux* « haillonneux et hagards » (p. 51) ; enfin, *Les Gobbi* allant du *Joueur de cornemuse* au *Joueur de flageolet*. Chez Verlaine, les « grotesques » aux « chants bizarres » et aux « aigres guitares » (*ibid.*) constituent sur ce point la réplique dérisoire et pathétique du *Bancal* de Callot. Au déséquilibre bouffon, ils associent oralité et étrangeté.

LA MANIÈRE NOIRE

« Eaux-fortes » débute d'« étrange et grêle façon » (p. 46). Il est vrai qu'avec « Croquis parisien », c'est à une poétique du *non-finito* que s'en remet d'abord Verlaine. Le texte aspire au dépouillement du dessin. Son pouvoir de capter l'essentiel, de fixer l'instantané, se marie adéquatement avec la spontanéité de l'eau-forte et sa gestuelle capricieuse. Il retient en particulier le contraste entre le décor et l'espace d'une intimité : « rêvant » (*ibid.*). La présence du sujet, nettement démarquée par le pronom « moi », s'identifie cependant à une modalité déceptive. Alors que « Le Chat » de Baudelaire met en scène un échange mystérieux entre l'homme et l'animal, ici le « matou frileux et discret » est évoqué à distance, « au loin », et demeure certainement invisible ou effacé. Cette voix qui s'énonce sous l'espèce d'une mutation animale du sujet, « *m*oi » et « *m*iaulait », hante le croquis au sens où l'incidence mineure de son écho a pour fonction de travestir ses origines. Le dessin que trace à main levée Verlaine s'affirme en doublet et contrepoint des « Tableaux parisiens ».

Du tableau au croquis, les poèmes se partagent une histoire différente de la vision. « Rêve parisien », « Le Cygne », « Les Aveugles » font du regard une question. La gravure y répond elle-même par un véritable clin d'œil, elle matérialise une tension « sous l'œil clignotant des bleus becs de gaz ». À la rime *lampes :: estampes*, qui sous-tend l'allusion au *Faust* de Rembrandt dans l'« Épilogue » (p. 93), correspond dans « Croquis parisien » le passage du jour à la nuit, les effets de l'éclairage moderne. Lire l'eau-forte exige à la fois de voir et de ne pas voir. Elle seule possède véritablement un œil chez Verlaine, c'est donc elle qui nous regarde. Sans être tenté par « la peinture de la vie ancienne [1] », celle

---

1. Charles Baudelaire, *Le Spleen de Paris*, *Œuvres complètes*, t. I, éd. cit., p. 275.

que Baudelaire attribuait à *Gaspard de la nuit*, l'écrivain aggrave ici les contrastes. Son dessin s'en réfère au mélange d'antique et de moderne ainsi qu'en témoigne le tissu onomastique qui organise l'allusion à la philosophie (Platon) et à l'art (Phidias) sur fond d'héroïsme militaire avec Salamine et Marathon. La rime surprenante, qui joint « Phidias » aux très contemporains « becs de gaz » (*Ps.*, p. 46), déjoue par un humour fantaisiste la conformité culturelle de « Platon » avec « Marathon ». L'éternité de la matière ciselée par le sculpteur glisse vers les perceptions équivoques de ce temps transitoire propre aux crépuscules.

Le clignotement des becs de gaz s'oppose à la raideur schématique du croquis. Mais il communique dans « Eaux-fortes » avec un mouvement plus capricieux du trait : le « long zigzag clair » (p. 49) de « Marine », le « ciel blafard que déchiquette » (p. 50) de tours et de flèches la ville d'« Effet de nuit », même si par ses origines (*eschequeté – eschiquier*) le verbe renvoie à une division en carrés de diverses couleurs, spécialement dans le domaine de l'héraldique, et s'accorde sur ce point avec la vision médiévale et gothique du texte. Dans « Croquis parisien », les formes du dessin se veulent à la fois stables et mobiles. Les rimes croisées *abab* de la première strophe confrontent des degrés angulaires opposés, « obtus » et « pointus » (p. 46). La vision du cadastre s'en trouve recomposée de manière heurtée comme si l'eau-forte restait insensible à toute tentative d'harmonisation. La pointe fait ici le pari de l'hétérogénéité, qu'elle travaille l'horizontalité, « plaquait », ou la verticalité, « hauts ». Cette surenchère géométrique des figures trouve ensuite une motivation plus mathématique, ces « bouts de fumée en forme de cinq », suivant une allusion ludique aux structures versifiées du poème qui alterne la mesure simple de 5 syllabes avec une scansion moins courante du décasyllabe en 5-5.

Cette fantaisie se poursuit dans la rime *cinq :: zinc*, écho approximatif qui joue au voisement près entre /g/ et /k/. L'apparition du chiffre contribue à une énergie visuelle imprévue. Le zinc désigne, en effet, la surface métallisée sur laquelle grave l'aquafortiste, un matériau utilisé au même titre que l'acier ou le cuivre. Les « teintes » qu'il produit en véritables reflets de l'astre nocturne y captent les résultats de la morsure à l'acide. D'une nuance généralement blanc bleuâtre, la pigmentation annonce par conséquent les « bleus becs de gaz » de la fin. Même entourée de ce halo chromatique, la tonalité dominante du blanc se communique toutefois au noir en se mariant aux « bouts de fumée » et mêle la rigueur des fragments graphiques à la technique du *mezzotinto* qui traverse une par une les « Eaux-fortes ».

Le statut de la couleur ne se réduit pas à quelques mentions lexicales. Ses valeurs dépendent toujours d'associations prosodiques comme entre « *gr*is » et « *gr*êle » qui l'orientent dans le sens de la constriction et de l'exiguïté et contrastent avec la dominante directement audible à la césure : « *Des bouts de fumée en forme de cinq / Sortaient drus et noirs des hauts toits pointus.* » Or la vigueur et la densité de ce coloris sont particulièrement problématiques dans l'histoire des nuanciers en peinture. Baudelaire le qualifiait dans son *Salon de 1846* de « zéro solitaire et insignifiant[1] » au sein de la gamme chromatique. De « Croquis parisien » à « Effet de nuit », qui tend vers le « fouillis » (*Ps.*, p. 50), Verlaine réinvente l'idée de *manière noire* en gravure et donne à l'intime sa couleur symbolique.

1. Charles Baudelaire, *Œuvres complètes*, t. II, éd. cit., p. 422.

VIII   LE POÈTE ENGAGÉ

Lorsqu'en février 1867 Anatole France rend compte pour le *Chasseur bibliographe* des *Poèmes saturniens*, il insiste sur « La Mort de Philippe II ». Il y voit de « l'école Vélasquez » et considère « César Borgia », le texte qui précède, comme une « bonne eau-forte[2] ». Il en rapporte donc l'art au « maître imagier[3] ». Sous l'appréciation esthétique, il masque néanmoins les enjeux politiques de textes qui, avec « Grotesques », comptent dans le premier vo-

2. Cité dans Olivier Bivort, *Verlaine – Mémoire de la critique*, éd. cit., p. 37.

3. *Ibid.*, p. 35.

lume parmi les plus directement ancrés dans l'actualité.

FACE À L'HISTOIRE

Dans l'une de ses lettres, Baudelaire écrivait : « LE 2 DÉCEMBRE m'a *physiquement dépolitiqué. Il n'y a plus d'idées générales.* Que *tout Paris* soit *orléaniste*, c'est un fait, mais cela ne me regarde pas. Si j'avais voté, je n'aurais pu voter que pour moi. Peut-être l'avenir appartient-il aux hommes *déclassés* [1] ? » *Dépolitiqué* ne signifie nullement *dépolitisé*. Au contraire. Baudelaire rejette avant tout la moindre appartenance à une faction ou à un parti : « Je n'aurais pu voter que pour moi. » Verlaine est-il, lui aussi, cet homme violemment dépolitiqué et déclassé par le coup d'État de Louis Napoléon Bonaparte et l'avènement du second Empire ? En fait, quoique pour des raisons biographiques et chronologiques manifestes il n'ait pas lui-même éprouvé aussi directement les événements, le politique ne représente pas pour lui un problème de *corps* et de *conscience* mais bien d'abord un problème de *valeur* qui engage sa manière.

Dans son étude « Du Parnasse contemporain », en retraçant ses débuts d'homme de lettres et la genèse de la nouvelle Pléiade, Verlaine rappelle qu'il était lié « littérairement et politiquement [...] avec Louis-Xavier de Ricard » qu'il qualifie de « poète de l'École de Quinet » (*Pr.*, p. 108). Dédicataire de « La Mort de Phi-

[1]. Charles Baudelaire, *Correspondance*, t. I, Paris, Gallimard, coll. Bibliothèque de la Pléiade, 1973, p. 188.

lippe II », Ricard est aussi le directeur de *La Revue du progrès moral, littéraire, scientifique et artistique*. Verlaine y fait paraître en 1863 sous le pseudonyme Pablo son premier texte, « Monsieur Prudhomme », précédé d'une mention qui disparaît ensuite dans le volume : « Satirettes I ». Le diptyque prévu reste incomplet et « Monsieur Prudhomme » figure en clausule des « Caprices ». Cette tendance s'accentuera puisque dans le deuxième *Parnasse contemporain*, en 1869, l'auteur ne produit que des pièces polémiques et subversives : « Les Vaincus », « L'Angélus du matin », « La Soupe du soir », « Sur le calvaire », « La Pucelle ».

Du point de vue de la manière, c'est la conjonction des deux adverbes qui importe le plus : « littérairement et politiquement ». Car elle déborde assez largement la catégorie de *républicain* que revendique alors le poète sans omettre d'ailleurs d'en préciser la tendance, « du rouge le plus noir » (p. 114), avec sa valeur provocatrice de radicalité. S'il manie à ce point les « paradoxes révolutionnaires » (*ibid.*), c'est que Verlaine se classe effectivement parmi les rangs de l'extrême gauche, spécialement les démocrates-socialistes, et s'inscrit notamment dans une tradition idéologique issue de février 1848 qui avait vu entrer sur la scène de l'histoire une nouvelle classe : le prolétariat.

EXIL ET ALLÉGORIE

Pourtant, écrire en 1866 est un geste complexe, car la littérature, comme tout écrit, fait l'objet à l'époque d'une étroite surveillance. Certes, les années 1860 correspondent à la phase dite libérale de l'Empire par rapport à la période autoritaire qui a suivi immédiatement le coup d'État de 1851. Mais même après la loi du 11 mai 1868 sur la presse qui permet, par exemple, à l'opposition républicaine de s'exprimer plus librement, et celle du 6 juin de la même année qui rétablit le droit aux réunions politiques en temps d'élections, de nombreux journaux sont encore victimes de la censure. Le discours de l'histoire est donc soumis à une énonciation oblique face à des instances ouvertement autoritaires et répressives.

Dans ce cadre, l'œuvre n'a d'autre condition de fonctionnement que l'ordre allégorique. Parce que la possibilité d'énoncer l'histoire a été proprement confisquée par le pouvoir impérial, seule instance habilitée à en produire le récit, l'histoire ne peut s'écrire que sous cette forme. En effet, entre ce qui est, à l'époque, interdit ou non de dire, les textes interrogent la légitimité et même la légalité de la parole. Sans doute un travail de sape accompagne-t-il l'œuvre (des désirs subversifs, un appel à l'insurrection) qui soustrait le poète à la tentation du consentement : la réalité du second Empire reste aussi tragique qu'inacceptable.

Et Verlaine ne saurait, bien entendu, s'en satisfaire comme d'autres se sont compromis. Mais la critique du régime de Napoléon III ne saurait elle-même advenir que dans le silence et le secret, comme dérobée, « en sourdine », échappant de la sorte aux Argus de la censure : elle se formule par détours et par non-dits. Elle réalise donc une *politique du mineur*.

Cette politique du mineur désigne très précisément ce que Verlaine appelle, avec une ironie désabusée, « le pouvoir de la poésie » (p. 108). Ce pouvoir implique un mode d'action qui se révèle en vérité peut-être moins dérisoire et vain que littéralement infime. Les textes ne connaissent d'autre force que la signifiance qui s'exerce en eux. C'est elle qui transforme le sujet du poème en acteur de l'histoire en l'ouvrant aussitôt à la collectivité. Cette politique du mineur inclut une politique de la valeur. D'un côté, Verlaine refuse le désenchantement de la génération qui a vécu 1848, celle de Gautier, Flaubert ou Leconte de Lisle, parce qu'il en mesure rétroactivement les conséquences pour le présent ; de l'autre, sans y être insensible, il demeure sceptique devant les effets d'un sacerdoce qui, exercé dans sa grandiloquente majesté et générosité, dissimule avec peine erreurs et aveuglements. Derrière « ce rôle de prêtre » (*Ps.*, p. 37) qu'il dénonce dans le « Prologue », c'est bien sûr Hugo que le poète atteint.

Quoiqu'il en partage sur le moment

« les doctrines d'amour, d'union et de fraternité, sans lesquelles les idées de liberté restent fatalement incomplètes et dérisoires » (*Pr.*, p. 629), Verlaine établit une distinction entre l'opposition idéologique à la tyrannie bonapartiste et la politique du poème qui implique une recherche créative et simultanée de la *valeur* (au sens esthétique) et des *valeurs* (au sens éthique et social). Par leurs présupposés, ces mêmes doctrines risquent de conduire l'écrivain à se méprendre alors sur « l'âme humaine » (*Ps.*, p. 37) en la méconnaissant. Ou si l'on préfère, les enjeux collectifs demeurent résolument irréductibles aux doctrines dont néanmoins le texte procède. L'action critique du poème ne se mesure jamais à ce rôle d'instrument au service de croyances et d'idées, et risque même de s'y anéantir.

Enfin, si la politique du mineur se révèle inséparable du régime allégorique du texte, c'est qu'elle est la seule manière de dire et de vivre un exil intérieur, en tout point étranger au mage romantique, anathémisant depuis Jersey ou Guernesey l'abjection bonapartiste. À ce titre, il convient de ne pas se méprendre sur la virtuose rhétorique du « Prologue » : « *Le monde, que troublait leur parole profonde, / Les exile. À leur tour ils exilent le monde !* » (*ibid.*). Le verbe placé en position de rejet possède une résonance comparable à celle de « César » ou de « Châtiments » dans la littérature engagée de l'époque. Il est difficile de ne pas y voir une critique de l'épuration à laquelle s'est livrée l'autorité impériale après 1851. À l'action « trouble » inaugurée par Napoléon III, qui soumet le corps social à « l'effroi vert et rouge » (*ibid.*), répond maintenant le trouble qu'instaure par la force de l'infime la manière de l'écrivain. Les chantres, qui dans la « fierté sereine de leurs poses » (*ibid.*) semblaient pratiquer l'écart aristocratique, s'affichent en réalité comme la mauvaise conscience de leur temps.

L'AIGLE ET LA MOUSTACHE

C'est donc sous la forme d'un diptyque, « César Borgia » et « La Mort de Philippe II », que Verlaine s'attaque au personnage du despote. La lecture repose d'abord sur une procédure d'identification. Car dans un cas, le nom et le rang, « le duc CÉSAR » (p. 84), ne sont mentionnés qu'en excluant aussitôt l'appartenance familiale (*Borgia*), et libèrent une allusion à Jules César. En continuité avec Philippe II, cette figure ouvre donc sur la communauté des oppresseurs. Surtout, l'homme d'État romain se réfère obliquement à Napoléon III qui, à partir des années 1860, prépare en collaboration avec son ministre Victor Duruy une *Histoire de César* : comparaison flatteuse pour les partisans du régime, elle résume au contraire la dictature et la violence pour l'opposition qui la reprend comme une injure.

Comme l'a vu Steve Murphy, le « portrait en pied » auquel s'essaie le poète met alors en évidence certains détails symboliques [1] : « *Tandis qu'un rire doux redresse la moustache, / Le duc CÉSAR en grand costume se détache* » (*Ps.*, p. 84). Cette précision n'est pas séparable de sa position à la rime, ou si l'on veut, la moustache n'est ce trait caractéristique et définitoire d'un être que parce qu'elle se détache justement à la rime. Le détail devient inoubliable et l'appendice physique souvent représenté à des fins satiriques dans les caricatures de Napoléon III apparaît comme un fait historique majeur. Il s'associe de surcroît au « grand costume », autre emblème propre à être raillé puisqu'il convoque l'image d'un pouvoir travesti et camouflé, lié à la fois à l'exhibition de soi et à la trahison.

Avec « La Mort de Philippe II », la moustache trouve son homologue dans l'aigle qui accompagne là encore un appellatif pompeux : « *C'est le Roi, ce mourant qu'assiste un mire chauve, / Le Roi Philippe Deux d'Espagne, – saluez ! – / Et l'aigle autrichien s'effare dans l'alcôve* » (p. 87). Le symbole de l'aigle autrichien est à double emploi. D'une part, l'allusion va indéniablement à l'empire acquis par Charles Quint, en partie démembré lors de son abdication devant les Français en 1555-1556. Les possessions autrichiennes et allemandes dont hérita le roi Ferdinand manifestent par lien familial l'ampleur du pouvoir qu'exerce en Europe Philippe II. D'autre part, l'idée même d'empire réin-

---

1. Steve Murphy, *Marges du premier Verlaine*, Paris, Honoré Champion, 2003, p. 232.

troduit autour de l'aigle la grandeur des valeurs napoléoniennes que le bonapartisme depuis 1851 essaie de ressusciter.

De fait, l'injonction « saluez ! » se révèle duplice. Car s'il s'agit de faire acte d'obéissance et de respect devant le drapeau, c'est là un geste qui répond aux protocoles de la hiérarchie. Mais auprès des lecteurs, et spécialement des contemporains, c'est engager plutôt un rituel sarcastique de reconnaissance. L'aigle est le symbole d'un autre État oppresseur dont la tyrannie de Philippe II n'est au fond que l'anticipation. C'est pourquoi, au moment de le reconnaître, le poète exige de ses interlocuteurs qu'ils le méconnaissent aussitôt et cessent donc de l'admettre pour légitime.

ART ET UTOPIE

Dans ce contexte, le diptyque pratique un transfert de la peinture vers l'architecture, du portrait vers le palais. « La Mort de Philippe II » traduit alors un double malaise de l'art et de l'utopie. En effet, à la différence de la peinture ou de la littérature, l'architecture implique immédiatement la dimension collective : le projet de société et le projet de bâtiment n'existent pas l'un sans l'autre.

Cet art qui s'exprime dans la catégorie du lieu se révèle d'emblée aliéné. L'unité plastique du palais n'est intelligible qu'à travers les rapports du centre et de la périphérie, de l'intérieur et de l'extérieur. Or, du Guadarrama à la chambre royale, le pouvoir s'y affirme dans l'envahissement ainsi que l'indique l'écho entre « *es*p*a*ces » et « *des*potique » (p. 85). La visibilité optimale du politique y prend la forme d'un rapt et d'une atteinte physique : « brut*al* » se conjugue prosodiquement à « Escuri*al* » (*ibid.*). Autrement dit, le palais ne se contente pas d'être la manifestation symbolique du pouvoir, il est la réalisation d'un art comme pouvoir. Il soumet donc tous les individus qui y vivent et inhibe toute espèce d'émancipation. Le système des rimes qui assemble « octogones », « monotones » et « couronnes » convertit la raison géométrique en raison d'État. Celle-ci est destinée à la démesure du vainqueur : « oct*og*ones », « or*g*ueil ». En lui-même, le palais joue le rôle d'un monument et suffit évidemment à produire cette rhétorique de l'éloge royal auquel se dérobe très consciemment le poète.

À l'évidence, le parallèle réglé entre Philippe II et Napoléon III déploie, à travers la description artiste, une contestation oblique de la politique urbaine et sociale de l'Empire, et spécialement de l'haussmannisation. Cette seule implication déplace le point d'incidence de l'utopie du palais vers la ville, du roi vers le peuple. Dans « Nocturne parisien », les « zigzags fantasques » (p. 80) de l'éclairage ou le « cours de vieux serpent » (p. 81) de la Seine s'opposent catégoriquement à la froideur et à la rectitude plastiques de l'Escurial. Le lieu y est cependant l'occasion d'inquiéter le sens même du geste littéraire : « *Tout bruit s'apaise autour. À peine un vague son / Dit que la ville est là qui chante sa chanson, / Qui lèche ses tyrans et qui mord ses victimes* » (p. 79). En face de cette topographie mortelle, où « *vi*lle » consonne avec « *vi*ctimes », c'est désormais l'utopie du poème par l'oralité qui devient l'objet du débat. Contre la catastrophe collective que représente l'architecture, la manière se cherche une issue au cœur des réalités populaires parce qu'elle a pouvoir de faire « vibrer l'âme aux proscrits, aux femmes, aux artistes » (p. 80). Autant de sujets dominés, autant d'instances *mineures* dans l'histoire.

LA RÉVOLTE DES POUX

Où se situe donc la révolte chez Verlaine ? Au lieu même où le pouvoir se désagrège physiquement. Car la vérité du pouvoir réside dans la déchéance du corps royal. Non seulement ce dernier perd sa dimension symbolique et sacramentelle mais il s'apparente à une charogne. Du moins « le sang malsain du mourant fauve » (p. 87) s'intègre-t-il particulièrement à l'imaginaire physiologique et humoral du saturnien, victime lui aussi de ce « sang subtil comme un poison » (p. 33). Le liquide se transmet et circule du despote au poète selon une expansion intérieure du mal.

Dès lors, l'acharnement dont le roi fait l'objet constitue ici la revanche du mélancolique et, avec lui, des vaincus de l'histoire : « *En bataillons serrés vont et viennent les poux* » (p. 87). La vermine est la projection macabre de la crapule du peuple, des insoumis. La métaphore militaire, déjà présente dans « Une charogne » de Baudelaire, instaure une autre logique. La rime *trous :: poux* (p. 90) redouble dans sa hideur le bestiaire de l'orgueil, l'aigle et les éperviers rapaces. Elle renverse surtout la rhétorique réactionnaire qui, lors de la répression du monde ouvrier en juin 1848, associait la racaille populaire à une vision zoologique, une bestialité des classes démunies et pauvres.

Ce sont donc les animalcules et les parasites, ces vers cachés ou oubliés dans « leur repaire » (*ibid.*), nourris des ordures du pouvoir, qui le dévorent de l'intérieur. La rigidité cadavérique rejoint alors sans doute la raideur matérielle du palais. Elle met surtout le tyran au tombeau de l'histoire. Fin 1866, cette usure du pouvoir sous le second Empire a une signification concrète pour les contemporains. Elle se réfère à la maladie (la lithiase) de l'empereur et au vieillissement du personnel dirigeant, son manque d'adaptation et de renouvellement face aux nouvelles réalités sociales et économiques, etc., un marasme qui favorise en tout cas le durcissement de l'opposition républicaine et l'espoir qu'un jour le régime s'effondre.

Mais cette usure ouvre aussi le devenir

politique du sujet qui naît littéralement de la « voix cassée » (p. 89) du despote, de l'épuisement de la locution royale : « *Se retournant, le Roi, d'un ton sourd, bas et grêle / Parle de feux, de juifs, de bûchers et de sang* » (p. 88). Toute l'intensité du mineur, depuis le phrasé de « Nuit du Walpurgis classique » jusqu'à l'effritement intimiste d'« Après trois ans », se résume dans le ton de la confession. L'agonie du sujet du pouvoir y sert la vitalité du sujet du poème. L'un advient des faiblesses de l'autre. L'allusion aux « juifs » ne s'arrête pas d'ailleurs à l'Inquisition espagnole mais se rapporte directement au sort des républicains. Elle fait songer à ces « grotesques » qui errent « funestes et maudits » et que tout « repousse » ou « navre » (p. 52).

Dans l'avant-dernier quatrain de ce texte, les noms de mois donnent toute son amplitude allégorique à l'eau-forte : « *Les juins brûlent et les décembres / Gèlent votre chair jusqu'aux os, / Et la fièvre envahit vos membres / Qui se déchirent aux roseaux* » (*ibid.*). En sa discrétion, cette technique qui rappelle juin 1848 et décembre 1851 ne se sépare plus de l'image corporelle de la fièvre et de la mention des roseaux : elle condense sur un mode métonymique une allusion aux marécages et aux bagnes de Cayenne[1]. Plus important, le rapport entre les deux dates établit un lien de causalité dont Hugo avait fait précisément abstraction dans *Les Châtiments*, en se focalisant presque exclusivement sur le 2 décembre et ses conséquences. Aux

1. Steve Murphy, *op. cit.*, p. 288-289.

yeux de Verlaine, le coup d'État ne se comprend pas, au contraire, sans la question sociale et ouvrière.

De fait, si les « chants bizarres » semblent dans « Grotesques » à la fois « nostalgiques et révoltés », c'est qu'ils sont toujours voués à l'expression des « libertés » (*Ps.*, p. 51). L'expérience tragique de 1848 est elle-même orientée vers l'avenir : la république non seulement *démocratique* mais *sociale*, qui avait été au centre des revendications révolutionnaires de février, reste à inventer.

CONCLUSION

Depuis *Poèmes saturniens*, le trait fondateur et constant de la manière chez Verlaine est bien le mineur. L'enjeu dépasse de loin une analogie puisée dans le champ musical, comme beaucoup des catégories avec lesquelles Verlaine apprécie son activité littéraire. Il ne se conçoit pas en dehors de l'oralité constitutive du poème : la sourdine et la dissonance y sont autant de critères qui donnent un fondement à la pratique et à la théorie de la voix. Le vis-à-vis constant de la parole et du chant y libère une utopie du sens et du sujet. Car la manière est bien une affaire collective. Elle s'adresse aux proscrits et aux sans-nom de l'histoire : les « grotesques », ce peuple de l'ombre, visible seulement à travers le clair-obscur de l'estampe. De fait, le projet des *Vaincus*, symbole de toute une œuvre, sans cesse obsède le geste de la création, et module de façon souterraine des tonalités qui, dans *Fêtes galantes* ou *Romances sans paroles*, lui sont en apparence étrangères.

Mais à travers l'eau-forte, cette poétique se désigne aussi comme artistique. La recherche et l'invention de la valeur dans le langage ne sont réalisables qu'en rapport étroit avec l'art. Quelques motifs qu'il s'y décline, le poème y réaffirme sans cesse le primat de l'intime. Il ne s'agit pas d'un repli sur soi mais au contraire d'une tension dynamique où l'intérieur s'ouvre à l'extérieur sous peine de se nier. « Paysages tristes », « Ariettes oubliées », dans le registre spectral et schizoïde, en retracent l'expérience alors que *Fêtes galantes* s'oriente plutôt vers une démultiplication fictive et polyphonique de l'instance. Dans chaque cas, l'intime circonscrit au sens propre une éthique, et cette éthique chez Verlaine n'a d'autre dimension que l'infime. C'est toujours en écrivant à la manière des romantiques et des parnassiens, secondant Hugo, Baudelaire ou Banville dans leur tâche mystérieuse de créateurs, que le sujet se découvre à son tour une axiologie personnelle : le petit, l'humble, le discret, la nuance, etc.

Cette attitude de retrait est déjà présente dans « Il Bacio » : « *Qu'un plus grand, Goethe ou Will, te dresse un vers classique. / Moi, je ne puis, chétif trouvère de Paris, / T'offrir que ce bouquet de strophes enfan-*

tines » (p. 75). Elle est trop insistante dans l'ensemble de l'œuvre de l'écrivain pour ne pas être comprise comme cette manière d'être et de vivre avec les autres qui est la manière même. Sans cesse le poème déjoue toute littérature de maître, et en retire son caractère très précisément inimitable. Comme l'ont montré Deleuze et Guattari, « il n'y a de grand, et de révolutionnaire, que le mineur[1] ». Au lieu d'essayer à tout prix de « remplir une fonction majeure du langage », Verlaine tend à réaliser le rêve contraire : « savoir créer un devenir-mineur[2] ». Ainsi, il n'y a de manière qu'à travers le continu entre une artistique, une poétique, une éthique et une politique : là où minorité rime avec modernité.

1. Gilles Deleuze et Félix Guattari, *Kafka – pour une littérature mineure*, Paris, Les Éditions de Minuit, coll. Critique, 1975, p. 48.

2. *Ibid.*, p. 50.

DOSSIER

I. REPÈRES BIOGRAPHIQUES

On se reportera à l'édition « Poésie / Gallimard » de *Fêtes galantes, Romances sans paroles*, précédé de *Poèmes saturniens* établie par Jacques Borel, qui offre une chronologie assez précise de la vie de Paul Verlaine et de la publication de ses œuvres (p. 157-162).

II. VERLAINE, LECTEUR ET JUGE DE SON ŒUVRE

Les proses biographiques ou critiques de Verlaine ont mauvaise réputation. Elles seraient de piètre qualité. En fait, elles s'organisent selon un dispositif littéraire – et idéologique – assez complexe. C'est que l'auteur s'est abondamment exprimé sur ses débuts littéraires assez tardivement, en un temps où il ne partage plus les mêmes convictions esthétiques qu'à l'époque des *Fêtes galantes* ou des *Romances sans paroles*. Par bien des aspects, Verlaine se révèle pourtant un critique de soi et des autres aussi subtil que perspicace. Il convient donc de « lire compétemment[1] » récits et exégèses au nom des catégories qu'ils déploient : ce sont là autant d'éléments pour une pensée du poème.

PROJETS ET RÉALISATIONS

En 1865, un exemplaire de *Ciel, rue et foyer* (1865) de L.-X. de Ricard mentionne deux recueils à venir de Verlaine : *Poëmes et sonnets*, *Les Danaïdes : épigrammes (études antiques)*. Rien ne permet d'affirmer que *Poëmes et sonnets* constitue le noyau primitif des *Poèmes saturniens*. Le sous-titre des *Danaïdes* évoque, en revanche, *Poèmes antiques* de Leconte de Lisle. À fonction publicitaire d'annonce, ces deux projets (sans suite) sont cependant caractéristiques de l'attitude de l'auteur, ouvert simultanément à une multiplicité d'inspirations, de formes et de genres, comme on le voit encore après la parution de *Fêtes galantes* et *Romances sans paroles*.

Mon petit volume [*Fêtes galantes*] a en effet paru de puis qq[es] jours. Vous recevrez *illico* le chef-d'œuvre en question.   *Cg.*, p. 154.

---

1. Verlaine, *Pr.*, p. 848.

Je travaille sérieusement, je travaillle. *Vaincus*, *Vaulochard*, *Clavecin*, *Forgerons*, *nouveaux poëmes Saturniens* tout çà grouille dans ma tête et parfois sur le papier. Oh ! le feu sacré ! [À Henry Winter, 28 mars 1869.]

Je fourmille d'idées, de vues nouvelles, de projets vraiment beaux. – Je fais un drame en prose, je te l'ai dit, *Mme Aubin*. [...] – Je complète un opéra-bouffe 18ᵉ siècle, commencé il y a 2 ou 3 ans avec Sivry. – Ceci serait, – avec de la *musique à faire*, pour l'*Alcazar* de Bruxelles, d'où sont partis *Les Cent Vierges* et *Mme Angot*. – Un roman féroce, aussi sadique que possible et très sèchement écrit. – Une série de *Sonnets* dont les *Amies* [...] font partie et dont je t'envoie le prologue, – entortillé mais assez explicatif de l'*œuvre*, je crois. – La préface aux *Vaincus* où je tombe tous les vers, y compris les miens, et où j'explique des idées que je crois bonnes.

Je caresse l'idée de faire, – dès que ma tête sera bien reconquise, – un livre de poëmes (dans le sens *suivi* du mot, poëmes didactiques si tu veux) d'où l'*homme* sera complet' banni. Des paysages, des choses, malice des choses, bonté, etc., etc., des choses. – Voici quelques titres : *La vie au grenier*. – *Sous l'eau*. – *L'Île*. – Chaque poème serait de 300 ou 400 vers : – Les vers seront d'après un système auquel je vais arriver. Ça sera très musical, sans puérilités à la Poë (quel naïf que ce « malin » ! je t'en causerai un autre jour, car je l'ai *tout lu* en english.) et aussi pittoresque que possible. *La vie du Grenier*, du Rembrandt ; *Sous l'eau*, une vraie chanson d'ondine ; *L'Île*, un grand tableau de fleurs, etc., etc. [À Edmond Lepelletier, 16 mai 1873.]

Ibid., p. 313-314.

CHRONIQUE : « DU PARNASSE CONTEMPORAIN » (1885)

La genèse de l'œuvre poétique se confond assez largement chez Verlaine avec la genèse du *Parnasse contemporain*. Dans *Les Mémoires d'un veuf*, l'auteur évoque ses souvenirs du passage Choiseul, siège de l'éditeur Alphonse Lemerre où se réunissaient les poètes de l'époque. Si Verlaine en ébauche différents portraits, il dresse surtout un bilan esthétique. De manière plus implicite, il oppose le modèle de cette nouvelle Pléiade aux courants symboliste et décadent, largement dominants en 1885.

Le premier *Parnasse*, honoré de la collaboration des pieux maîtres, alors survivants, de 1830, Barbier, les deux Deschamps, Gautier, et fortifié d'admirables poésies posthumes de Baudelaire, parut par livraisons dont les dernières mal à propos gonflées d'œuvres insuffisantes et de noms destinés à l'obscurité : une regrettable division avait laissé à peu près sans direction littéraire l'ambitieuse publication, et ce fut à la diable que se termina ce recueil si soigné au début. Tel qu'il était néanmoins, *Le Parnasse* fit trou, fut attaqué, moqué, gloire suprême, parodié.

Pr., p. 111.

Des volumes individuels par douzaines succédèrent bientôt à l'effort collectif. MM. Coppée et Dierx, pour ne parler que de ceux-là, firent à ce moment leur réel début, qui assit solidement une réputation aujourd'hui haute entre toutes anciennes et nouvelles. En face de cette persévérance, et l'on peut ajouter d'une telle bravoure, la Critique ne désarma pas, bien entendu, mais elle fléchit, elle choisit et choya certains poètes pour leurs défauts, et ne fut envers les qualités des autres qu'injuste sans trop de monstruosité dans l'excès.

Il est impossible de nier que les jeunes poètes du premier *Parnasse* aient *seuls* créé, autant par leur fraternelle association d'un jour de rude vaillance que grâce à leurs travaux subséquents, la salutaire agitation d'où est résulté l'heureux, le bienfaisant changement que je viens de rappeler. [...] Et remarquez bien qu'ils n'avaient pas de chef. Leur conjonction fut spontanée, personne qui les eût poussés au combat, qu'eux-mêmes – et ce fut assez ! Certes, ils admiraient tels ou tels, les vieux et les jeunes, Baudelaire, Leconte de Lisle, Banville, ces derniers, lutteurs superbes d'isolement et d'originalité, partant sans disciples possibles mais observez comme chacun d'eux ne ressemble – à part certaines formules *communes* inévitables – *à personne* de ses glorieux aînés, non plus qu'aux premiers de ce siècle. Au contraire, s'il fallait à toute force chercher des similaires à ces Originaux, ce serait aux siècles de Tradition, au XVIe siècle dont ils empruntaient avec raison la discipline libre et consentie, au XVIIe siècle qu'ils rappelaient par le souci douloureux de la langue et l'extrême scrupule dans la tenue.

Ibid., p. 112-118.

Des peintres, des musiciens, ceux-ci en petit nombre – leur art s'isole et isole trop – nous étaient d'aimables camarades. Parmi les premiers citons Feyen-Perrin, Manet, un peu plus vieux que nous, Fantin qui fit d'une douzaine d'entre nous en 1872, sous le titre *Coin de table*, de magnifiques portraits, son meilleur tableau peut-être, acheté très cher par un amateur de Manchester ; enfin, Gaston Bazille, tué volontaire à l'armée de la Loire, en 1871, – Cabaner, si original et si savant, Sivry, l'inspiration (dans le sens divin et rare du mot), la verve,

Ibid., p. 116.

la distinction faites homme, âme de poète aux ailes d'oiseau bleu, Chabrier, gai comme les pinsons et mélodieux comme les rossignols, se sentaient nos frères en la lyre et mettaient en musique nos vers tels quels, sans les casser ni les « orner » – immense bienfait que reconnaissaient une gratitude sans borne et quelle bonne volonté d'auditeurs ignorants en harmonie, mais intelligents du beau sous toutes ses formes !

L'EXAMEN LITTÉRAIRE : « CRITIQUE DES *POÈMES SATURNIENS* »

Dans sa « Critique des *Poèmes saturniens* », parue le 15 mars 1890 dans *La Revue d'aujourd'hui*, à l'occasion de la réimpression de ses premiers recueils chez Léon Vanier, Verlaine s'efforce de penser l'unité en devenir de son œuvre, livrant au public quelques-uns des fondements de sa poétique.

J'avais bien résolu, lorsque je me décidai, il y a neuf ans et plus, à publier *Sagesse* chez l'éditeur des Bollandistes, de laisser pour toujours de côté mes livres de jeunesse, dont les *Poèmes saturniens* sont le tout premier. Des raisons autres que littéraires me guidaient alors. Ces raisons existent toujours mais me paraissent moins pressantes aujourd'hui. Et puis je dus compter avec des sollicitations si bienveillantes, si flatteuses vraiment ! On n'est pas de bronze non plus que de bois. Quoi qu'il en soit, succédant par l'ordre de la réimpression aux *Fêtes galantes* et aux *Romances sans paroles*, voici, après vingt-deux ans de quelque oubli, mon œuvre de début dans toute sa naïveté parfois écolière, non sans, je crois, quelque touche par-ci

Ibid., p. 719-723.

par-là du définitif écrivain, qu'il se peut que je sois de nos jours.

On change, n'est-ce pas ? Quotidiennement, dit-on. Mais moins qu'on ne se le figure peut-être. En relisant mes primes lignes, je revis ma vie contemporaine d'elles, sans trop ni trop peu de transition en arrière, je vous en donne ma parole d'honneur et vous pouvez m'en croire ; surtout ma vie intellectuelle, et c'est celle-là qui a le moins varié en moi, malgré des apparences. On mûrit et on vieillit avec et selon le temps, voilà tout. Mais le bonhomme, le monsieur, est toujours le même au fond.

J'avais donc, dès cette lointaine époque de bien avant 1867, car quoique les *Poèmes saturniens* n'aient paru qu'à cette dernière date, les trois quarts des pièces qui les composent furent écrites en rhétorique et en seconde, plusieurs même en troisième (pardon !) j'avais, dis-je, déjà des tendances bien décidées vers cette forme et ce fond d'idées, parfois contradictoires, de rêve et de précision, que la critique, sévère ou bienveillante, a signalés, surtout à l'occasion de mes derniers ouvrages.

De très grands changements d'objectif en bien ou en mal, en mieux, je pense, plutôt, ont pu, correspondant aux événements d'une existence passablement bizarre, avoir eu lieu dans le cours de ma production. Mes idées en philosophie et en art se sont certainement modifiées, s'accentuant de préférence dans le sens du concret, jusque dans la rêverie éventuelle. J'ai dit :

Rien de plus cher que la chanson grise
Où l'indécis au précis se joint.

Mais il serait des plus facile à quelqu'un qui croirait que cela en valût la peine, de retracer les pentes d'habitudes devenues le lit, profond ou non, clair ou bourbeux, où s'écoulent mon style et ma manière actuels, notamment l'un peu déjà libre versification, enjambements et rejets dépendant plus généralement de deux césures avoisinantes, fréquentes allitérations, quelque chose comme de l'assonance dans le corps du vers, rimes plutôt rares que riches, le mot propre évité à dessein ou presque. En même temps la pensée triste ou voulue telle ou crue voulue telle. En quoi j'ai changé partiellement. La sincérité, et, à ses fins, l'impression du moment suivie à la lettre sont ma règle préférée aujourd'hui. Je dis préférée, car rien d'absolu. Tout vraiment est, doit être nuance. J'ai aussi abandonné, momentanément, je suppose, ne connaissant pas l'avenir et surtout n'en répondant pas, certains choix de sujets : les historiques et les héroïques, par exemple. Et par conséquent le ton épique ou didactique pris forcément à Victor Hugo, un Homère de seconde main après tout, et plus directement à M. Leconte de Lisle qui ne saurait prétendre à la fraîcheur de source d'un Orphée ou d'un Hésiode, n'est-il pas vrai ? Quelles que fussent, pour demeurer toujours telles, mon admiration du premier et mon estime (esthétique) de l'autre, il ne m'a bientôt plus convenu de faire du Victor Hugo ou du M. Leconte de Lisle, aussi peut-être et *mieux* (ça s'est vu chez d'autres ou du moins il s'est dit que ça s'y est vu) et j'ajoute que pour cela il m'eût fallu, comme à d'autres, l'éternelle jeunesse de certains Parnassiens qui ne peut reproduire que ce qu'elle a lu et dans la forme où elle l'a lu.

Ce n'est pas au moins que je répudie les Parnassiens, bons camarades quasiment tous et poètes incontestables pour la plupart, au nombre de qui je m'honore d'avoir compté pour quelque peu. Toutefois, je m'honore non moins, sinon plus, d'avoir, avec mon ami Stéphane Mallarmé et notre grand Villiers, particulièrement plu à la nouvelle génération et à celle qui s'élève : précieuse récompense, aussi, d'efforts en vérité bien désintéressés.

Mais plus on me lira, plus on se convaincra qu'une sorte d'unité relie mes choses premières à celles de mon âge mûr : par exemple les *Paysages tristes* ne sont-ils pas en quelque sorte l'œuf de toute une volée de vers chanteurs, vagues ensemble et définis, dont je suis peut-être le premier en date oiselier ? On l'a imprimé du moins. Une certaine lourdeur, poids et mesure, qu'on retrouvera dans mon volume en train, *Bonheur*, ne vous arrête-t-elle pas, sans trop vous choquer, j'espère, ès les très jeunes « prologue » et « épilogue » du livre qu'on vous offre à nouveau ce jourd'huy ? Plusieurs de mes poèmes postérieurs sont frappés à ce coin qui, s'il n'est pas le bon, du moins me semble idoine en ces lieux et places. L'alexandrin a ceci de merveilleux qu'il peut être très solide, à preuve Corneille, ou très fluide avec ou sans mollesse, témoin Racine. C'est pourquoi, sentant ma faiblesse et tout l'imparfait de mon art, j'ai réservé pour les occasions harmoniques ou mélodiques ou analogues, ou pour telles ratiocinations compliquées des rythmes inusités, impairs pour la plupart, où la fantaisie fût mieux à l'aise, n'osant employer le mètre sacro-saint qu'aux limpides spéculations, qu'aux énonciations claires, qu'à l'exposition rationnelle des objets, invectives ou paysages.

Plusieurs parmi les très aimables poètes nouveaux qui m'accordent quelque attention regrettent que j'aie renoncé à des sujets « gracieux », comédie italienne et bergerades contournées, oubliant que je n'ai plus vingt ans et que je ne jouis pas, moi, de l'éternelle jeunesse dont je parlais plus haut, sans trop de jalousie pourtant. La chute des cheveux et celle de certaines illusions, même si sceptiques, défigurent bien une tête qui a vécu, – et intellectuellement aussi, parfois même, la dénatureraient. L'amour physique, par exemple, mais c'est d'ordinaire tout pomponné, tout frais, satin et rubans et mandoline, rose au chapeau, des moutons pour un peu, qu'il apparaît au « printemps de la vie ». Plus tard, on revient des femmes, et vivent alors, quand pas la Femme, épouse ou maîtresse, *rara avis !* les nues filles, pures et simples, brutales et vicieuses, bonnes ou mauvaises, plus volontiers bonnes. Et puis, il va si loin parfois, l'amour physique, dans nos têtes d'âge mûr, quand nos âges mûrs ne sont pas résignés, y ayant ou non des raisons.

Mais quoi donc ! l'âge mûr a, peut avoir ses revanches et l'art aussi, sur les enfantillages de la jeunesse, ses nobles revanches, traiter des objets plus et mieux en rapport, religion, patrie, et la science, et soi-même bien considéré sous toutes formes, ce que j'appellerai de l'élégie sérieuse, en haine de ce mot, psychologie. Je m'y suis efforcé quant à moi et j'aurai laissé mon œuvre personnelle en quatre parties bien définies, *Sagesse*, *Amour*, *Parallèlement*, – et *Bonheur*, qui est sous presse, ou tout comme.

Et je vais repartir pour des travaux plus en dehors, roman, théâtre, ou l'histoire et la théologie, sans oublier les vers. Je suis à la fourche, j'hésite encore.

Et maintenant je puis, je dois peut-être, puisque c'est une responsabilité que j'assume de réimprimer mes premiers vers, m'expliquer très court, tout doucement, sur des matières toutes de métier avec de jeunes confrères qui ne seraient pas loin de me reprocher un certain illogisme, une certaine timidité dans la conquête du « Vers Libre », qu'ils ont, croient-ils, poussée, eux, jusqu'à la dernière limite.

En un mot comme en cent, j'aurais le tort de garder un mètre, et dans ce mètre quelque césure encore, et au bout de mes vers des rimes. Mon Dieu, j'ai cru l'avoir assez brisé le vers, l'avoir assez affranchi, si vous préférez, en déplaçant la césure le plus possible, et quant à la rime, m'en être servi avec quelque judiciaire pourtant, ne m'astreignant pas trop, soit à de pures assonances, soit à des formes de l'écho indiscrètement excessives.

Puis, car n'allez pas prendre au pied de la lettre mon « Art poétique » de *Jadis et naguère*, qui n'est qu'une chanson après tout, – JE N'AURAI PAS FAIT DE THÉORIE.

C'est peut-être naïf, ce que je dis là, mais la naïveté me paraît être un des plus chers attributs du poète, dont il doit se prévaloir à défaut d'autres.

Et jusqu'à nouvel ordre je m'en tiendrai là. Libre à d'autres d'essayer plus. Je les vois faire et, s'il faut, j'applaudirai.

Voici toujours, avec deux ou trois corrections de pure nécessité, les *Poèmes saturniens* de 1867 que je ne regrette pas trop d'avoir écrits alors. À très prochainement *La Bonne chanson* (1870) et c'en sera fini de la réimpression de mes *juvenilia*.

III. PREMIERS ESSAIS

Les années 1860 représentent pour Verlaine un moment intense de gestation et de création. Les premiers essais littéraires témoignent chez lui de l'attrait pour l'innovation et l'expérimentation. Derrière la manière en devenir qui caractérise les textes, on reconnaît déjà le ton Verlaine, comme Baudelaire parlait dans *Mes fusées*, XIII, du « ton Alphonse Rabbe [1] ».

LE TON VERLAINE

Il en va ainsi de « Fadaises » que le poète adresse en mars 1862 au *Boulevard* d'Étienne Carjat dans l'espoir d'être imprimé « pour la *première* fois » (*Cg.*, p. 73). Bien que le texte n'ait jamais paru, le badinage annonce par bien des aspects *Fêtes galantes* et *La Bonne Chanson*. Mais le jeu de mots final (*mord : Mort*), digne des Grands Rhétoriqueurs, est aussi une façon de mettre à distance l'angoisse au moment où se dévoile la véritable identité de l'interlocutrice.

FADAISES

Daignez souffrir qu'à vos genoux, Madame, *Po.*, p. 16.
Mon pauvre cœur vous explique sa flamme.

Je vous adore autant et plus que Dieu,
Et rien n'éteindra jamais ce beau feu.

Votre regard, profond et rempli d'ombre,
Me fait joyeux, s'il brille, et sinon, sombre.

---

1. Charles Baudelaire, *Œuvres complètes*, t. I, éd. cit., p. 662.

Quand vous passez, je baise le chemin,
Et vous tenez mon cœur dans votre main.

Seule, en son nid, pleure la tourterelle.
Las, je suis seul et je pleure comme elle.

L'aube, au matin ressuscite les fleurs,
Et votre vue apaise les douleurs.

Disparaissez, toute floraison cesse,
Et, loin de vous, s'établit la tristesse.

Apparaissez, la verdure et les fleurs
Aux prés, aux bois, diaprent leurs couleurs.

Si vous voulez, Madame et bien-aimée,
Si tu voulais, sous la verte ramée,

Nous en aller, bras dessus, bras dessous,
Dieu ! Quels baisers ! Et quels propos de fous !

Mais non ! Toujours vous vous montrez revêche,
Et cependant je brûle et me dessèche,

Et le désir me talonne et me mord,
Car je vous aime, ô Madame la Mort !

Derrière le personnage de Cervantès, « À Don Quichotte », daté de mars 1861, réactive en vérité les traits du héros romantique. Le sonnet célèbre une sorte d'*alter ego* sublime de l'artiste. L'opposition entre poésie et raison se double, en l'occurrence, d'un conflit entre les « poètes saints » et la « foule absurde », et prépare sur ce point le « Prologue » des *Poèmes saturniens*. Mais la rime *fantaisies* :: *Poésies* fait aussi directement écho à la *Revue fantaisiste*, l'un des organes proto-parnassiens, créé la même année par Catulle Mendès.

195

À DON QUICHOTTE

Ô Don Quichotte, vieux paladin, grand Bohème,   *Ibid.*, p. 20.
En vain la foule absurde et vile rit de toi :
Ta mort fut un martyre et ta vie un poème,
Et les moulins à vent avaient tort, ô mon roi !

Va toujours, va toujours, protégé par ta foi,
Monté sur ton coursier fantastique que j'aime.
Glaneur sublime, va ! – les oublis de la loi
Sont plus nombreux, plus grands qu'au temps
    jadis lui-même.

Hurrah ! nous te suivons, nous, les poètes saints
Aux cheveux de folie et de verveine ceints.
Conduis-nous à l'assaut des hautes fantaisies,

Et bientôt, en dépit de toute trahison,
Flottera l'étendard ailé des Poésies
Sur le crâne chenu de l'inepte raison !

DISTANCE ET IRONIE

Rejeté du volume mélancolique, alors qu'il avait figuré dans le 9ᵉ fascicule du *Parnasse contemporain* en avril 1866, « Vers dorés » semble se rallier au principe de l'impassibilité. Pourtant, l'égoïsme de marbre dont parle Verlaine se révèle plutôt d'emploi ironique[1]. Ce ton qui nuance certaines assertions doctrinaires en dévoile par ailleurs les enjeux collectifs. La rime *passions :: nations* vise plus explicitement les prises de position d'un Leconte de Lisle qui, dans sa préface en 1852 aux *Poèmes antiques*, écartait dans l'expression littéraire aussi bien les émotions personnelles que les passions politiques du temps.

1. Steve Murphy, *Marges du premier Verlaine*, éd. cit., p. 98-99.

VERS DORÉS

L'art ne veut point de pleurs et ne transige pas, *Po.*, p. 22.
Voilà ma poétique en deux mots : elle est faite
De beaucoup de mépris pour l'homme et de combats
Contre l'amour criard et contre l'ennui bête.

Je sais qu'il faut souffrir pour monter à ce faîte
Et que la côte est rude à regarder d'en bas.
Je le sais, et je sais aussi que maint poète
A trop étroits les reins ou les poumons trop gras.

Aussi ceux-là sont grands, en dépit de l'envie,
Qui, dans l'âpre bataille ayant vaincu la vie
Et s'étant affranchis du joug des passions,

Tandis que le rêveur végète comme un arbre
Et que s'agitent, – tas plaintif, – les nations,
Se recueillent dans un égoïsme de marbre.

DEUX SONNETS MÉCONNUS : « HENRI III » ET « CÉSAR BORGIA »

À côté du « César Borgia » des *Poèmes saturniens*, Verlaine a composé deux poèmes, « Henri III » et un autre « César Borgia ». Il est difficile de les dater exactement. Longtemps restés inédits, on pense qu'ils sont peut-être contemporains du premier volume, au moins antérieurs à la fin de l'année 1870. S'ils poursuivent le genre des portraits princiers ou royaux des *Poèmes saturniens*, c'est en obéissant à un mode d'expression marginal, lié à l'homosexualité. Sonnet inversé, « Henri III » est un sonnet d'inverti (le mot n'existe pas encore) comme « Résignation ». Quant à « César Borgia », le texte est lui aussi entièrement rédigé en rimes masculines[1]. L'allusion à « l'Ami » fait songer à la plaquette des *Amies* (1867), mais aussi au désir, attesté dans la correspondance, qu'eut Verlaine d'écrire un ouvrage sous le titre *Les Amis*, anticipation peut-être du futur « Hombres ».

non

HENRI III

Livide sous fard et roide grâce au busc
Qui maintient son pourpoint sans plis ainsi qu'il sied
Le Roi flaire un mouchoir de poche imbu de musc.

Il est assis. Il rêve, et balance son pied
Indolent que mordille un jeune chien jappeur
Et tremble par moment, comme s'il avait peur.

Ce n'est plus au grand Guise assassiné d'hier
Qu'il a l'air de penser ni certes au petit
Béarnais, bataillant suivant son appétit
Très-loin, malgré les temps hazardeux et l'hiver.

Car il regarde (avec son œil sinistre et clair
Qui sait devenir tendre et se voiler la nuit)
Il regarde inquiet de tant d'acier qui luit
Le groupe des Mignons, splendide, fort et fier.

Dans André Vial, *Verlaine et les siens*, Paris, Nizet, 1975, p. 31-32.

CÉSAR BORGIA

Le duc César, tout d'or vêtu, rit doucement
Au chanteur de quinze ans qu'il a sur les genoux
Et passe à travers les énormes cheveux roux
Du jeune homme sa main où brille un diamant.

Le luth résonne encore, aigre, vague et charmant
Sous les doigts allanguis de l'enfant qui jaloux

Ibid., p. 37-38.

---

1. Steve Murphy, *Marges du premier Verlaine*, éd. cit., p. 181-198.

De plaire, se souvient de ses airs les plus doux
Et César Borgia sourit languissamment.

Le long des murs, d'un air [vaguement]
    tendrement obsesseur
[Le portrait] L'Image de son Père et celle de sa
    Sœur
Paraissent reprocher bien des choses au Duc.

Lui – sourit à l'enfant qui le baise et parmi
La longue barbe noire et molle de l'Ami
Promène ses doigts fins et blancs comme du
    stuc.

VERS ET PROSES

À côté des vers proprement dits, on oublie trop souvent que Verlaine a été l'un des premiers écrivains à s'engager dans la voie ouverte par le *Spleen de Paris*. « Mal'aria » (1867) présente plus d'un rapport avec « Les Sages d'autrefois... » ou « Nevermore, I ». Mais le rejet de la poésie bien portante évoque aussi le pastiche de *locus amœnus* dans « Monsieur Prudhomme », peinture bucolique qui appartient moins à l'univers de la bohème qu'elle ne convient à la conception bourgeoise de l'art. Signe d'aisance sociale, ainsi que l'indique déjà la rime *cossu :: pansu* dans le sonnet, le corps de Monsieur Prudhomme matérialise cette littérature douée de santé que le texte rejette ici avec haine.

MAL'ARIA

Êtes-vous comme moi ? – Je déteste les gens qui ne sont pas frileux. Tout en les admirant à genoux, je me sens antipathique à une foule de peintres et de statuaires justement illustres. Les personnes douées de rires violents et de voix énormes me sont antipathiques. En un mot la santé me déplaît.

Pr., p. 81-82.

J'entends par santé, non cet équilibre merveilleux de l'âme et du corps qui fait les héros de Sophocle, les statues antiques et la morale chrétienne, mais l'horrible rougeur des joues, la joie intempestive, l'épouvantable épaisseur du teint, les mains à fossettes, les pieds larges, et ces chairs grasses dont notre époque me semble abonder plus qu'il n'est séant.

Pour les mêmes motifs j'abhorre la poésie prétendue bien portante. Vous voyez cela d'ici : de belles filles, de beaux garçons, de belles âmes, le tout l'un dans l'autre : *mens sana*... et puis, comme décor, *les bois verts, les prés verts, le ciel bleu, le soleil d'or et les blés blonds...* J'abhorre aussi cela. Êtes-vous comme moi ?

Si non, éloignez-vous.

Si oui, parlez-moi d'une après-midi de septembre, chaude et triste, épandant sa jaune mélancolie sur l'apathie fauve d'un paysage languissant de maturité. Parmi ce cadre laissez-moi évoquer la marche lente, recueillie, impériale, d'une convalescente qui a cessé d'être jeune depuis très peu d'années. Ses forces à peine revenues lui permettent néanmoins une courte promenade dans le parc : elle a une robe blanche, de grands yeux gris comme le ciel et cernés comme l'horizon, mais immensément pensifs et surchargés de passion intense.

Cependant elle va, la frêle charmeresse, emportant mon faible cœur et ma pensée évidemment complice dans les plis de son long peignoir, à travers l'odeur des fruits mûrs et des fleurs mourantes.

« Par la croisée » (1867) exploite une rhétorique de la surprise et de l'effet, en ouvrant sur un contexte macabre. La

syntaxe y possède des allures à la fois périodiques et circulaires. L'emblème de cette prose est sans doute le magot de la Chine, grinçant et tirant la langue aux deux spectateurs, ce qui rappelle assez bien les facéties des enfants dans « Grotesques ».

PAR LA CROISÉE

La fenêtre de mon ami ne donnait point sur la rue, en sorte qu'un beau matin d'été, nous nous amusions beaucoup, tout en fumant, à considérer les choses comiques intimes que nous dominions de la hauteur de son troisième étage. Entre autres ridicules, végétait sous notre regard un petit jardin composé d'une allée, d'un arbre et d'une corde à faire sécher le linge, où pour le moment fumait dans la lumière blanche un drap humide qui nous sembla sale. Au-dessus d'un petit pavillon dont nous ne voyions que le toit plat de zinc, un magot de la Chine en fer peint de toutes les couleurs tournoyait au vent encore frais et tirait une langue que les pluies de plusieurs saisons avaient absolument déteinte et faite luisante comme une aiguille, quoique rouillée. Cela, le bitume qui entourait le pied de l'arbre et les plates-bandes débordantes de crottin, nous fit gais une minute, et déjà nous parlions d'un monde grotesque où il eût été plaisant de vivre sans craintes ni amours, quand sortit du pavillon un homme à favoris, tête nue, en habit et porteur d'une cuvette pleine d'eau où il se lava les mains. L'eau se teinta de rose et nous rîmes encore plus de le voir rentrer, ce fantoche, en se courbant très bas sous la porte du pavillon dont il ressortit presque aussitôt coiffé d'un chapeau de toile cirée, soutenant péniblement un cercueil apparemment plein dont un autre homme au costume et à la coiffure analogues suait à maintenir l'autre

Ibid., p. 75.

extrémité. Tous deux enfilèrent une étroite allée de treillages, une vieille femme en chemise, qui pleurait, jeta sur le crottin des plates-bandes le contenu de la cuvette, et le magot de la Chine en grinçant nous tira la langue sans que cette fois nous eussions envie de nous réjouir d'autre chose que de cette misérable vie humaine qui a toujours le mot pour rire et sait comme un acteur consommé préparer ses effets sans trop d'emphase.

IV. LE PROJET DES *VAINCUS*

De 1867 à 1874, Verlaine ne cesse d'être hanté par le projet d'un volume de vers politiques : *Les Vaincus*. Un manuscrit daté de juillet 1872 esquisse une structure d'ensemble du recueil. Dédié à Rimbaud, le livre devait comprendre de « Vieilles élégies : [aux morts] », « Les Uns et les autres », des « Sonnets » et « Res publica : aux morts »[1]. Tandis que « aux morts » rappelle « Des morts », texte paru la même année dans *L'Avenir*, l'organe communard d'Eugène Vermersch, la présence de la comédie « Les Uns et les autres » semble dissonante. En fait, cette « compagnie d'hommes et de femmes » groupée dans « un parc de Watteau » (*Po.*, p. 334) revêt assez largement les formes d'une utopie, et en dévoile rétrospectivement les implications dans *Fêtes galantes*. Car le XVIIIe siècle postiche qui se trouve mis en scène dans le recueil de 1869 est aussi une métaphore de la société finissante du second Empire[2]. Les *Fêtes galantes* constituent bien l'envers de la « fête impériale ».

« LES VAINCUS » (1869)

Les Vaincus désigne d'abord un texte paru dans le deuxième *Parnasse contemporain*. Remanié et augmenté vers 1872, il paraît dans *Jadis et naguère* au prix d'une dilution de ses enjeux idéologiques. Adressée à L.-X. de Ricard comme « La Mort de Philippe II », la version de 1885 déclare : « La jument de Roland et Roland sont des mythes » (*Po.*, p. 368). Verlaine révoque alors en doute le sens même d'une épopée.

---

1. Hun-Chil Nicolas, « Autour de la genèse de *Jadis et naguère* », *Verlaine à la loupe*, Paris, Honoré Champion, 2000, p. 408.
2. Olivier Bivort (éd.), Verlaine, *Fêtes galantes*, *La Bonne Chanson*, précédé de *Les Amies*, Paris, Classiques de Poche, 2000, p. 15.

LES VAINCUS

La vie est triomphante & l'idéal est mort !
Et voilà que, criant sa joie au vent qui passe,
Le cheval enivré du vainqueur broie & mord
Nos frères, qui du moins tombèrent avec grâce.

Et nous, que la déroute a fait survivre, hélas !
Les pieds meurtris, les yeux baissés, la tête lourde,
Sanglants, veules, fangeux, déshonorés & las,
Nous allons, étouffant mal une plainte sourde.

Nous allons au hasard du soir & du chemin,
Comme les meurtriers & comme les infâmes,
Veufs, orphelins, sans fils, ni toit, ni lendemain,
Aux lueurs des forêts familières en flammes.

Ah ! puisque cette fois l'heure a sonné, qu'enfin
L'espoir est aboli, la défaite certaine,
Et que l'effort le plus énorme serait vain,
Et puisque c'en est fait même de notre haine,

Nous n'avons plus, à l'heure où tombera la nuit,
Abjurant tout risible espoir de funérailles,
Qu'à nous laisser mourir obscurément, sans bruit,
Comme il sied aux vaincus des suprêmes batailles.

– ... Une faible lueur palpite à l'horizon,
Et le vent glacial qui se lève redresse
La cime des forêts & les fleurs du gazon,
C'est l'aube ! Tout renaît sous sa froide caresse.

De fauve, l'Orient devient rose, & l'argent
Des astres va bleuir dans l'azur qui se dore ;

Le Parnasse contemporain, t. II, Paris-Genève, Slatkine Reprints, 1971, p. 107-109.

Le coq chante, veilleur exact & diligent,
L'alouette a volé stridente : c'est l'aurore !

Éclatant, le soleil surgit : c'est le matin,
Amis, c'est le matin splendide dont la joie
Heurte ainsi notre lourd sommeil & le festin
Horrible des oiseaux & des fauves de proie.

Ô prodige ! en nos cœurs le frisson radieux
Met, à travers l'éclat subit de nos cuirasses,
Avec un violent désir de mourir mieux,
La colère & l'orgueil ancien des bonnes races.

Allons, debout, allons, allons, debout, debout !
Assez comme cela de hontes & de trêves !
Au combat ! au combat ! car notre sang qui bout
A besoin de fumer sur la pointe des glaives.

« DES MORTS » (1872)

Devenue impossible à écrire, la geste socialiste n'en habite pas moins la rhétorique de « Des morts » qui met en perspective les combats de juin 32, la révolte des canuts lyonnais avec l'insurrection communaliste. Du cloître Saint-Merry au Mur des Fédérés, le poète dénonce l'écrasement du petit peuple. Nous reproduisons l'orthographe et la ponctuation originales.

DES MORTS
2 JUIN 1832 ET AVRIL 1834

Ô CLOÎTRE Saint-Merry funèbre ! sombres rues !
Je ne foule jamais votre morne pavé
Sans frissonner devant les affres apparues.

Dans Steve Murphy, *Marges du premier Verlaine*, Paris, Honoré Champion, 2003, p. 382-385.

Toujours ton mur en vain récrépit et lavé,
Ô maison Transnonnain, coin maudit, angle
    infâme.
Saignera monstrueux dans mon cœur soulevé.

Quelques-uns d'entre ceux de Juillet que
    le blâme
De leurs frères repus ne découragea point,
Crurent bon de montrer la candeur de leur âme.

Alors dupes, – eh bien ! ils l'étaient à ce point
Pour leur œuvre incomplète et trahie ! –
Ils moururent contents, le drapeau rouge au
    poing.

Mort grotesque d'ailleurs, car la tourbe ébahie
Et pâle des bourgeois, leurs vainqueurs étonnés,
Ne comprit rien du tout à leur cause haïe.

C'étaient des jeunes gens francs qui riaient au
    nez
De tout intrigant comme au nez de tout despote
Et de tout compromis désillusionnés.

Ils ne redoutaient pas pour la France la botte
Et l'éperon d'un Czar absolu beaucoup plus
Que la molette d'un monarque en redingote.

Ils voulaient le devoir et le droit absolus,
Ils voulaient « la cavale indomptée et rebelle »,
Le soleil sans couchant, l'Océan sans reflux.

La République ! ils la voulaient terrible et belle,
Rouge et non tricolore, et demeuraient très froids
Quant à la liberté constitutionnelle.

Ils étaient peu nombreux, tout au plus deux
   ou trois
Centaines d'écoliers, ayant maîtresse et mère,
Faits hommes par la haine et le dégoût des rois.
   [...]

– Jeunes morts, qui seriez aujourd'hui
   des vieillards,
Nous envions, hélas !, nous vos fils, nous
   la France,
Jusqu'au deuil qui suivit vos humbles corbillards.

Votre mort, en dépit des serments d'allégeance,
Fut-elle pas pleurée, admirée, et plus tard
Vengée, et vos vengeurs sont-ils pas sans
   vengeance ?

Ils gisent vos vengeurs, à Montmartre, à Clamart,
Ou sont devenus fous au soleil de Cayenne,
Ou vivent diffamés et pauvres, à l'écart.

Oh ! oui, nous envions la fin stoïcienne
De ces calmes héros, et surtout jalousons
Leurs yeux clos à propos en une époque
   ancienne.

Car leurs yeux contemplant de lointains horizons
Se fermèrent parmi des visions sublimes
Vierges de lâchetés comme de trahison.

Et ne virent jamais, jamais ce que nous vîmes.

LES NOUVEAUX *MISÉRABLES*

D'autres textes devaient nourrir le projet politique de Verlaine : « Le Monstre », « Les Loups », « Le Grognard », « L'Angélus du matin » ou « La Soupe du soir ». Le discours républicain y côtoie ouvertement l'anticléricalisme. S'il est bien question de « misère » dans « La Soupe du soir », et de la condition sociale des plus humbles sous le second Empire, c'est évidemment en référence aux *Misérables* de Victor Hugo, publiés sept ans plus tôt. L'effort descriptif n'est pas sans évoquer non plus certains traits du réalisme de François Coppée, idéologiquement bien plus conservateur que Verlaine.

LA SOUPE DU SOIR

Il fait nuit dans la chambre étroite & froide où l'homme
Vient de rentrer couvert de neige, en blouse, & comme
Depuis huit jours il n'a pas prononcé deux mots,
La femme a peur & fait des signes aux marmots.

Un seul lit, un bahut disloqué, quatre chaises,
Des rideaux jadis blancs souillés par les punaises,
Une table qui va s'écroulant d'un côté, –
Le tout navrant, avec un air de saleté.

L'homme, grand front, grands yeux pleins d'une sombre flamme,
A vraiment des lueurs d'intelligence & d'âme,
Et c'est ce qu'on appelle un solide garçon.
La femme, jeune encore, est belle à sa façon.

Mais la Misère a mis sur eux sa main funeste,
Et, perdant par degrés rapides ce qui reste

Le Parnasse contemporain, t. II, Paris-Genève, Slatkine Reprints, 1971, p. 111-112.

En eux de tristement vénérable & d'humain,
Ce seront la femelle & le mâle de demain.

Tous se sont attablés pour manger de la soupe
Et du bœuf, & ce tas sordide forme un groupe
Dont l'ombre à l'infini s'allonge tout autour
De la chambre, la lampe étant sans abat-jour.

Les enfants sont petits & pâles, mais robustes,
En dépit des maigreurs saillantes de leurs bustes
Qui disent les hivers passés sans feu souvent
Et les étés subis dans un air étouffant.

Non loin d'un vieux fusil rouillé qu'un clou supporte
Et que la lampe fait luire d'étrange sorte,
Quelqu'un qui chercherait longtemps dans ce retrait
Avec l'œil d'un agent de police verrait,

Empilés dans le fond de la boiteuse armoire,
Quelques livres poudreux de science & d'histoire,
Et sous le matelas, cachés avec grand soin,
Des romans capiteux cornés à chaque coin.

Ils mangent cependant. L'homme, morne & farouche,
Porte la nourriture écœurante à sa bouche
D'un air qui n'est rien moins nonobstant que soumis,
Et son eustache semble à d'autres soins promis.

La femme pense à quelque ancienne compagne,
Laquelle a tout, voiture & maison de campagne,
Tandis que les enfants, leurs poings dans leurs yeux clos,
Ronflant sur leur assiette, imitent des sanglots.

« BRUXELLES » (1874-1880)
OU LES AMBIGUÏTÉS
DE LA VISION POPULAIRE

À côté des *Vaincus*, *Romances sans paroles* **semble dénué d'enjeux sociaux et politiques. Lié au genre de la chanson, le recueil déploie pourtant une vision du collectif. « Bruxelles – chevaux de bois » en émet des signes contradictoires à travers le manège absurde, « du mal en masse » et « du bien en foule ». Ce sentiment double, à la fois empathique et ironique, est si vrai que Verlaine a donné en 1880 une nouvelle version de ce poème dans *Sagesse*. La fête populaire y devient nationale, celle du 14 juillet, récemment instaurée par la gauche républicaine, à la tête des institutions parlementaires depuis 1877. Mais c'est l'écrivain de droite, catholique intransigeant et farouche antirépublicain qui s'exprime cette fois.**

Tournez, tournez, bons chevaux de bois. *Po.*, p. 286-287.
Tournez cent tours, tournez mille tours,
Tournez souvent et tournez toujours,
Tournez, tournez au son des hautbois.

L'enfant tout rouge et la mère blanche,
Le gars en noir et la fille en rose,
L'un à la chose et l'autre à la pose,
Chacun se paie un sou de dimanche.

Tournez, tournez, chevaux de leur cœur,
Tandis qu'autour de tous vos tournois
Clignote l'œil du filou sournois,
Tournez au son du piston vainqueur !

C'est étonnant comme ça vous soûle
D'aller ainsi dans ce cirque bête :

Bien dans le ventre et mal dans la tête,
Du mal en masse et du bien en foule.

Tournez au son de l'accordéon,
Du violon, du trombone fous,
Chevaux plus doux que des moutons, doux
Comme un peuple en révolution.

Le vent, fouettant la tente, les verres,
Les zincs et le drapeau tricolore.
Et les jupons, et que sais-je encore ?
Fait un fracas de cinq cents tonnerres.

Tournez, dadas, sans qu'il soit besoin
D'user jamais de nuls éperons
Pour commander à vos galops ronds :
Tournez, tournez, sans espoir de foin.

Et dépêchez, chevaux de leur âme :
Déjà voici que sonne à la soupe
La nuit qui tombe et chasse la troupe
De gais buveurs que leur soif affame.

Tournez, tournez ! Le ciel en velours
D'astres en or se vêt lentement.
L'église tinte un glas tristement.
Tournez au son joyeux des tambours !

V. DE LA POÉTIQUE À LA POÉSIE

« CHARLES BAUDELAIRE » (1865)

L'un des articles les plus denses en pensée, et parmi les plus percutants de Verlaine, reste incontestablement son étude sur Charles Baudelaire. Le texte a paru en trois séries successives entre novembre et décembre 1865 dans *L'Art*, dirigé par L.-X. de Ricard. Cette revue n'accédait qu'à un public très restreint. Mais elle a largement préparé l'avènement du *Parnasse contemporain*. Huit ans après le procès des *Fleurs du mal*, il n'est guère aisé de parler de Baudelaire. C'est pourtant à une véritable apologétique que se livre ici le futur poète saturnien, avec une provocation et une ironie presque injurieuses pour son lecteur. L'analyse se déploie en quatre mouvements nettement distincts. Le critique s'efforce de démontrer ce qui fonde l'originalité et la modernité des *Fleurs du mal*, avant d'observer dans le détail la thématique, la poétique et l'esthétique qui y répondent. Au-delà du cas Baudelaire, c'est bien entendu une vision personnelle de l'art que confie Verlaine. À part quelques hésitations graphiques et quelques coquilles (Beaudelaire, Poë, etc.), nous reproduisons ici par extraits la présentation du texte original.

LITTÉRATURE

CHARLES BAUDELAIRE

I

Parlez de Charles Baudelaire à quelques-uns de ces amateurs qui forment le zéro des cent cinquante Parisiens, naïfs assez pour lire encore des vers, il vous répondra infailliblement, ce zéro, qui est un multiplicateur, par le cliché suivant .

L'Art, Alphonse Lemerre, 1865.

« Charles Baudelaire, attendez donc. Ah ! oui ! celui qui a chanté la Charogne ! » Ne riez pas. Le mot m'a été dit, à moi, par un « artiste », et à d'autres, peut-être bien par vous, lecteur.

Voilà pourtant comme se font les réputations littéraires dans ce pays éminemment spirituel qui a nom la France, comme chacun sait. C'est, du reste, un peu l'histoire des *Rayons jaunes*, le plus beau poème, à coup sûr, de cet admirable recueil, *Joseph Delorme*, que pour mon compte je mets, comme intensité de mélancolie et comme puissance d'expression, infiniment au-dessus des jérémiades Lamartiniennes et autres. Le public et la critique firent, en ces temps-là, des plaisanteries fort délicates sur le pauvre Werther carabin, pour me servir du foudroyant bon mot de ce poétique M. Guizot.

Le public est bien toujours le même. La critique, reconnaissons-le, comprend mieux ses devoirs qui sont, non de hurler avec les loups et de flatter les goûts du public, mais de le ramener, ce public hostile ou indifférent, au véritable critérium en fait d'art et de poésie, et cela, de gré ou de force. Le public est un enfant mal élevé qu'il s'agit de corriger.

II

La profonde originalité de Ch. Baudelaire, c'est, à mon sens, de représenter puissamment et essentiellement l'homme moderne ; et par ce mot, l'homme moderne, je ne veux pas, pour une cause qui s'expliquera tout à l'heure, désigner l'homme moral, politique et social. Je n'entends ici que l'homme physique moderne tel que l'ont fait les raffinements d'une civilisation excessive, l'homme moderne, avec ses sens aiguisés et vibrants, son esprit douloureusement subtil, son cerveau saturé de tabac, son sang brûlé d'alcool, en un mot, le *bibliosonerveux* par excellence, comme dirait H. Taine. Cette individualité de sensitive, pour ainsi parler, Charles Baudelaire, je le répète la représente à l'état de type, de *héros*, si vous voulez bien. Nulle part, pas même chez Henri Heine, vous ne la trouverez si fortement accentuée que dans certains passages des *Fleurs du mal*. Aussi, selon moi, l'historien futur de notre époque devra, pour ne pas être incomplet, feuilleter attentivement et religieusement ce livre qui est la quintessence et comme la concentration extrême de tout un élément de ce siècle. Pour preuve de ce que j'avance, prenons, en premier lieu, les poèmes amoureux du volume des *Fleurs du mal*. Comment l'auteur a-t-il exprimé ce sentiment de l'amour, le plus magnifique des lieux communs, et qui, comme tel, a passé par toutes les formes poétiques possibles ? En païen comme Goethe, en chrétien comme Pétrarque, ou, comme Musset, en enfant ? En rien de tout cela, et c'est son immense mérite. Traiter des sujets éternels, – idées ou sentiments, – sans tomber dans la redite, c'est là peut-être tout l'avenir de la poésie, et c'est en tout cas bien certainement là ce qui distingue les véritables poètes des rimeurs subalternes. L'amour, dans les vers de Ch. Baudelaire, c'est bien l'amour d'un Parisien du dix-neuvième siècle, quelque chose de fiévreux et d'analysé à la fois ; la passion pure s'y mélange de réflexion. [...]

(La suite prochainement)
PAUL VERLAINE

LITTÉRATURE

CHARLES BAUDELAIRE

III

La poétique de Charles Baudelaire qui, s'il n'avait eu soin de la péremptoirement formuler en quelques phrases bien nettes, ressortirait avec une autorité suffisante de ses vers eux-mêmes, peut se résumer en ces lignes extraites, çà et là, tant des deux préfaces de sa belle traduction d'Edgar Poe que de divers opuscules que j'ai sous les yeux.

« Une foule de gens se figurent que le but de la poésie est un enseignement quelconque, qu'elle doit tantôt fortifier la conscience, tantôt perfectionner les mœurs, tantôt enfin démontrer quoi que ce soit d'utile... La Poésie, pour peu qu'on veuille descendre en soi-même, interroger son âme, rappeler ses souvenirs d'enthousiasme, n'a d'autre but qu'elle-même ; elle ne peut en avoir d'autres, et aucun poème ne sera si grand, si noble, si véritablement digne du nom de poème, que celui qui aura été écrit uniquement pour le plaisir d'écrire un poème... – ... La condition génératrice des œuvres d'art, c'est-à-dire l'amour exclusif du Beau, l'idée fixe. »

À moins d'être M. D'Antragues, on ne peut qu'applaudir et que s'incliner devant des idées si saines exprimées dans un style si ferme, si précis et si simple, vrai modèle de prose et vrai (*sic*) prose de poète. Oui, l'Art est indépendant de la Morale, comme de la Politique, comme de la Philosophie, comme de la Science, et le Poète ne doit pas plus de compte au Moraliste, au Tribun, au Philosophe ou au Savant, que ceux-ci ne lui en doivent. Oui, le but de la Poésie, c'est le Beau, le Beau seul, le Beau pur, sans alliage d'Utile, de Vrai ou de Juste. Tant mieux pour tout le monde si l'œuvre du poète se trouve, par hasard, mais par hasard seulement, dégager une atmosphère de justice ou de vérité. Sinon, tant pis pour M. Proudhon. Quant à l'utilité, je crois qu'il est superflu de prendre davantage au sérieux cette mauvaise plaisanterie.

Une autre guitare qu'il serait temps de reléguer parmi les vieilles lunes et qui, non moins bête, est plus pernicieuse, en ce sens, qu'un peu de vanité puérile s'en mêlant, elle fait des dupes jusque chez les poètes, c'est l'Inspiration, – L'Inspiration – ce tréteau ! – et les Inspirés – ces charlatans ! [...]

IV

Ce que veut Baudelaire, on l'a déjà pu deviner par ce qu'il repousse et ce qu'il veut pour le poète ; c'est, tout d'abord, l'Imagination, « cette reine des facultés » dont il a donné dans son Salon de 1859 (*Revue française*, n° du 20 juin) la plus subtile et en même temps la plus lucide définition. Le peu de place dont je dispose aujourd'hui m'empêche, à mon grand regret, de citer en entier ce morceau unique. En voici du moins quelques fragments :

« – Elle est l'analyse, elle est la synthèse, et cependant des hommes habiles dans l'analyse et suffisamment aptes à faire un résumé peuvent être privés d'Imagination. Elle est cela et elle n'est pas tout à fait cela. Elle est la sensibilité et pourtant il y a des personnes très-sensibles, trop sensibles peut-être, qui en sont privées. C'est l'imagination qui a enseigné à l'homme le sens moral de la couleur, du contour, du son et du parfum. Elle a créé, au commencement du monde, l'analogie et la métaphore... Elle produit la sensation du neuf... Sans elle, toutes les facultés, si solides ou aiguisées qu'elles soient, sont comme si elles n'étaient pas, tandis que la faiblesse de quelques facultés secondaires excitées par une imagination vigoureuse, est un malheur secondaire. Aucune ne peut se passer d'elle, et elle peut suppléer quelques-unes... [...]

Croyant peu à l'Inspiration, il va sans dire que Baudelaire recommande le travail ! Il est de ceux-là qui croient que ce n'est pas perdre son temps que de parfaire une belle rime, d'ajuster une image bien exacte à une idée bien présentée, de chercher des analogies curieuses, et des césures étonnantes, et de les trouver, toutes choses qui font hausser les épaules à nos Progressites (*sic*) quand même, gens inoffensifs, d'ailleurs. Sur ce sujet, Baudelaire est implacable. N'a-t-il pas dit un jour : « L'originalité est chose d'apprentissage, ce qui ne veut pas dire une chose qui peut être transmise par l'enseignement ». [...]

(La suite prochainement)
PAUL VERLAINE

LITTÉRATURE

CHARLES BAUDELAIRE

V

Ce qu'on remarquera dès l'abord, pour peu que l'on examine la confection des poèmes de Baudelaire, c'est, au beau milieu de l'expression du plus grand enthousiasme, de la plus vive douleur, etc., le sentiment d'un très-grand calme, qui va souvent jusqu'au froid, et quelquefois jusqu'au glacial :

charme irritant et preuve irrécusable que le poète est bien maître de lui et qu'il ne lui convient pas toujours de le laisser ignorer. (Recette : la poésie ne consisterait-elle point par hasard toute entière à ne jamais être dupe et à parfois le paraître ?) Pour vous convaincre de ce que je dis là, ouvrez au hasard les *Fleurs du mal*. Vous tombez par exemple sur les *Petites Vieilles*, c'est-à-dire sur le poème à coup sûr le plus pénétrant, le plus *ému* du volume. – Ne triomphez pas encore, passionnistes. – Ce poème a un accent bien vivant, n'est-ce pas, quoique les rimes en soient riches ? ces vers vous remuent jusqu'au cœur, n'est-ce pas, malgré leur savante structure ? l'idée si originale et si creusée de ces petites vieilles trottinant dans la boue vous impressionne, n'est-ce pas, et vous donne le frisson, malgré la correction de la phrase et en dépit de l'impeccabilité de l'expression ? Et dès les premières strophes, si artistement balancées par malheur, vous vous sentez pleins d'une angoisse inexprimable et croissante, n'est-ce pas ?

Ces monstres disloqués furent jadis des femmes
[...]

Vous concluez de là, n'est-ce pas, que le poète est bien *ému* lui-même, et que c'est cette émotion qui lui dicte, qui lui souffle, qui lui « inspire » – lâchez le mot ! – des vers si saisissants ? Concluez.

VI

[...] Nul, parmi les grands et les célèbres, nul plus que Baudelaire, ne connaît les infinies complications de la versification proprement dite. Nul ne sait mieux donner à l'hexamètre à rimes plates cette souplesse qui seule le sauve de la monotonie. Nul n'alterne plus étonnamment les quatrains d'un sonnet et n'en déroule les tercets de façon plus imprévue. Mais là où il est sans égal, c'est dans ce procédé si simple en apparence, mais en vérité si décevant et si difficile, qui consiste à faire revenir un vers toujours le même autour d'une idée toujours nouvelle et réciproquement ; en un mot à peindre l'*obsession*. Lisez plutôt, dans le genre délicat et amoureux, le *Balcon*, et dans le genre sombre, l'*Irrémédiable*[1].

Pour le vers qui est toute une atmosphère, tout un monde, le vers qui, sitôt lu, se fixe dans la mémoire pour n'en sortir jamais et y chante (ne pas confondre avec le vers-proverbe, une horreur !), je ne connais à Baudelaire, parmi les modernes, de rival qu'Alfred de Vigny. [...]

Baudelaire est, je crois, le premier en France qui ait osé des vers comme ceux-ci :

... Pour entendre un de *ces* concerts riches de cuivre...
Exaspéré comme *un* ivrogne qui voit double...

[...] Ce sont là jeux d'artistes destinés, suivant les occurrences, soit à imprimer au vers une allure plus rapide, soit à reposer l'oreille bientôt lasse d'une césure par trop uniforme, soit tout simplement à contrarier un peu le lecteur, chose toujours voluptueuse.

PAUL VERLAINE

---

1. Comprendre « L'Irréparable ».

« L'ART POÉTIQUE » (1874)

Écrit en 1874 pour *Cellulairement*, « L'Art poétique » a paru pour la première fois en 1882 dans la revue *Paris-Moderne*. Contemporain des *Romances sans paroles*, dont il résumerait la manière sous le signe de l'impair et de la musique, de la nuance et de l'imprécis, il constituerait aussi l'acte de naissance programmatique du symbolisme. Sous le pseudonyme de Karl Mohr, Charles Morice devait y répondre la même année dans *Lutèce* par un article intitulé « Boileau-Verlaine », début d'une correspondance amicale entre les deux auteurs. Dans « Critique des *Poèmes saturniens* », l'auteur en nie pourtant la portée théorique. Il rappelle qu'il convient de ne pas le prendre au pied de la lettre. C'est que « L'Art poétique » est avant tout le pastiche du genre dont il exhibe l'enseigne. Il vise moins une typologie et une codification des formes poétiques que des règles délibérément floues. Les catégories les plus empiriques mais aussi les plus évasives résistent de ce fait à toute description ou pédagogie.

L'ART POÉTIQUE

> *Mark it, Cesario ; it is old and plain :*
> *The spinsters and the knitters in the sun,*
> *And the free maids that weave their thread with bones*
> *Do use to chaunt it ; it is silly sooth,*
> *And dallies with the innocence of love*
> *Like the old age.*

(Shakespeare, *Twelfth Night*).

De la musique avant toute chose,
Et pour cela préfère l'Impair
Plus vague et plus soluble dans l'air,
Sans rien en lui qui pèse et qui pose.

Il faut aussi que tu n'ailles point
Choisir tes mots sans quelque méprise :
Rien de plus cher que la chanson grise
Où l'indécis au précis se joint.

Dans O. Bivort (éd.), Verlaine, *Romances sans paroles* suivi de *Cellulairement*, Paris, Classiques de Poche, 2002, p. 193-195.

C'est de beaux yeux derrière des voiles,
C'est le grand jour tremblant de midi,
C'est, par un ciel d'automne attiédi,
Le bleu fouillis des claires étoiles !

Car nous voulons la Nuance encor,
Plus la Couleur, rien que la Nuance !
Oh ! la Nuance seule fiance
Le rêve au rêve et la flûte au cor !

Fuis du plus loin la Pointe assassine,
L'Esprit cruel et le Rire impur,
Qui font pleurer les yeux de l'Azur,
Et tout cet ail de basse cuisine !

Prends l'éloquence et tords-lui son cou !
Tu feras bien, en train d'énergie,
De rendre un peu la Rime assagie.
Si l'on n'y veille, elle ira jusqu'où ?

Ô qui dira les torts de la Rime ?
Quel enfant sourd ou quel nègre fou
Nous a forgé ce bijou d'un sou
Qui sonne faux et creux sous la lime ?

De la musique encore et toujours !
Que ton vers soit la Chose envolée
Qu'on sent qui fuit d'une âme en allée
Vers d'autres cieux à d'autres amours.

Que ton vers soit la bonne aventure
Éparse au vent crispé du matin
Qui va fleurant la menthe et le thym...
Et tout le reste est littérature.

Mons, avril 1874.

VI. CURIOSITÉS ESTHÉTIQUES

TRAITÉ DE LA GRAVURE À L'EAU-FORTE

L'une des figures de la Société des Aquafortistes est Maxime Lalanne qui publie, quelques mois avant la parution des *Poèmes saturniens*, un *Traité de la gravure à l'eau-forte*. À visée didactique, ce traité ne se limite pas cependant à une description technique mais médite simultanément sur les enjeux esthétiques de la gravure. L'eau-forte est un procédé particulier dont le support est une plaque de métal (cuivre, zinc ou acier), recouverte d'un vernis résistant à l'acide. L'artiste exécute son dessin à l'aide d'une pointe, avec laquelle il retire donc le vernis à certains endroits. La plaque est ensuite plongée dans un bain d'acide nitrique de façon à creuser les zones dégagées, c'est ce qu'on appelle la morsure. Une fois le vernis retiré, la plaque est encrée sur une feuille de papier, c'est la dernière étape. Lalanne considère ainsi que la science du graveur à l'eau-forte tient à la fois de la pointe qui dessine et de la morsure qui colore, puisqu'elle travaille le métal par des effets d'ombre et de lumière.

La gravure au burin offre toujours la sévérité et la froideur d'un travail positif et presque mathématique ; pour l'eau-forte, il n'en est pas ainsi : que la pointe soit libre et capricieuse, qu'elle accuse sans roideur et sans sécheresse la forme des objets et se joue délicatement d'un plan à un autre, sans suivre d'autre loi que celle d'une pittoresque harmonie à faire régner dans l'exécution. On la rend précise quand il le faut, pour l'abandonner ensuite à sa grâce naturelle. On évitera néanmoins des emportements trop fougueux, qui donneraient l'air d'un dévergondage à ce qui ne doit être qu'une fantaisie. [...] Lorsque l'esquisse de la pensée aura

Traité de la gravure à l'eau-forte, Paris, Cadart et Luquet Éditeurs, 1866, p. 7-9.

été confiée au vernis, l'acide viendra nuancer les formes que la pointe lui aura assignées, donner une vibration à ce travail éteint et lui communiquer la chaleur pénétrante de la vie. [...] Que d'heureux effets, que de surprises, que d'imprévu au dévernissage d'une planche ! Un peu de bonheur et d'inspiration font souvent plus que la règle méthodique, surtout lorsqu'on traite des sujets de son invention, des caprices, comme disent les Italiens, *capricci*. L'eau-forte doit être vierge comme une improvisation. Elle porte l'empreinte du caractère de l'artiste. Elle le personnifie, elle s'identifie tellement avec son idée, qu'elle semble souvent amenée à s'annihiler comme procédé en faveur de cette idée même.

Dans ses deux articles, écrits en 1862, « L'eau-forte est à la mode » et « Peintres et aquafortistes », Baudelaire développe déjà des idées similaires. Il rend compte de l'engouement récent (non sans, peut-être aussi parfois, une pointe d'ironie agacée) que les artistes manifestent à l'égard de ce genre plastique. Il cite surtout Whistler, Meryon, Manet, Bracquemond ou Jongkind. Même si elle n'est pas sans risques, l'eau-forte est bien l'une des manifestations de la modernité, et cela est inséparable pour Baudelaire du fait qu'elle est l'expression plastique la plus intime de la subjectivité.

Dans quel discrédit et dans quelle indifférence est tombé ce noble art de la gravure, hélas ! on ne le voit que trop bien. Ce n'est qu'en feuilletant les œuvres du passé que nous pouvons comprendre les splendeurs du burin. Mais il est un genre encore plus mort que le burin ; je veux parler de l'eau-forte. Pour dire vrai, ce genre, si subtil et si superbe, si naïf et si profond, si gai et si sévère, qui peut réunir paradoxalement les qualités les plus diverses, et

Charles Baudelaire, *Œuvres complètes*, t. II, Paris, Gallimard, coll. Bibliothèque de la Pléiade, 1976, p. 738.

qui exprime si bien le caractère personnel de l'artiste, n'a jamais joui d'une bien grande popularité parmi le vulgaire. Sauf les estampes de Rembrandt, qui s'imposent avec une autorité classique même aux ignorants.

Les jeunes artistes dont je parlais tout à l'heure, ceux-là et plusieurs autres, se sont groupés autour d'un éditeur actif, M. Cadart, et ont appelé à leur tour leurs confrères, pour fonder une publication régulière d'eaux-fortes originales. Il était naturel que ces artistes se tournassent vers un genre et une méthode d'expression qui sont, dans leur pleine réussite, la traduction la plus nette possible du caractère de l'artiste. Seulement, il y a un danger dans lequel tombera plus d'un ; je veux dire : le lâché, l'incorrection, l'indécision, l'exécution insuffisante. C'est si commode de promener une aiguille sur cette planche noire qui reproduira trop fidèlement toutes les arabesques de la fantaisie, toutes les hachures du caprice ! En somme, il ne faut pas oublier que l'eau-forte est un art profond et dangereux, plein de traîtrises, et qui dévoile les défauts d'un esprit aussi clairement que ses qualités.

Ibid., p. 739.

C'est vraiment un genre trop *personnel*, trop *aristocratique*, pour enchanter d'autres personnes que celles qui sont naturellement artistes, très amoureuses dès lors de toute personnalité vive. Non seulement l'eau-forte sert à glorifier l'individualité de l'artiste, mais il serait même difficile à l'artiste de ne pas décrire sur la planche sa personnalité la plus intime. Aussi peut-on affirmer que, depuis la découverte de ce genre de gravure, il y a eu autant de manières de le cultiver qu'il y a eu d'aquafor-

Ibid., p. 741.

tistes. Il n'en est pas de même du burin, ou du moins la proportion dans l'expression de la personnalité, est-elle infiniment moindre.

LE MYSTÈRE REMBRANDT

L'homme de la modernité en gravure comme en peinture est assurément Rembrandt pour Verlaine. Sans méconnaître les artistes de son époque, Puvis de Chavannes, Fantin-Latour ou Eugène Carrière, le poète évoque assez peu néanmoins les impressionnistes. Son récit de voyage, *Quinze jours en Hollande* **(1893), exalte l'« art clair ensemble et sombre » (***Pr.***, p. 413) du maître d'Amsterdam, et de l'école néerlandaise en général. Dans** *Épigrammes* **(1894), Verlaine s'applique avec effusion à** *La Ronde de nuit* **(1642). Rembrandt avait peint ce tableau pour orner la nouvelle grande salle du** *Kloveniersdoelen***, maison de la guilde des arquebusiers. On lui donne, en vérité, le titre de** *Le Capitaine Frans Banning Cocq donnant à son lieutenant l'ordre de départ de sa compagnie***. En effet, lorsqu'on a retrouvé la toile au XVIIIe siècle, elle était si détériorée et sombre qu'on l'a interprétée comme une scène nocturne. Après sa restauration, on s'est en réalité aperçu qu'il s'agissait d'un groupe de mousquetaires, sortant de l'ombre d'une cour et progressant vers la lumière.**

QUINZE JOURS EN HOLLANDE, 7

Un temps d'arrêt toutefois devant les *Syndics* de Rembrandt, toile magnifique, magique ! Les beaux personnages si bien, si logiquement campés ! [...] Plus loin, c'est *La Ronde de nuit*, dans son sanctuaire. Tout a été dit sur ce chef-d'œuvre mystérieux. Je voulais parler de Rembrandt à ce sujet, j'y renonce et je préfère donner ici une opinion sans doute oubliée, celle de l'un peu suranné Edmondo de Amicis, dans sa phraséologie un peu fripée :

Pr., p. 404-405.

« Rembrandt exerce un prestige particulier ; Fra Angelico est un saint, Michel-Ange est un géant, Raphaël est un ange, Le Titien est un prince – Rembrandt est un *spectre*. » Le voyageur italien gâte plus loin son mot en l'expliquant. Je le retiens comme très bon. – Il veut dire à moi aussi des choses peut-être plus nettes.

ÉPIGRAMMES, XVI, 6

Amsterdam.

Cette *Ronde de nuit* qui du reste est *de jour*,
De *quel* jour de mystère avec *quelle* ombre autour !
Crépuscule du soir ou du matin, qu'importe
À l'œil charmé du bon ou bien du mauvais tour ! –
Un tas d'hommes armés sort d'une vague porte
Dans un dessein terrible ou quelque but farceur.
Ce vieux batteur de caisse évoque un franc suceur.
Là-bas tel imprudent agace une arquebuse.
Un fier porte-drapeau derrière lui s'amuse
À brandir du satin jaune et noir sur le ciel,
Et *l'enfant-aux-poissons* (comme dans Raphaël,
Mais flamande déjà plus que toute une Flandre)
S'effraie et rit, tandis que, las un peu d'attendre,
Les chefs, soie et bijoux, le premier long et sec,
L'autre court et ventru, délibèrent avec
L'air de seigneurs qui n'ont plus grand'chose à se
  dire.

On s'égaie, on s'étonne, on frissonne, on admire.

DE WATTEAU À FRAGONARD

Entre 1860 et 1868, Edmond et Jules de Goncourt publient une série de fascicules consacrés à *L'Art du XVIIIe siècle*. À côté de Watteau, ils étudient aussi bien Chardin ou Greuze que Boucher, sans exclure les vignettistes, Gravelot, Eisen, Cochin, Moreau, etc. Cette critique d'art représente davantage qu'une simple source des *Fêtes galantes*. Certaines pièces du recueil en sont une récriture explicite, à titre fragmentaire ou continu. Ainsi, dans le cas de Watteau, s'il retient sans contredit la vision d'un magicien, créant un monde onirique, plein de grâce, Verlaine s'adresse moins concrètement à la manière du peintre (à travers des descriptions ou des transpositions, par exemple) qu'à la manière – seconde – des deux critiques qui en commentent les tableaux. L'art n'est pas affaire de perception mais de parole.

Le grand poète du XVIIIe siècle est Watteau. Une création, toute une création de poème et de rêve, sortie de sa tête, emplit son œuvre d'une vie surnaturelle. De la fantaisie de sa cervelle, de son caprice d'art, de son génie tout neuf, une féerie, mille féeries se sont envolées. Le peintre a tiré des visions enchantées de son imagination, un monde idéal, et au-dessus de son temps.

L'Art du XVIIIe siècle, Paris, Hermann, 1967, p. 65.

Alerte, pour égayer le printemps en costume de bal, le ciel et la terre de Watteau, alerte, les *Gelosi* ! Un rire bergamasque sera le rire et l'entrain et l'action et le mouvement du poème. [...] Fraises et bonnets, buffles et dagues, petites vestes et courts manteaux, vont et viennent. La troupe des bouffons est accourue, amenant sous les ombrages le carnaval des passions humaines et l'arc-en-ciel de ses habits. Famille bariolée, vêtue de soleil et de soie rayée ! Celui-ci se masque avec la nuit !

Ibid., p. 68.

Celui-là se farde avec la lune ! Arlequin, gracieusé comme un trait de plume du Parmesan ! Pierrot, les bras au corps, droit comme un I ? Et les Tartaglias, et les Scapins, et les Cassandres, et les Docteurs, et le favori Mezzetin. [...] C'est la Comédie-Italienne qui tient la guitare dans tous ces paysages. C'est le duo de Gilles et de Colombine qui est la musique et la chanson de la comédie de Watteau.

À travers le carnaval des passions qui fascine tellement les Goncourt, on reconnaîtra quelques-unes des pièces galantes de Verlaine, parfois à la citation près : « Les Ingénus », « Cythère », « En patinant », « Les Indolents », entre autres.

Watteau a renouvelé la grâce. La grâce, chez Watteau, n'est plus la grâce antique : un charme rigoureux et solide. Elle est le rien qui habille la femme d'un agrément, d'une coquetterie, d'un beau au-delà du beau physique. Elle est cette chose subtile qui semble le sourire de la ligne, l'âme de la forme, la physionomie spirituelle de la matière.

Toutes les séductions de la femme au repos : la langueur, la paresse, l'abandon, les adossements, les allongements, les nonchalances, la cadence des poses, le joli air des profils penchés sur les gammes d'amour, les retraites fuyantes des poitrines, les serpentements et les ondulations, les souplesses du corps féminin, et le jeu des doigts effilés sur le manche des éventails, et les indiscrétions des hauts talons dépassant les jupes, et les heureuses fortunes du maintien, et la coquetterie des gestes.

Ibid., p. 65-66.

Ici est le temple, ici est la fin de ce monde : « L'Amour paisible » du peintre, l'Amour désarmé,

Ibid., p. 72.

assis à l'ombre [...] Une Arcadie sourieuse ; un Décaméron de sentiments ; un recueillement tendre ; des attentions au regard vague ; des paroles qui bercent l'âme ; une galanterie platonique, un loisir occupé du cœur, une oisiveté de jeune compagnie ; une cour d'amoureuses pensées ; la courtoisie émue et badine de jeunes mariés penchés sur le bras qu'ils se donnent ; des yeux sans fièvre, des enlacements sans impatience, des désirs sans appétits, des voluptés sans désirs, des audaces de gestes réglées pour le spectacle comme un ballet, et des défenses tranquilles et dédaigneuses de hâte en leur sécurité ; le roman du corps et de la tête apaisé, pacifié, ressuscité, bien heureux ; une paresse de la passion dont rient d'un rire de bouc les satyres de pierre embusqués dans les coulisses vertes...

Le « verbe Watteau » selon l'expression d'*Invectives*, VIII, reste cependant attaché à un « je-ne-sais-quoi polisson » (*Po.*, p. 907). À la manière enchanteresse du maître, Verlaine superpose l'étude sur Fragonard chez les Goncourt. La logique du désir domine désormais, avec ses sous-entendus coquins, voire grivois, qui n'excluent pas néanmoins les nuances de la maîtrise et le registre de la sourdine.

Fragonard, c'est le conteur libre, l'*amoroso* galant, païen, badin, de malice gauloise, de génie presque italien, d'esprit français ; l'homme des mythologies plafonnantes et des déshabillés fripons, des ciels rosés par la chair des déesses et des alcôves éclairées d'une nudité de femme !...

Ibid., p. 165.

Ces médaillons de nudité, ces petits tableaux si vifs, ces poèmes libres, comment Fragonard les sauve-t-il ? Quel charme met-il entre eux pour être leur excuse et leur pardon ? Un charme unique : il

Ibid., p. 170.

les montre à demi. La légèreté est sa décence. Ses brosses n'appuient pas. Ses couleurs ne sont pas des couleurs de peintre, mais des touches de poète.

Un écrivain qui est, lui aussi, un peintre et un poète, M. Paul de Saint-Victor, a dit d'une façon charmante : « La touche de Fragonard rappelle ces accents qui, dans certaines langues, donnent à des mots muets un son mélodieux. Ces figures à peine indiquées vivent, respirent, sourient et enchantent. Leur indécision même a l'attrait du mystère. Elles parlent à voix basse ».

Ibid., p. 171.

VII. L'ACCUEIL DE LA CRITIQUE

Au moment où paraît *Poèmes saturniens*, Verlaine n'a accès qu'à un lectorat limité. Et quoique *Fêtes galantes* l'impose ensuite parmi les parnassiens, c'est toujours dans un cercle relativement étroit. Quant à *Romances sans paroles*, le volume est passé inaperçu. Comme d'autres, l'auteur a d'abord été la cible des parodies de Paul Arène et Alphonse Daudet dans *Le Parnassiculet contemporain*, écrit entre 1866 et 1876, ou des attaques de Barbey d'Aurevilly dans ses *Trente-sept médaillonnets du « Parnasse contemporain »*. À observer toutefois de plus près les rares réactions qu'ont suscitées ses trois recueils, on constate que c'est aussi l'époque qui se lit à travers Verlaine. Consensus et dissensus sont révélateurs des enjeux de la manière : le bizarre, l'original, l'obscur, l'affecté sont des jugements récurrents. L'œuvre est aussi le plus souvent appréhendée dans le champ de l'irrationnel, par des catégories externes, biographiques, sociologiques ou culturelles. L'écrivain est notamment écartelé entre l'enfant, la femme, le fou ou le primitif. Prisonnier de rôles successifs, il est surtout victime des schémas de l'anthropologie dualiste et rationaliste dominante tels qu'à la charnière du XIXe et du XXe siècle les travaux d'un Lucien Lévy-Bruhl (1857-1939), par exemple, en feront la synthèse : *Les Fonctions mentales dans les sociétés inférieures* (1910) ou *La Mentalité primitive* (1922). C'est que la poésie de Verlaine possède aux yeux des contemporains tous les traits d'une vision pré-logique du monde, intuitive, fondée sur l'affect, l'émotion ou la vie, exactement le cadre conceptuel qu'utilisera l'ethnographe pour rendre compte des sociétés dites archaïques.

CONSENSUS ET DISSENSUS

Jules Barbey d'Aurevilly, « *Trente-sept médaillonnets du Parnasse contemporain* », *Le Nain jaune*, 7 novembre 1866 :

Un Baudelaire puritain, – combinaison funèbrement drolatique, – sans le talent de M. Baudelaire, avec les reflets de M. Hugo et d'Alfred de Musset, ici et là. Tel est M. Verlaine. Pas un zeste de plus !

Dans Olivier Bivort, *Verlaine – Mémoire de la critique*, éd. cit., p. 15.

Charles Bataille, *Le Mousquetaire*, 27 novembre 1866 :

J'extrais du volume de M. Paul Verlaine le *Croquis parisien* qui suit :

Ibid., p. 21-22.

La lune plaquait ses teints de zinc [...]

Allons, voilà qui est entendu ! La fumée a forme de cinq et les becs de gaz vont deux à deux. Cette façon d'ode, qui n'est qu'un labourage rythmique, rude et sec, n'en va pas mieux.
Enfin les *Poèmes saturniens* sont une consécration irréfutable de la vieille mythologie. Il demeure démontré, sans contestation dorénavant possible, que Saturne dévorait ses enfants. Pauvre jeunesse !
Ils ont vingt ans de la veille – les ont-ils ? – et leur principale inquiétude consiste à ne point se laisser aller aux expansions que leur âge comporte. Ils n'ont qu'un souci : rimer à cinq lettres et trouver l'emphase. Les cinq lettres sont comptées ; les niaiseries et les puérilités, point !

Catulle Mendès, *Gazette des étrangers*, 16 décembre 1866 :

Voici un livre très bizarre, imparfait peut-être, intéressant à l'extrême. Les défauts y abondent, mais ce ne sont pas des défauts vulgaires, et d'ailleurs ils côtoient les plus précieuses qualités ; souvent obscures et embarrassées d'abord, les images s'y

Ibid., p. 25.

achèvent parfois en jets resplendissants : tel vers, curieusement torturé, fait ressortir plus net et plus pur le dessin général de la strophe ; à la première lecture, on s'étonne, on s'épouvante même de ces audaces et des étrangetés volontaires, mais on ne peut s'empêcher de relire, et alors il faut bien admirer.

Anatole Thibault [Anatole France], *Le Chasseur bibliographe*, février 1867 :

L'impression que produit la lecture des *Poèmes saturniens* est à peu près celle qu'on ressent à feuilleter une *danse macabre* du XVe siècle. C'est tournoyant, vertigineux, fou et grave. [...]

Ibid., p. 35-37.

M. Verlaine compte pour peu l'usage, la tradition, « le génie de la langue et les exigences du goût français ». Il a une sainte horreur du Commun et du Convenu, « fi de l'aimable » s'écrie-t-il. [...]

Je sais à M. Verlaine grand gré du souci qu'il montre de la Forme.

La sienne n'est pas parfaite assurément, sa langue, très énergique et très gracieuse parfois, est aussi par moments obscure et entortillée.

Son vers très savant gagnerait souvent à plus de simplicité. Il fait des tours de force. La muse comme une belle femme doit avoir le col flexible et les reins souples, mais il est inutile qu'elle prenne à chaque instant ses talons avec ses dents, comme il est d'usage parmi les acrobates. Le vers de M. Verlaine n'est pas souple, il est désarticulé, sa coupe ordinaire devient la grande exception tant l'auteur a de coupes nouvelles à sa disposition.

Que de richesses aussi pour l'avenir ! Quelle promesse de science et d'originalité !

Francis Magnard, *Le Figaro*, 25 mars 1869 :

M. Paul Verlaine se fait remarquer, dans la foule des Parnassiens, au-dessous de Coppée et de M. Sully-Prudhomme, par une veine curieuse de recherche et d'afféterie voulue. [...] Dans ses *Fêtes galantes*, qui viennent de paraître, il se contente d'être contourné, incrusté et tourmenté comme un meuble de Boule, bariolé comme un oiseau des îles, remuant comme un pantomime. Pas de sentiments, à peine des impressions ; et pourtant il y a là un talent qui s'éveillera, ce me semble, le jour où M. Verlaine voudra penser et écrire autre chose que d'aimables balivernes rimées. Ses défauts ne sont pas ceux d'un homme nul, ni ceux d'un esprit vulgaire. Pour donner une idée de sa manière, écoutez ce joli badinage, *Les Coquillages* :

Ibid., p. 49-50.

Chaque coquillage incrusté [...]
....

Je crois devoir remplacer le dernier vers par une ligne de points, et vive la morale !

Eugène Vermersch, *Paris-Caprice*, 20 mars 1869 :

On dit qu'un Anglais, riche à s'offrir le Régent et le Kohinnor, a collectionné tous les tableautins de Fragonard et s'en est composé une galerie adorable, fraîche comme une armée de papillons d'été : sorti de chez lui, on chercherait en vain une belle œuvre du peintre des roses : tout au plus dans un musée impérial ou princier trouverait-on une de ses toiles médiocres, une esquisse, une *intention* non terminée.

Ibid., p. 45.

Peut-être en sera-t-il ainsi pour les poésies-XVIIIe siècle, depuis que M. Paul Verlaine a publié son petit volume des *Fêtes galantes*. C'est une galerie où vit, respire, aime, chante et pleure toute cette époque charmante dont l'histoire ne peut s'écrire que sur des éventails parfumés et fleuris.

Ce n'est point la première fois qu'il m'est permis d'exprimer – preuves en main – ma vive sympathie et mon admiration céleste pour l'auteur des *Poèmes saturniens* : ces deux sentiments seront quelque jour – bientôt, je l'espère – partagés par le public qui appréciera, comme il convient, cette forme si svelte, si élégante, et si *voulue*, cette originalité de thème et de style et cette préoccupation de l'art vivant qu'on verra dans toute son ampleur quand paraîtra le volume des *Vaincus*.

Émile Blémont, *Le Rappel*, **16 avril 1874 :**

Nous venons de recevoir les *Romances sans paroles* de Paul Verlaine. C'est encore de la musique, musique souvent bizarre, triste toujours, et qui semble l'écho de mystérieuses douleurs. Parfois une singulière originalité, parfois une malheureuse affectation de naïveté ou de morbidesse. Voici une des plus jolies mélodies de ces *Romances* :

Le piano que baise une main frêle [...]

Cela n'est-il pas musical, très musical, maladivement musical ? Il ne faut pas s'attarder dans ce boudoir.

Ibid, p. 61.

L'ANTHROPOLOGIE DE LA MANIÈRE

Jules Lemaitre, « Paul Verlaine et les poètes "symbolistes" et "décadents" », *Revue bleue,* **7 janvier 1888 :**

Quant à l'homme de cette poésie, je veux croire que ce soit un être exceptionnel et bizarre. Je veux qu'il soit, moralement et socialement, à part des autres hommes. Je me le figure presque illettré. Peut-être a-t-il fait de vagues humanités ; mais il ne s'en est pas souvenu. Il connaît peu les Grecs, les Latins et les classiques français : il ne se rattache pas à une tradition. Il ignore souvent le sens étymologique des mots et les significations précises qu'ils ont eues au cours des âges ; les mots sont donc pour lui des signes plus souples, plus malléables qu'ils ne nous paraissent, à nous. […]

Il a bien pu subir un instant l'influence de quelques poètes contemporains ; mais ils n'ont servi qu'à éveiller en lui et à lui révéler l'extrême et douloureuse sensibilité, qui est son tout. Au fond, il est sans maître. La langue, il la pétrit à sa guise, non point, comme les grands écrivains, parce qu'il la sait, mais, comme les enfants, parce qu'il l'ignore. Il donne ingénument aux mots des sens inexacts. Et ainsi il passe auprès de quelques jeunes hommes pour un abstracteur de quintessence, pour l'artiste le plus délicat et le plus savant d'une fin de littérature. Mais il ne passe pour tel que parce qu'il est un barbare, un sauvage, un enfant… Seulement cet enfant a une musique dans l'âme et, à certains jours, il entend des voix que nul avant lui n'avait entendues…

Les traits que je viens de rassembler par caprice et pour mon plaisir, je ne prétends pas du tout qu'ils s'appliquent à la personne de M. Paul Verlaine.

Ibid., p. 134-136.

Mais pourtant il me semble que l'espèce de poésie vague, très naïve et très cherchée, que je m'efforçais de définir tout à l'heure, est un peu celle de l'auteur des *Poèmes saturniens* et de *Sagesse* dans ses meilleures pages. La poésie de M. Verlaine représente pour moi le dernier degré soit d'inconscience, soit de raffinement, que mon esprit infirme puisse admettre. Au-delà tout m'échappe : c'est le bégaiement de la folie ; c'est la nuit noire ; c'est, comme dit Baudelaire, le vent de l'imbécillité qui passe sur nos fronts. Parfois ce vent souffle et parfois cette nuit s'épanche à travers l'œuvre de M. Verlaine ; mais d'assez grandes parties restent compréhensibles : et, puisque les ahuris du symbolisme le considèrent comme un maître et un initiateur, peut-être qu'en écoutant celles de ses chansons qui offrent encore un sens à l'esprit, nous aurons quelque soupçon de ce que prétendent faire ces adolescents ténébreux et doux.

« FAIRE CE QUI N'A PAS ÉTÉ FAIT »

Théodore de Banville, lettre du 11 novembre 1866 :

J'ai été invinciblement empoigné et comme public et comme artiste. Aussi suis-je certain que vous êtes un poète et que votre originalité est réelle, car, heureusement, nous sommes tous assez blasés sur toutes les jongleries possibles pour ne pouvoir être pris que par la poésie vivante... Parmi vos poèmes, il en est qui me paraissent être de complets chefs-d'œuvre, d'autres que j'aime beaucoup moins : mais nulle part, vous ne tombez dans le vague, ni dans le chic, plus épouvantable encore. Peut-être vous étonnerai-je en vous disant que :

Cg., p. 98.

Jésuitisme, Femme et chatte, et *La Chanson des Ingénues*, trois pièces qui se suivent, sont parmi celles que je préfère à toutes les autres.

Sainte-Beuve, lettre du 10 décembre 1866 :

J'ai voulu lire les *Poèmes saturniens* avant de vous remercier : le critique en moi et le poète se combattent à votre sujet. Du talent, il y en a, et je le salue avant tout. [...] Vous avez comme paysagiste, des croquis, des effets de nuit tout à fait piquants. Comme tous ceux qui sont dignes de mâcher le laurier, vous visez *à faire ce qui n'a pas été fait.* C'est bien. – Et maintenant je vous dirai, au risque de paraître inconséquent avec Joseph Delorme, un furieux oseur lui-même en son temps, que je ne puis admettre des coupes, des césures comme il y en a aux pages 18, 27, 100, 108 (vous les retrouverez bien) : l'oreille la plus exercée à la poésie s'y déroute et ne s'y peut reconnaître. Il y a limite à tout. Je ne puis admettre ce mot *retrait* (page 93) qui décèle une mauvaise odeur. J'aime assez le *Dahlia* ; j'aime surtout lorsque vous appliquez votre manière grave à des sujets qui l'appellent et qui la comportent (le *César Borgia* et le *Philippe II*). Vous n'avez pas à craindre, par endroits, d'être plus harmonieux et un peu plus agréable, comme aussi un peu moins noir et moins dur, en fait d'émotions. [...]

Poursuivez, monsieur et cher poète, sans vous détourner, en assouplissant votre manière sans l'amollir, en ne l'affectant pas en elle-même et pour elle-même, mais en l'étendant et en l'adaptant à de dignes sujets.

Ibid., p. 101-102.

VIII. PARCOURS : LECTURES DE JADIS ET DE NAGUÈRE

LE REGARD DES ÉCRIVAINS

Couronné « Prince des Poètes » en 1894, Verlaine a bénéficié d'une aura tardive mais réelle au temps de la décadence et du symbolisme. Ce qui n'exclut pas les jugements de goût ni la hiérarchie des valeurs. Car bien qu'il passe aux yeux de ses contemporains pour un acteur incontestable de la modernité littéraire, ce sont surtout les premiers volumes, « Art poétique », *Sagesse*, voire *Jadis et naguère*, qu'on valorise chez lui. Après la génération d'Apollinaire, de Claudel ou de Valéry, l'œuvre ne suscite plus guère d'échos chez les écrivains, le surréalisme l'ayant pratiquement ignorée. Elle est bien mieux accueillie à l'étranger, et même admirée, dans le domaine russe par Ossip Mandelstam, par exemple, et surtout par les poètes néo-romantiques allemands. L'anthologie que lui consacre Stefan Zweig, en 1902 puis en 1922, réunit alors les grands poètes et traducteurs de l'époque : Stefan George, Hugo von Hofmannsthal, Hermann Hesse et Rainer Maria Rilke.

Arthur Rimbaud, lettre du 25 août 1870 :

J'ai les *Fêtes galantes* de Paul Verlaine, un joli in-12 écu. C'est fort bizarre, très drôle ; mais vraiment, c'est adorable. Parfois de fortes licences : ainsi,

Et la tigresse épou – vantable d'Hyrcanie

est un vers de ce volume. Achetez, je vous le conseille, *La Bonne chanson*, un petit volume de

Œuvres complètes, Paris, Gallimard, coll. Bibliothèque de la Pléiade, 1972, p. 240.

vers du même poète : ça vient de paraître chez Lemerre ; je ne l'ai pas lu : rien n'arrive ici ; mais plusieurs journaux en disent beaucoup de bien.

Arthur Rimbaud, lettre du 15 mai 1871 :

Inspecter l'invisible et entendre l'inouï étant autre chose que reprendre l'esprit des choses mortes, Baudelaire est le premier voyant, roi des poètes, *un vrai Dieu*. Encore a-t-il vécu dans un milieu trop artiste ; et la forme si vantée en lui est mesquine : les inventions d'inconnu réclament des formes nouvelles. [...] La nouvelle école, dite parnassienne, a deux voyants, Albert Mérat et Paul Verlaine, un vrai poète.

Ibid., p. 253-254.

Joris-Karl Huysmans, *À rebours* (1884), ch. XIV :

L'un d'eux, Paul Verlaine, avait jadis débuté par un volume de vers, les *Poèmes saturniens*, un volume presque débile, où se coudoyaient des pastiches de Leconte de Lisle et des exercices de rhétorique romantique, mais où filtrait déjà, à travers de certaines pièces, telles que le sonnet intitulé « Rêve familier », la réelle personnalité du poète.

À rebours, Paris, Imprimerie nationale, 981, p. 260-262.

À chercher ses antécédents, Des Esseintes retrouvait, sous les incertitudes des esquisses, un talent déjà profondément imbibé de Baudelaire, dont l'influence s'était plus tard mieux accentuée sans que néanmoins la sportule consentie par l'indéfectible maître fût flagrante.

Puis, d'aucuns de ses livres, *La Bonne chanson*, les *Fêtes galantes*, *Romances sans paroles*, enfin son dernier volume, *Sagesse*, renfermaient des poèmes où l'écrivain original se révélait, tranchant sur la multitude de ses confrères.

Muni de rimes obtenues par des temps de verbes, quelquefois par de longs adverbes précédés d'un monosyllabe d'où ils tombaient comme du rebord d'une pierre, en une cascade pesante d'eau, son vers, coupé par d'invraisemblables césures, devenait souvent singulièrement abstrus, avec ses ellipses audacieuses et ses étranges incorrections qui n'étaient point cependant sans grâce.

Maniant mieux que pas un la métrique, il avait tenté de rajeunir les poèmes à forme fixe ; le sonnet qu'il retournait, la queue en l'air, de même que certains poissons japonais en terre polychrome qui posent sur leur socle, les ouïes en bas ; ou bien il le dépravait, en n'accouplant que des rimes masculines pour lesquelles il semblait éprouver une affection ; il avait également et souvent usé d'une forme bizarre, d'une strophe de trois vers dont le médian restait privé de rime, et d'un tercet, monorime, suivi d'un unique vers, jeté en guise de refrain et se faisant écho avec lui-même tels que les *Streets* : « Dansons la gigue » ; il avait employé d'autres rythmes encore où le timbre presque effacé ne s'entendait plus que dans des strophes lointaines, comme un son éteint de cloche.

Mais sa personnalité résidait surtout en ceci : qu'il avait pu exprimer de vagues et délicieuses confidences, à mi-voix, au crépuscule. Seul, il avait pu laisser deviner certains au-delà troublants d'âme, des chuchotements si bas de pensées, des aveux si murmurés, si interrompus, que l'oreille qui les percevait demeurait hésitante, coulant à l'âme des langueurs avivées par le mystère de ce souffle plus deviné que senti. Tout l'accent de Verlaine était dans ces adorables vers des *Fêtes galantes* :

Le soir tombait, un soir équivoque d'automne [...]

Ce n'était plus l'horizon immense ouvert par les inoubliables portes de Baudelaire, c'était, sous un clair de lune, une fente entrebâillée sur un champ plus restreint et plus intime, en somme particulier à l'auteur, qui avait, du reste, en ces vers dont Des Esseintes était friand, formulé son système poétique :

Car nous voulons la nuance encor [...]

Volontiers, Des Esseintes l'avait accompagné dans ses œuvres les plus diverses. Après ses *Romances sans paroles* parues dans l'imprimerie d'un journal à Sens, Verlaine s'était longuement tu, puis en des vers charmants où passait l'accent doux et transi de Villon, il avait reparu, chantant la Vierge, « loin de nos jours d'esprit charnel et de chair triste ».

Jules Laforgue, lettre du 28 ou 29 novembre 1883 :

Verlaine a publié il y a deux ans, chez Palmé le très catholique, *Sagesse* où il y a des choses épatantes pour moi, de la vraie poésie, des vagissements, des balbutiements dans une langue inconsciente ayant tout juste le souci de rimer.

Œuvres complètes, t. I, Lausanne, L'Âge d'homme, 1986, p. 845.

Jules Laforgue, lettre du 1er janvier 1885 :

J'ai reçu aussi par mon libraire le livre de Verlaine. Je trouve nulles toutes les pièces longues, sans musique ni art, de *Naguère*. Mais j'adore *Kaléïdoscope*, *Vers pour être calomnié*, *Pantoum négligé* et

Œuvres complètes, t. II, Lausanne, L'Âge d'homme, 1995, p. 725.

Madrigal. – Mais que de camelote à part ça – du Coppée – de vieux vers oubliés des *Poèmes Saturniens* (descriptifs).

Stéphane Mallarmé, « Sur l'évolution littéraire » (Enquête de Jules Huret, 1891) :

C'est lui qui a le premier réagi contre l'impeccabilité et l'impassibilité parnassiennes ; il a apporté, dans *Sagesse*, son vers fluide, avec, déjà, des dissonances voulues. Plus tard, vers 1875, mon *Après-midi d'un faune*, à part quelques amis, comme Mendès, Dierx, et Cladel, fit hurler le Parnasse tout entier, et le morceau fut refusé avec un grand ensemble. J'y essayais, en effet, de mettre à côté de l'alexandrin dans toute sa tenue, une sorte de jeu courant pianoté autour, comme qui dirait d'un accompagnement musical fait par le poète lui-même et ne permettant au vers officiel de sortir que dans les grandes occasions. Mais le père, le vrai père de tous les jeunes, c'est Verlaine, le magnifique Verlaine dont je trouve l'attitude comme homme aussi belle vraiment que comme écrivain, parce que c'est la seule, dans une époque où le poète est hors la loi : que de faire accepter toutes les douleurs avec une telle hauteur et une aussi superbe crânerie.

Œuvres complètes, t. II, Paris, Gallimard, coll. Bibliothèque de la Pléiade, 2003, p. 701.

Stéphane Mallarmé, *Poésies* (1899) :

TOMBEAU

Anniversaire – Janvier 1897

Le noir roc courroucé que la bise le roule
Ne s'arrêtera ni sous de pieuses mains

Œuvres complètes, t. I, Paris, Gallimard, coll. Bibliothèque de la Pléiade, 1998, p. 39.

Tâtant sa ressemblance avec les maux humains
Comme pour en bénir quelque funeste moule.

Ici presque toujours si le ramier roucoule
Cet immatériel deuil opprime de maints
Nubiles plis l'astre mûri des lendemains
Dont un scintillement argentera la foule.

Qui cherche, parcourant le solitaire bond
Tantôt extérieur de notre vagabond –
Verlaine ? Il est caché parmi l'herbe, Verlaine

À ne surprendre que naïvement d'accord
La lèvre sans y boire ou tarir son haleine
Un peu profond ruisseau calomnié la mort.

VERLAINE, AUJOURD'HUI

Entre les années 1930 et 1950, Verlaine a été l'objet de travaux relevant pour l'essentiel de la critique dite « humaniste ». L'œuvre est alors reçue à travers la personnalité de l'auteur, selon une démarche qui valorise la conscience, l'imaginaire ou la sensibilité. Cette approche à dominante psychologique se marie aisément avec l'analyse de style, selon le vieil adage de Buffon, déformé et réinterprété par la tradition : « Le style, c'est l'homme. » Pendant près de quarante ans, ensuite, et malgré quelques essais épars, Verlaine est tombé dans l'oubli ou presque. Poète de la manière, du je-ne-sais-quoi, de la voix, il se prête peu, à la différence de Baudelaire, de Mallarmé ou de Lautréamont, aux nouvelles méthodes en vigueur des études formalistes. Cependant, au cours des années 1980, des linguistes tels que Nicolas Ruwet ou Benoît de Cornulier s'intéressent à nouveau à son œuvre, spécialement sous l'angle de la versification. L'impulsion décisive a lieu en 1993 avec la création de la *Revue Verlaine* par Steve Murphy qui fédère alors une série de recherches sur la base d'hypothèses théoriques plus diversifiées que dans les décennies précédentes : l'histoire littéraire, l'édition, l'étude des manuscrits mais aussi des composantes idéologiques, énonciatives, rhétoriques ou rythmiques, permettent de mieux rendre compte des singularités de cet univers verbal.

Jean-Pierre Richard :

Entre aigreur et douceur la sensibilité verlainienne exige cependant davantage qu'une coexistence, si étroite fût-elle ; elle veut un mélange intime, une qualité où ces deux tonalités contradictoires se trouvent contenues à la fois, et inséparablement l'une de l'autre. Aussi la voit-on se plaire au monde équivoque de l'aigre-doux, ou comme dit mieux Verlaine, de la *fadeur*. Car fadeur n'est pas insipidité : c'est une absence de goût devenue positive, réelle, permanente, agaçante comme une provocation. Le fade est un fané qui se refuse à mourir et qui du fait de cette rémanence insolite revêt une sorte de vie nouvelle, une vie louche et un peu trouble, dont on soupçonne qu'elle se situe bien en deçà, en tout cas en dehors de sa prétendue douceur. Fadeur d'un sentiment ou fadeur d'une idée, c'est une banalité qui, au lieu d'engendrer la seule indifférence, pénètre, absorbe, et qui, même si elle écœure, oblige à tenir compte d'elle. C'est une façon qu'aurait l'inexistence de séduire la sensibilité et se faire reconnaître par elle comme existante : un néant abusivement paré de tous les attributs de l'être...

« Fadeur de Verlaine », *Poésie et profondeur*, Paris, Points/Seuil, 1954, p. 170.

Jacques Robichez :

Il y a tous les Verlaine dans les *Poèmes saturniens*, de celui qui affecte des chagrins littéraires et se

Dans Verlaine, *Œuvres poétiques*, Paris, Garnier Classiques, 1986, p. 18.

pâme pour des maîtresses imaginaires, à celui qui nous livre sur lui-même des confidences déjà essentielles. Encore ces confidences sont-elles multiples. Obsession de la mort, curiosité pour les images macabres (non sans que s'observent l'influence de Gautier et celle de Baudelaire), mais en même temps goût de la plaisanterie insouciante et de l'ironie. La malice surgit quand on l'attend le moins : dans la « Nuit du Walpurgis classique » ou, dans le second « Nevermore », à la faveur d'une parodie de Racine. [...] Ailleurs le sourire s'efface devant les images mélancoliques, parfois devant celle d'Élisa [Moncomble]. Et d'autres secrets affleurent que nous pouvons seulement entrevoir : timidité, découragement, dégoût de soi, expériences sexuelles médiocres ou inavouables.

Olivier Bivort :

[Fêtes galantes] À y regarder de plus près, le XVIIIe siècle de Verlaine est d'ailleurs plutôt flou, lui qui mêle indistinctement dans ses poèmes des personnages de la Fable à ceux de la comédie italienne, qui pousse à la rencontre une danseuse célèbre en 1740 et un abbé libertin fort classique, qui fait tomber dans les bras de telle bergère de la pastorale italienne un soupirant de Molière ou un galant de Marivaux. Si l'on voulait trouver un point d'ancrage historique dans ce petit théâtre du monde, il faudrait d'ailleurs plutôt se tourner du côté du Grand Siècle, vers les poètes baroques ou les salons mondains, à une époque où les précieuses pouvaient déjà passer pour ridicules et les pastorales susciter le comique ; les traits les plus révélateurs de la langue des *Fêtes*, les clichés, les tours classiques et les archaïsmes qui émaillent

Dans Paul Verlaine, *Fêtes galantes, La Bonne Chanson* précédé de *Les Amies*, Paris, Classiques de Poche, 2000, p. 14-15.

les discours de tous ces beaux parleurs, rappellent plus Théophile de Viau ou l'entourage de Mme de Rambouillet que Parny ou l'abbé Delille. On éprouve ainsi la sensation d'un emprunt de convenance, comme si Verlaine avait utilisé consciemment une poétique « dix-huitième siècle » de seconde main, éprouvée, mais qu'il aurait cherché à exploiter comme un reflet, en une mainmise ludique où les éléments rassemblés auraient pu former des combinaisons imprévues.

Thierry Chaucheyras :

La cinquième des *Ariettes oubliées*, à la semblance des huit autres, est dépourvue de titre. Ce que suggère cette vacance est sans doute en rapport avec les qualifiants des titres généraux (*Romances sans paroles*, *Ariettes oubliées*), avec l'idée d'une poésie qui se situe hors de la discursivité. Dans le cas d'un « cycle » de poèmes non titrés, dont l'organisation numérotée tombe sous le coup d'une logique peu évidente, chacune des pièces peut être substituable à une autre, ou plutôt chacune se présente comme structurellement équivalente à une autre. Nous nous arrêterons au pivot central apparent (quatre textes de part et d'autre de celui-ci) d'un ensemble en fait fort décentré. Car, si les thématiques et les principes formels des pièces qui l'entourent semblent se concentrer dans ce poème, s'il est effectivement un point de croisement, les images qui s'y superposent ne perdent rien de leur impalpabilité, et les questions que posent les autres poèmes, si elles s'y trouvent explicitement formulées, ne font en fait que s'y répercuter. Le point central, chez Verlaine, est souvent celui où le Sujet se néantise.

« Chant, motif, désir : la persuasion lyrique chez Verlaine », *Verlaine à la loupe*, Paris, Honoré Champion, 2000, p. 31-33.

Dans la première strophe comme dans la seconde, nombre de techniques verlainiennes, souvent étudiées, de la figuration atténuée, suscitent un effet de « sourdine » : le protagoniste féminin (désigné « Elle » : majuscule et non-détermination sont associées en vue d'une généralisation) n'apparaît que par notations métonymiques (« main frêle, boudoir »). Il faudrait sans doute plutôt parler d'un espace ou d'une sphère de la féminité, marqué par la contiguïté générale (que peut traduire le verbe « baise », les couplaisons de termes qu'entretiennent les multiples coordinations « et », ou la diffusion du phonème é/è). Pour le reste : présence de modalisateurs (« vaguement, quasiment ») ; adjectifs subjectifs (à valeur affective, ou à dimension évaluative) ; adverbes de degré au service d'une esthétique de la faiblesse et de la ténuité (« très + faible, bien + vieux ») ; choix d'un lexique sémantiquement porteur du bas degré intensif (« baise, luit, rôde, incertain ») ; marquages imprécis de la deixis par les prépositions d'espace désintensifiées (« par, vers ») et les adverbes duratifs (« longtemps, tantôt »), tout cet appareil dessine en creux la place absente à elle-même d'un énonciateur/spectateur (descripteur)/récepteur de la musique, à l'individuation peu caractérisée, chez qui sentir et senti se superposent indistinctement, comme fondu émotionnellement à la scène et à l'objet sonore qu'il évoque (« discret, épeuré » sont perçus comme des hypallages).

Steve Murphy :

Lorsque les commentateurs se penchent sur *Spleen*, l'une de leurs plus constantes préoccupa-

Dans Paul Verlaine, *Romances sans paroles*, Paris, Honoré Champion, 2003, p. 314-320.

tions a été d'identifier la personne interpellée dans ce poème. [...] Jacques Robichez, pour sa part, observe prudemment qu'« on ne peut en décider », tout en jugeant « très possible » que Verlaine transpose au féminin, dans *Spleen*, sa liaison avec Rimbaud. [...] Il convient toutefois de respecter l'indéfinition référentielle du poème qui, au-delà d'hypothétiques fonctions cryptographiques, a une grande importance pour la compréhension de l'esthétique du poème : si Verlaine a peut-être tenu à *exprimer* des sentiments personnels, il a certainement voulu susciter chez le lecteur une représentation mentale du spleen. [...]

Contrairement aux poèmes de Baudelaire où le locuteur (de papier) s'impersonnalise presque à force de notations allégoriques, de personnifications et de comparaisons, le *Spleen* de Verlaine ne contient aucun élément gothique, fantastique ou exotique : ni voix de bourdons, bûches et pendules, ni sphinx, ni « roi d'un pays pluvieux », ni « peuple muet d'infâmes araignées ». [...]

Face aux univers noir-blanc-gris habituels du spleen – ou à la perception monocolore des *Rayons jaunes* de Sainte-Beuve – le poème de Verlaine introduit des couleurs vives, et ce à titre, curieusement, de catalyseurs du spleen. C'est que Verlaine entend assigner au spleen un nouveau paysage qui tire beaucoup de sa force de la manière dont il s'écarte des paysages du déjà-lu romantique et baudelairien, tout en ménageant un écart entre d'une part le contenu du poème et d'autre part le titre de section : drôle d'« aquarelle » que cette évocation de couleurs très vives, avec une simplicité chromatique qui suppose l'intensité des impressions d'un sujet agressé, victime d'un état d'hypersensibilité.

IX. ÉLÉMENTS DE BIBLIOGRAPHIE

ÉDITIONS DES RECUEILS

ÉDITIONS DE *POÈMES SATURNIENS*

Fêtes galantes, Romances sans paroles précédé de *Poèmes saturniens*, éd. J. Borel, Paris, Poésie/Gallimard, 1973.
Poèmes saturniens, éd. J.-C. Bornecque, Paris, Nizet, 1977.
Poèmes saturniens suivi de *Confessions*, éd. J. Gaudon, Paris, Garnier-Flammarion, 1977.
Poèmes saturniens, éd. M. Bercot, Paris, Classiques de Poche, 1996.

ÉDITIONS DE *FÊTES GALANTES*

Fêtes galantes et *La Bonne Chanson*, *Romances sans paroles*, *Écrits sur Rimbaud*, éd. J. Gaudon, Paris, Garnier-Flammarion, 1976.
Fêtes galantes. L'Œuvre manuscrite, Paris, Bibliothèque de l'Image, 1997. [Reproduction en fac-similé du ms. Zweig.]
Fêtes galantes, précédé de *Les Amies* et suivi de *La Bonne Chanson*, éd. O. Bivort, Paris, Classiques de Poche, 2000.

ÉDITIONS DE *ROMANCES SANS PAROLES*

Romances sans paroles et *Fêtes galantes*, *La Bonne Chanson*, éd. V. P. Underwood, Éditions de l'Université de Manchester, 1963.
Romances sans paroles, éd. D. Hillery, Université de Londres/The Athlone Press, coll. Athlone French Poets, 1976.
Romances sans paroles suivi de *Cellulairement*, éd. O. Bivort, Paris, Classiques de Poche, 2002.
Romances sans paroles, éd. S. Murphy, Paris, Honoré Champion, 2003.

SOMMES ET ANTHOLOGIES

Œuvres complètes, 2 vol., éd. J. Borel et H. Bouillane de Lacoste, Paris, Club du Meilleur Livre, 1959-1960.

Œuvres poétiques complètes, éd. J. Borel, Paris, Gallimard, coll. Bibliothèque de la Pléiade, 1962.

Œuvres en prose complètes, éd. J. Borel, Paris, Gallimard, coll. Bibliothèque de la Pléiade, 1972.

Poésies (1866-1880), éd. M. Décaudin, Paris, Imprimerie nationale, 1980.

Œuvres poétiques complètes, éd. Y.-A. Favre, Paris, Robert Laffont, coll. Bouquins, 1992.

Œuvres poétiques, éd. J. Robichez, Paris, Garnier Classiques, [1969] 1995.

CONCORDANCIER

F. S. Eigeldinger, D. Godet et E. Wehrli, *Table de concordance rythmique et syntaxique des Poésies de Paul Verlaine, Poèmes saturniens, Fêtes galantes, La Bonne Chanson, Romances sans paroles*, Centre d'études Arthur Rimbaud, Université de Neuchâtel, Genève, Slatkine, 1985.

BIOGRAPHIE

TEXTES DE VERLAINE

Correspondance (1857-1885), t. I, éd. M. Pakenham, Paris, Fayard, 2005.

Correspondance, 3 vol., éd. A. Van Bever, Genève-Paris, Slatkine Reprints, 1983.

Lettres inédites de Verlaine à Cazals, éd. G. Zayed, Genève, Droz, 1957.

Lettres inédites à Charles Morice, éd. G. Zayed, Paris, Nizet, 1969.

Lettres à divers correspondants, éd. G. Zayed, Genève, Droz, 1976.

Lettres à propos de « Quinze jours en Hollande » et documents inédits, éd. Zilcken, Genève-Paris, Slatkine, [1922] 1983.

Correspondance. Paul Verlaine, Maurice Barrès (1884-1895), éd. C. Soulignac et S. Le Couëdic, Jaignes, La Chasse au Snark, 2000.

Le Carnet personnel, éd. V. P. Underwood dans *Œuvres en prose complètes*, Paris, Gallimard, coll. Bibliothèque de la Pléiade, 1972, p. 1113-1132.

SOURCES BIOGRAPHIQUES

A. Buisine, *Paul Verlaine, histoire d'un corps*, Paris, Tallandier, 1995.

E. Delahaye, *Verlaine*, Paris, Messein, 1919.

Ex-Madame Paul Verlaine, *Mémoires de ma vie*, Paris, éd. M. Pakenham, Seyssel, Champ Vallon, 1992.

E. Lepelletier, *Paul Verlaine, sa vie, son œuvre*, Paris, Mercure de France, [1907] 1923.

H. Mondor, *L'Amitié de Verlaine et Mallarmé*, Paris, Gallimard/NRF, 1939.

P. Petitfils, *Verlaine*, Paris, Julliard, 1981.

ICONOGRAPHIE

Paul Verlaine : portraits (peintures, dessins, photographies), Paris, Giraud-Badin et Vrain, 1994.

P. Petitfils, *Album Verlaine*, Paris, Gallimard, coll. Bibliothèque de la Pléiade, 1981.

F. Ruchon, *Verlaine. Documents iconographiques*, Genève, Cailler, coll. Visages d'hommes célèbres, 1947.

RÉCEPTION

O. Bivort, *Verlaine – Mémoire de la critique*, Presses de l'Université Paris-Sorbonne, 1997.

OUVRAGES ET ARTICLES SUR L'ŒUVRE DE VERLAINE

ÉTUDES D'ENSEMBLE

J.-H. Bornecque, *Verlaine par lui-même*, Paris, Éditions du Seuil, 1967.
C. Bruneau, *Verlaine*, Paris, CDU, 1952.
B. de Cornulier, *Théorie du vers. Verlaine, Rimbaud, Mallarmé*, Paris, Éditions du Seuil, 1982.
C. Cuénot, *Le Style de Paul Verlaine*, Paris, SEDES-CDU, 1963.
A. English, *Verlaine, poète de l'indécidable. Étude de la versification verlainienne*, Amsterdam/New York, Éditions Rodopi, 2005.
J. Mourot, *Verlaine*, Presses Universitaires de Nancy, 1988.
S. Murphy, *Marges du premier Verlaine*, Paris, Honoré Champion, 2003.
O. Nadal, *Paul Verlaine*, Paris, Mercure de France, 1961.
J. Richer, *Paul Verlaine*, Paris, Seghers, coll. Poètes d'aujourd'hui, 1953.
P. V. Underwood, *Verlaine et l'Angleterre*, Paris, Nizet, 1956.
G. Vannier, *Verlaine ou l'enfance de l'art*, Paris, Seyssel, Champ Vallon, 1993.
A. Vial, *Verlaine et les siens. Heures retrouvées*, Paris, Nizet, 1975.

R.-L White, *Verlaine et les musiciens*, Paris, Minard, 1992.

G. Zayed, *La Formation littéraire de Verlaine*, Paris, Nizet, 1970.

E. Zimmermann, *Magies de Verlaine*, Paris, José Corti, 1967.

ARTICLES

J.-L. Aroui, « Métrique des sonnets verlainiens », *Revue Verlaine*, n° 7-8, 2002, p. 149-268.

A. Bernadet, « "Être poète lyrique et vivre de son état". Fragments d'une théorie de l'individuation chez Verlaine », *Revue Verlaine*, n° 7-8, 2002, p. 84-120.

– « La ponctuation de livre chez Verlaine », *Champs du signe*, n° 20, Toulouse, Éditions Universitaires du Sud, 2005, p. 115-130.

– « La voix comme je ne sais quoi – "De la musique avant toute chose" ? », *Revue Verlaine*, n° 10, 2007, p. 134-179.

J.-P. Bobillot, « Entre mètre & non-mètre : le "décasyllabe" de Verlaine », *Revue Verlaine*, n° 1, 1993, p. 179-200.

– « De l'anti-nombre au quasi-mètre et au non-mètre : le "hendécasyllabe" chez Verlaine », *Revue Verlaine*, n° 2, 1994, p. 66-88.

B. Buffard-Moret, « La chanson chez Verlaine et Rimbaud : "rythmes naïfs" et vers "tristement légers" », *La Chanson poétique au XIXe siècle (origine, statut et formes)*, Presses Universitaires de Rennes, 2006, p. 301-319.

T. Chaucheyras, « Chant, motif, désir : la persuasion lyrique chez Verlaine », *Verlaine à la loupe*, Paris, Honoré Champion, 2000, p. 19-47.

Y. Frémy, « Notes sur l'art poétique verlainien », *Revue Verlaine*, n° 6, 2000, p. 2-7.

A. Gendre, « Dualité de Verlaine », *Évolution du sonnet français*, Paris, PUF, 1996, p. 201-216.

J.-M. Gouvard, « Histoire et structure de l'alexandrin français »,

Critique du vers, Paris, Honoré Champion, 2000, p. 131-255. [Le corpus traité est en grande partie celui de Verlaine.]
D. Grojnowski, « Poésie et chanson : de Béranger à Verlaine », *Critique*, n° 243-244, Paris, Les Éditions de Minuit, 1967, p. 768-783.
– « De la chanson avant toute chose », *Verlaine (1896-1996)*, Paris, Klincksieck, 1998, p. 155-165.
P. Jousset, « Impairs de Verlaine », *Poétique*, n° 143, Paris, Éditions du Seuil, 2005, p. 283-303.
E. Noulet, « Paul Verlaine », *Le Ton poétique*, Paris, Corti, 1972, p. 9-57.
J.-P. Richard, « Fadeur de Verlaine », *Poésie et profondeur*, Paris, Éditions du Seuil, 1955, p. 163-185.

OUVRAGES ET ARTICLES SUR *POÈMES SATURNIENS*

A. Bernadet, « Verlaine critique d'art ? Sur *Effet de Nuit (Poèmes saturniens)* » in *Paul Verlaine, L'École des lettres*, n° 14, Paris, L'École des Loisirs, 1996, p. 41-57.
– « L'Art, c'est bizarre : "caprices" et "eaux-fortes" chez Verlaine », *La Licorne*, n° 69, Presses Universitaires de Rennes, 2004, p. 243-257.
– « De l'exil à l'utopie : l'expérience de l'histoire dans *Grotesques* », *Revue Verlaine*, n° 9, 2004, p. 35-123.
– « L'Intime et le politique chez Verlaine : *La Mort de Philippe II* », *Europe*, n° 936, Paris, 2007, p. 126-142.
O. Bivort, « Verlaine et la rhétorique de la mélancolie », *Sotti il segno di Saturno, malinconia, spleen e nevrosi nelle letteratura dell'Ottocento*, Schena Editore, p. 143-167.
T. Chaucheyras, « Verlaine – Cros (ou, approches du texte lyrique hétérogène) », *Revue Verlaine*, n° 3-4, 1996, p. 89-113. [L'étude porte sur « Nocturne parisien ».]

G. Combet, « Un poème de l'attente frustrée : *Soleils couchants* de Verlaine », *Poétique*, n° 9, Paris, Éditions du Seuil, 1980, p. 225-233.

S. Murphy, « Éléments pour l'étude des *Poèmes saturniens* », *Revue Verlaine*, n° 3-4, 1996, p. 165-274.

OUVRAGES ET ARTICLES SUR *FÊTES GALANTES*

A. Bernadet, « Esthétique de l'artifice. Paul Verlaine (1866-1874) », *Verlaine à la loupe*, Paris, Honoré Champion, 2000, p. 307-329.

J.-H. Bornecque, *Lumières sur les « Fêtes galantes »*, Paris, Nizet, 1969.

P. Brunel, « Clair(s) de lune », *Verlaine (1896-1996)*, Paris, Klincksieck, 1998, p. 142-154.

J. Fukuda, « L'ironie lyrique dans les *Fêtes galantes* », *Revue Verlaine*, n° 5, 1997, p. 60-76.

J. Sanchez, « *Colloque sentimental* de Paul Verlaine : stéréotypes et implicite dans le discours poétique », *Revue Verlaine*, n° 3-4, 1996, p. 120-134.

OUVRAGES ET ARTICLES SUR *ROMANCES SANS PAROLES*

P. Albouy, « Espace et fugue dans *Romances sans paroles* », *Mythographies*, Paris, Corti, 1976, p. 38-46.

I.-R. Choi-Diel, « Parole et musique dans *L'Ombre des arbres* : Verlaine et Debussy », *Évocation et cognition : reflets dans l'eau*, PU de Vincennes, 2001, p. 139-168.

A.-M. Christin, « Le sujet de l'apparence : voir et dire dans *Romances sans paroles* », Verlaine *(1896-1996)*, Paris, Klincksieck, 1998, p. 42-53.

P. Cogny, « L'expression du "rien" dans les *Romances sans paroles* », *La Petite Musique de Verlaine*, Paris, SEDES-CDU, 1982, p. 75-81.

C. Hervé, *Relecture de « Romances sans paroles »*, http://perso.wanadoo.fr/romances-sans-paroles [Site internet personnel.]

– « Prosodie et énonciation », *Revue Verlaine*, n° 5, 1997, p. 77-99. [Étude de l'ariette III.]

J. Robichez, *Verlaine, entre Rimbaud et Dieu*, Paris, SEDES, 1982.

N. Ruwet, « Musique et vision chez Verlaine », *Langue française*, n° 49, Paris, Larousse, 1981, p. 92-112. [Étude de « Walcourt ».]

J. Sanchez, « Forces et flou des représentations dans les *Romances sans paroles* », *Verlaine à la loupe*, Paris, Honoré Champion, 2000, p. 201-224.

OUVRAGES COLLECTIFS

La Petite Musique de Verlaine, « Romances sans paroles », « Sagesse », Paris, SEDES-CDU, 1982.

Dédicaces à Paul Verlaine, Metz, Éditions serpenoise, 1996.

Spiritualité verlainienne, J. Dufetel (dir.), Paris, Klincksieck, 1997.

Verlaine (1896-1996), M. Bercot (dir.), Paris, Klincksieck, 1998.

Verlaine et les autres, M. L. Premuda Perosa (dir.), Pise, ETS, 1999.

Verlaine à la loupe, S. Murphy et J.-M. Gouvard (dir.), Paris, Honoré Champion, 2000.

Paul Verlaine, A. Guyaux et P. Brunel (dir.), Presses de l'Université de Paris-Sorbonne, 2004.

NUMÉROS DE REVUE

Europe, n° 545-546, Paris, 1974 : *Verlaine*.
Nord', n° 18, 1991 : *Verlaine*.
L'École des lettres, n° 14, études réunies par S. Murphy, Paris, L'École des Loisirs, 1996 : *Paul Verlaine*.
Dix-neuf / vingt, n° 4, dossier coordonné par B. Marchal, Paris, 1997 : *Verlaine*.
Cahiers des amis de Paul Verlaine, Paris, n° 1 à 10, 1979-1989.
Revue Verlaine, Charleville-Mézières, Musée-Bibliothèque Arthur Rimbaud, n° 1, 1993. [Dix numéros ont été publiés à ce jour.]
Revue des Sciences Humaines, n° 285 : *Forces de Verlaine*, études réunies par Yann Frémy, Lille, 2007.
Europe, n° 936 : *Verlaine*, études réunies par S. Murphy, Paris, 2007.

X. INDEX DES POÈMES CITÉS

À la promenade (Fg.) : 45, 135, 138.
A Poor Young Shepherd (Rsp.) : 48, 107, 108.
À une femme (Ps.) : 118.
Allée (L') (Fg.) : 45, **134-141**.
Amour par terre (L') (Fg.) : 45, 141.
Angoisse (L') (Ps.) : **84-86**.
Après trois ans (Ps.) : **68-69**, 71, 176.
Ariettes oubliées, I (Rsp.) : 113, **139**.
Ariettes oubliées, II : **119-120**.
Ariettes oubliées, III : **121, 123**.
Ariettes oubliées, IV : **105**.
Ariettes oubliées, V : **113-114, 128**.
Ariettes oubliées, VI : **100-101**.
Ariettes oubliées, VII : **128**.
Ariettes oubliées, VIII : **112-113**.
Ariettes oubliées, IX : **125**.

Beams (Rsp.) : 45-48.
Birds in the Night (Rsp.) : 38, 46-48, 101, 109.
Bruxelles – chevaux de bois (Rsp.) : 47, 112, 210.
Bruxelles – simples fresques (Rsp.) : 33, 47-48, 123, 152.

Cauchemar (Ps.) : 160.
Çavitrî (Ps.) : 59-60.
César Borgia (Ps.) : 164, 170, 197-199, 238.
Chanson d'automne (Ps.) : 91, 95, 103.
Chanson des ingénues (La) (Ps.) : 42, 107.
Charleroi (Rsp.) : 21, 47-48, 124, 153-154.
Child Wife (Rsp.) : 10, 48, 109.
Clair de lune (Fg.) : 33, 43-44, 130, 135, 146.
Colloque sentimental (Fg.) : 43-44, 90, 141.
Colombine (Fg.) : 45, 135, 143.

Coquillages (Les) (Fg.) : 44, 139, 234.
Cortège (Fg.) : 44, 140.
Crépuscule du soir mystique (Ps.) : 87-88.
Croquis parisien (Ps.) : **160-162**, 232.
Cythère (Fg.) : 44, 228.

Dans la grotte (Fg.) : 44, 143.
Dans les bois (Ps.) : **84-86**.

Effet de nuit (Ps.) : 162, 164, 255.
En bateau (Fg.) : 44, **139**.
En patinant (Fg.) : 38, 44, 138, 228.
En sourdine (Fg.) : 44, 141.
Épilogue (Ps.) : **38-41**, **61**, 78, 119, 161.

Fantoches (Fg.) : 43, 90, 139.
Faune (Le) (Fg.) : 44, 132.
Femme et chatte (Ps.) : 40, 238.

Green (Rsp.) : 48, 109.
Grotesques (Ps.) : **158**, **160**, 176, 177, 201, 255.

Heure du berger (L') (Ps.) : 90, 93, 94.

Il Bacio (Ps.) : 178.
Indolents (Les) (Fg.) : 44, 141, 228.
Ingénus (Les) (Fg.) : 44, **139-140**, 228.

Jésuitisme (Ps.) : 42, 238.

Lassitude (Ps.) : **80-81**, 106.
« Les Sages d'autrefois… » (Ps.) : **75**.
Lettre (Fg.) : 38, 116, 144.

Malines (Rsp.) : 47, 48, 124.
Mandoline (Fg.) : 44-45, 143.

Marco (Ps.) : 107, 111.
Marine (Ps.) : 162.
Mon rêve familier (Ps.) : **80-81**.
Monsieur Prudhomme (Ps.) : 42, 166, 199.
Mort de Philippe II (*La*) *(Ps.)* ; 23, 38, 118, **164**, **168**, **171-172**, 203.

Nevermore, I (Ps.) : 10, 68, **82**, 197, 246.
Nevermore, II (Ps.) : 76, 112.
Nocturne parisien (Ps.) : 33, 34, 38, **84-86**, 104, 173, 255.
Nuit du Walpurgis classique (Ps.) : 10, 90, 103, 176.

Pantomime (Fg.) : 44, 45, **142**, 234.
Prologue (Ps.) : 10, 38-40, **58**, **62-65**, 168-169, 195.
Promenade sentimentale (Ps.) : **90-96**, 123.

Résignation (Ps.) : 68, 197.
Rossignol (Le) (Ps.) : **92-94**

Sérénade (Ps.) : 81.
Soleils couchants (Ps.) : **88-89**, 256.
Spleen (Rsp.) : 48, 248-249.
Streets, I (Rsp.) : 48, 109, 112.
Streets, II (Rsp.) : 48.
Sur l'herbe (Fg.) : **145**.

Une grande dame (Ps.) : 42.

Vœu (Ps.) : 82.

Walcourt (Rsp.) : 47, 48, 124, **153-155**, 257.

TABLE

ESSAI

11 INTRODUCTION : « L'ORAGEUSE CARRIÈRE DE LA POÉSIE »

11 LE DERNIER DES POÈTES MAUDITS

14 LA LECTURE ANTHOLOGIQUE

17 AUTOUR DES TROIS RECUEILS : *POÈMES SATURNIENS*, *FÊTES GALANTES*, *ROMANCES SANS PAROLES*

20 PARALLÈLEMENT

24 I. LA VOIX ET LA MANIÈRE

26 LA MANIÈRE ET LE STYLE

30 ÉLOGE DE LA SOURDINE
À sa petite manière — La problématique de l'art.

36 II. LOGIQUES DU RECUEIL

39 LA RHÉTORIQUE DU LIVRE
L'architecture lyrique — « Caprices ».

43 SCÈNES ET SÉQUENCES

45 LA « MAUVAISE CHANSON »

48 OPUSCULE ET VOLUMINET

51	**III. ROMANTISME ET PARNASSE**
53	FAÇONS ET CONTREFAÇONS
55	« DU PARNASSE CONTEMPORAIN » OU LA NOUVELLE PLÉIADE L'art pour l'art — L'impassibilité
62	« LE SYSTÈME DE LISLE »
65	HUGO EN MINEUR
68	« APRÈS TROIS ANS »
72	**IV. POÉTIQUE DE L'INTIME**
75	DU « MÉLANCOLISME »
79	EXÉGÈSES, RÉCRITURES, CONTINUATIONS
82	DISSONANCE ET ATONIE
84	« PEINDRE L'OBSESSION »
87	DILUTION ET SPECTRALITÉ
90	LE MIROIR ET LE DEUIL Inclinaisons et reflets — Sarcelles et rossignol — Rumeur, silence, suggestion.
97	**V. DES « VERS CHANTEURS »**
99	CULTURE POPULAIRE ET CULTURE SAVANTE
101	ROMANCE ET OPÉRA
104	« LE TRÈS ET L'EXPRÈS TROP SIMPLE » Le ton chaste et touchant — Naïvetés et roublardises.

110   POUR UNE SÉMANTIQUE DE L'ÉCHO
De la ritournelle — Une crise de la parole.

115   QUELQUES « HÉRÉSIES DE VERSIFICATION »

118   **VI. LYRISME ET POLYPHONIE**

120   LE PRÉCIS ET L'IMPRÉCIS
Schize — Contours, lueurs, buées — Je-ne-sais-quoi.

129   COMIQUE ET DÉSENCHANTEMENT
Trompe-l'œil — « Mille façons et mille afféteries » — Détail et éventail — « Des sujets érotiques, si vagues » — Des mots spécieux.

141   DÉCAMÉRONS ET CONVERSATIONS
Aparté et déclamation — Poème et causerie.

146   **VII. LE POÈTE ARTISTE**

147   DIRE ET VOIR

150   HISTOIRE DE L'ŒIL
Expression et sensation — Demi-jour — Rythme et perception.

156   LE GRAVEUR DE LA VIE MODERNE

158   GROTESQUES, CAPRICES ET FANTAISIES

160   LA MANIÈRE NOIRE

164	VIII. LE POÈTE ENGAGÉ
165	FACE À L'HISTOIRE
167	EXIL ET ALLÉGORIE
170	L'AIGLE ET LA MOUSTACHE
172	ART ET UTOPIE
174	LA RÉVOLTE DES POUX
177	CONCLUSION

DOSSIER

183	I. REPÈRES BIOGRAPHIQUES
184	II. VERLAINE, LECTEUR ET JUGE DE SON ŒUVRE
184	PROJETS ET RÉALISATIONS
186	CHRONIQUE : « DU PARNASSE CONTEMPORAIN » (1885)
188	L'EXAMEN LITTÉRAIRE : « CRITIQUE DES *POÈMES SATURNIENS* »
194	III. PREMIERS ESSAIS
194	LE TON VERLAINE
196	DISTANCE ET IRONIE
197	DEUX SONNETS MÉCONNUS : « HENRI III ET CÉSAR BORGIA »
199	VERS ET PROSES

203	**IV. LE PROJET DES *VAINCUS***
203	« LES VAINCUS » (1869)
205	« DES MORTS » (1872)
208	LES NOUVEAUX *MISÉRABLES*
210	« BRUXELLES » (1874-1880) OU LES AMBIGUÏTÉS DE LA VISION POPULAIRE
212	**V. DE LA POÉTIQUE À LA POÉSIE**
212	« CHARLES BAUDELAIRE » (1865)
220	« L'ART POÉTIQUE » (1874)
222	**VI. CURIOSITÉS ESTHÉTIQUES**
222	TRAITÉ DE LA GRAVURE À L'EAU-FORTE
225	LE MYSTÈRE REMBRANDT
227	DE WATTEAU À FRAGONARD
231	**VII. L'ACCUEIL DE LA CRITIQUE**
231	CONSENSUS ET DISSENSUS
236	L'ANTHROPOLOGIE DE LA MANIÈRE
237	« FAIRE CE QUI N'A PAS ÉTÉ FAIT »
239	**VIII. PARCOURS : LECTURES DE JADIS ET DE NAGUÈRE**
239	LE REGARD DES ÉCRIVAINS
244	VERLAINE, AUJOURD'HUI

250   IX. ÉLÉMENTS DE BIBLIOGRAPHIE

259   X. INDEX DES POÈMES CITÉS

DANS LA MÊME COLLECTION

Pascale Alexandre-Bergues *Le roi se meurt* d'Eugène Ionesco (129)
Philippe Antoine *Itinéraire de Paris à Jérusalem* de François de Chateaubriand
Pascale Auraix-Jonchière *Les Diaboliques* de Barbey d'Aurevilly (81)
Claude Allaigre, Nadine Ly et Jean-Marc Pelorson *Don Quichotte de la Manche* de Cervantès (126)
Jean-Louis Backès *Crime et châtiment* de Fédor Dostoievski (40)
Jean-Louis Backès *Iliade* d'Homère (137)
Emmanuèle Baumgartner *Poésies* de François Villon (72)
Emmanuèle Baumgartner *Romans de la Table Ronde* de Chrétien de Troyes (111)
Annie Becq *Lettres persanes* de Montesquieu (77)
Christine Bénévent *Poésie – À la lumière d'hiver* de Philippe Jaccottet (140)
Arnaud Bernadet *Fêtes galantes, Romances sans paroles* précédé de *Poèmes saturniens* de Paul Verlaine
Catherine Bernard *Mrs. Dalloway* de Virginia Woolf (134)
Patrick Berthier *Colomba* de Prosper Mérimée (15)
Philippe Berthier *Eugénie Grandet* d'Honoré de Balzac (14)
Philippe Berthier *Vie de Henry Brulard* de Stendhal (88)
Philippe Berthier *La Chartreuse de Parme* de Stendhal (49)
Dominique Bertrand *Les Caractères* de La Bruyère (103)
Jean-Pierre Bertrand *Paludes* d'André Gide (97)
Michel Bigot et Marie-France Savéan *La cantatrice chauve/La leçon* d'Eugène Ionesco (3)
Michel Bigot *Zazie dans le métro* de Raymond Queneau (34)
Michel Bigot *Pierrot mon ami* de Raymond Queneau (80)
André Bleikasten *Sanctuaire* de William Faulkner (27)
Christiane Blot-Labarrère *Dix heures et demie du soir en été* de Marguerite Duras (82)
Gilles Bonnet *Là-bas* de J.-K. Huysmans (116)
Eric Bordas *Indiana* de George Sand (119)
Madeleine Borgomano *Le ravissement de Lol V. Stein* de Marguerite Duras (60)
Arlette Bouloumié *Vendredi ou les limbes du Pacifique* de Michel Tournier (4)
Daniel Bougnoux et Cécile Narjoux *Aurélien* d'Aragon (15)
Daniel Bougnoux et Cécile Narjoux *Le Roman inachevé* d'Aragon (144)
Marc Buffat *Les mains sales* de Jean-Paul Sartre (10)
Claude Burgelin *Les mots* de Jean-Paul Sartre (35)

Mariane Bury *Une vie* de Guy de Maupassant (41)
Laurence Campa *Poèmes à Lou* de Guillaume Apollinaire (127)
Belinda Cannone *L'œuvre* d'Émile Zola (104)
Ludmila Charles-Wurtz *Les Contemplations* de Victor Hugo (96)
Pierre Chartier *Les faux-monnayeurs* d'André Gide (6)
Pierre Chartier *Candide* de Voltaire (39)
Gérard Cogez *Le Temps retrouvé* de Proust (130)
Dominique Combes *Poésies, Une saison en enfer, Illuminations,* d'Arthur Rimbaud (118)
Dominique Combes *Les planches courbes* d'Yves Bonnefoy (132)
Nicolas Courtinat *Méditations poétiques et Nouvelles méditations poétiques* de Lamartine (117)
Marc Dambre *La symphonie pastorale* d'André Gide (11)
Claude Debon *Calligrammes* d'Apollinaire (121)
Michel Décaudin *Alcools* de Guillaume Apollinaire (23)
Jacques Deguy *La nausée* de Jean-Paul Sartre (28)
Véronique Denizot *Les Amours* de Ronsard (106)
Philippe Destruel *Les Filles du Feu* de Gérard de Nerval (95)
José-Luis Diaz *Illusions perdues* de Honoré de Balzac (99)
Béatrice Didier *Jacques le fataliste* de Denis Diderot (69)
Béatrice Didier *Corinne ou l'Italie* de Madame de Staël (83)
Béatrice Didier *Histoire de Gil Blas de Santillane* de Le Sage (109)
Carole Dornier *Manon Lescaut* de l'Abbé Prévost (66)
Pascal Durand *Poésies* de Stéphane Mallarmé (70)
Marc Escola *Contes* de Charles Perrault (131)
Louis Forestier *Boule de suif* suivi de *La maison Tellier* de Guy de Maupassant (45)
Laurent Fourcaut *Le chant du monde* de Jean Giono (55)
Danièle Gasiglia-Laster *Paroles* de Jacques Prévert (29)
Jean-Charles Gateau *Capitale de la douleur* de Paul Eluard (33)
Jean-Charles Gateau *Le parti pris des choses* de Francis Ponge (63)
Gérard Gengembre *Germinal* de Zola (122)
Pierre Glaudes *La peau de chagrin* de Balzac (113)
Joëlle Gleize *Les fruits d'or* de Nathalie Sarraute (87)
Henri Godard *Voyage au bout de la nuit* de Céline (2)
Henri Godard *Mort à crédit* de Céline (50)
Monique Gosselin *Enfance* de Nathalie Sarraute (57)
Daniel Grojnowski *A rebours* de Huysmans (53)
Jeannine Guichardet *Le père Goriot* d'Honoré de Balzac (24)
Jean-Jacques Hamm *Le Rouge et le Noir* de Stendhal (20)
Philippe Hamon *La bête humaine* d'Emile Zola (38)
Pierre-Marie Héron *Journal du voleur* de Jean Genet (114)
Geneviève Hily-Mane *Le vieil homme et la mer* d'Ernest Hemingway (7)
Emmanuel Jacquart *Rhinocéros* d'Eugène Ionesco (44)

Caroline Jacot-Grappa *Les liaisons dangereuses* de Choderlos de Laclos (64)

Alain Juillard *Le passe-muraille* de Marcel Aymé (43)

Anne-Yvonne Julien *L'oeuvre au noir* de Marguerite Yourcenar (26)

Patrick Labarthe *Petits poèmes en prose* de Charles Baudelaire (86)

Thierry Laget *Un amour de Swann* de Marcel Proust (1)

Thierry Laget *Du coté de chez Swann* de Marcel Proust (21)

Claude Launay *Les fleurs du mal* de Charles Baudelaire (48)

Eliane Lecarme-Tabone *Mémoires d'une jeune fille rangée* de Simone de Beauvoir (85)

Eliane Lecarme-Tabone *La vie devant soi* de Romain Gary (Emile Ajar) (128)

Jean-Pierre Leduc-Adine *L'Assommoir* d'Emile Zola (61)

Marie-Christine Lemardeley-Cunci *Des souris et des hommes* de John Steinbeck (16)

Marie-Christine Lemardeley-Cunci *Les raisins de la colère* de John Steinbeck (73)

Olivier Leplatre *Fables* de Jean de la Fontaine (76)

Claude Leroy *L'or* de Blaise Cendrars (13)

Henriette Levillain *Mémoires d'Hadrien* de Marguerite Yourcenar (17)

Henriette Levillain *La Princesse de Clèves* de Madame de Lafayette (46)

Jacqueline Lévi-Valensi *La peste* d'Albert Camus (8)

Jacqueline Lévi-Valensi *La chute* d'Albert Camus (58)

Marie-Thérèse Ligot *Un barrage contre le Pacifique* de Marguerite Duras (18)

Marie-Thérèse Ligot *L'amour fou* d'André Breton (59)

Eric Lysoe *Histoires extraordinaires, grotesques et sérieuses* d'Edgar Allan Poe (78)

Joël Malrieu *Le Horla* de Guy de Maupassant (51)

François Marotin *Mondo et autres histoires* de J.M.G. Le Clézio (47)

Catherine Maubon *L'âge d'homme* de Michel Leiris (65)

Jean-Michel Maulpoix *Fureur et mystère* de René Char (52)

Alain Meyer *La Condition humaine* d'André Malraux (12)

Michel Meyer *Le Paysan de Paris* d'Aragon (93)

Michel Meyer *Manifestes du surréalisme* d'André Breton (108)

Jean-Pierre Morel *Le procès* de Kafka (71)

Pascaline Mourier-Casile *Nadja* d'André Breton (37)

Jean-Pierre Naugrette *Sa Majesté des mouches* de William Golding (25)

François Noudelmann *Huis-clos* suivi de *Les mouches* de Jean-Paul Sartre (30)

Jean-François Perrin *Les confessions* de Jean-Jacques Rousseau (62)

Bernard Pingaud *L'Étranger* d'Albert Camus (22)

François Pitavy *Le bruit et la fureur* de William Faulkner (101)

Jonathan Pollock *Le Moine (de Lewis)* d'Antonin Artaud (102)

Jean-Yves Pouilloux *Les fleurs bleues* de Raymond Queneau (5)
Jean-Yves Pouilloux *Fictions* de Jorge Luis Borges (19)
Simone Proust *Quoi ? L'Eternité* de Marguerite Yourcenar (94)
Frédéric Regard *1984* de George Orwell (32)
Pierre-Louis Rey *Madame Bovary* de Gustave Flaubert (56)
Pierre-Louis Rey *L'éducation sentimentale* de Gustave Flaubert (123)
Pierre-Louis Rey *Quatrevingt-treize* de Victor Hugo (107)
Jérôme Roger *Un barbare en Asie* et *Ecuador* de Henri Michaux (124)
Myriam Roman *Le dernier jour d'un condamné* de Victor Hugo (90)
Anne Roche *W* de Georges Pérec (67)
Colette Roubaud *Plume* de Henri Michaux (91)
Mireille Sacotte *Un roi sans divertissement* de Jean Giono (42)
Mireille Sacotte *Eloges* et *La Gloire des Rois* de Saint-John Perse (79)
Corinne Saminadayar-Perrin *L'enfant* de Jules Vallès (89)
Marie-France Savéan *La place* suivi d'*Une femme* d'Annie Ernaux (36)
Henri Scepi *Les complaintes* de Jules Laforgue (92)
Henri Scepi *Notre-Dame de Paris* de Victor Hugo (135)
Henri Scepi *Salammbô* de Flaubert (112)
Alain Sicard *Résidence sur la terre* de Pablo Neruda (110)
Evanghelia Stead *Odyssée* d'Homère (142)
Michèle Szkilnik *Perceval ou Le Conte du Graal* de Chrétien de Troyes (74)
Alexandre Tarrête *Les Essais* de Montaigne (146)
Marie-Louise Terray *Les chants de Maldoror* de Lautréamont (68)
G.H. Tucker *Les Regrets* de Joachim du Bellay (84)
Claude Thiébaut *La métamorphose et autres récits* de Franz Kafka (9)
Fabien Vasseur *Poésies – La Jeune Parque* de Paul Valéry (133)
Bruno Vercier et Alain Quella-Villéger *Aziyadé* suivi de *Fantôme d'Orient* de Pierre Loti (100)
Monsieur Dominique Viart *Vies minuscules* de Pierre Michon (120)
Michel Viegnes *Sagesse – Amour – Bonheur* de Paul Verlaine (75)
Marie-Ange Voisin-Fougère *Contes cruels* de Villiers de L'Isle Adam (54)
Jean-Michel Wittmann *Si le grain ne meurt* d'André Gide (125)

Composition I.G.S.
Impression Bussière
à Saint-Amand (Cher), le 30 avril 2007.
Dépôt légal : avril 2007.
Numéro d'imprimeur : 071677/1.
ISBN 978-2-07-033660-9./Imprimé en France.